LEAH KONEN

NÄCHSTER HALT Liebe

Aus dem amerikanischen
Englisch von Maren Illinger

ARCTIS

Für meine Schwester Kimberly,
meine erste Leserin und mein erster Fan

ERSTER TEIL
DER ZUG

AMMY
11:23

Zugfahren ist längst nicht so romantisch, wie ich es mir vorgestellt habe.

Eigentlich bin ich nicht besonders fantasievoll veranlagt, aber hey, man spricht schließlich auch von Eisenbahn-Romantik! Ich hatte mir ausgemalt, dass silberne Getränkewagen den Gang entlangrollen, dass die Leute aus dem Fenster schauen und die vorbeiziehende Landschaft betrachten, dass Zeitungen ausgebreitet werden und der Schaffner eine vornehme Mütze trägt. Frauen in Kleidern und Seidenstrümpfen und Männer in dunklen Anzügen.

Ich habe wohl zu viele Filme geschaut.

Dabei weiß ich eigentlich längst, dass nichts so ist wie im Film. Erst recht seit dem letzten Jahr.

Ich sitze im Amtrak, einem Zug, der aussieht wie eine silberne Gewehrpatrone, sich allerdings überhaupt nicht so bewegt, und fahre die Ostküste hinauf. Die Sitzbezüge sind aus kratzigem blauem Polyester, haben ein Muster, das garantiert vor meiner Geburt entworfen wurde, und es ist kein einziger Getränkewagen in Sicht. Ich habe auch noch nicht herausgefunden, wo man hier etwas zu essen bekommt, obwohl ich schon drei Waggons weitergegangen bin.

Wenn ich aus dem Fenster schaue, sehe ich tausend verschiedene Grautöne. Kahle Flächen und verkümmertes Gras. Betonblöcke und Fabriken, die aus einem Roman von Dickens stammen könnten – dabei ist Dickens überhaupt nicht mein Fall. Ein industrielles Niemandsland. Ich lege die Hand an die Fensterscheibe. Sie ist feucht und eiskalt, im Gegensatz zu der Hitze hier drin.

Der Zug ist voll. Auf der anderen Gangseite sitzt ein etwas verwahrloster Typ, der zwar aussieht, als würde er schon seit längerer Zeit nicht mehr arbeiten, der aber immer noch Jackett, Anzughose und Krawatte trägt. Etwa so, wie Miss Havisham, die sitzen gelassene Braut in Dickens' *Große Erwartungen*, sich weigerte, ihr Hochzeitskleid auszuziehen. Auf dem weißen Hemd unter seinem zerknitterten Jackett zeichnet sich Schweiß ab.

Frauen in Kleidern und Seidenstrümpfen, wie man sie in alten Filmen sieht, kann man hier lange suchen. Fast alle sind angezogen wie ich – Jeans, dicker Pullover und eine Menge Schals, Mützen und Handschuhe, eine Ausrüstung, die für die Kälte draußen, aber nicht für die Hitze hier drinnen geeignet ist.

Alle stieren auf ihre Handys oder Tablets, und obwohl der Schaffner tatsächlich eine coole Mütze trägt, hat er eine ziemlich ruppige Art »Fahrkarte, bitte!« zu sagen, die keinen Zweifel daran lässt, dass er überall lieber wäre als hier. Diese Zugfahrt ist also alles andere als malerisch oder romantisch. Aber das Ganze war ja sowieso ein blöder Spontaneinfall.

Mein Handy klingelt. Ich stehe auf, um es aus meiner Tasche oben auf der Gepäckablage zu holen, und stoße mir fast den Kopf an. Mit meinen eins fünfundsiebzig bin ich so groß, dass es hier eng wird. Meine rote Ledertasche, ein Geburtstagsgeschenk von Dad, das per Express von Hudson drei Tage *nach* meinem Geburtstag ankam, klemmt zwischen meinem großen Rollkoffer und drei oder vier glänzenden Plastiktüten mit der Aufschrift »Century 21«. Ich ziehe mit beiden Händen daran, wodurch auch mein Koffer mit nach vorn rutscht. Meine Tasche fällt auf den Boden, aber immerhin gelingt es mir, den Koffer aufzufangen, bevor er jemanden erschlägt.

Der mittelalte Mann eine Sitzreihe weiter mustert mich, als wäre ich das größte Trampeltier des Planeten. Seine Frau starrt auf die Plastiktüten, voller Panik, ich könnte deren Inhalt ruinieren. Sorry, aber das ist mir gerade ziemlich egal. Wenn sie die Ablage nicht so vollgestopft hätten, hätte ich ein bisschen mehr Platz zum Rangieren.

Mein Handy verstummt, während ich immer noch mit dem Koffer kämpfe, der nicht mehr auf die Ablage passt, weil die Plastiktüten zur Seite gekippt sind. Also verstaue ich ihn auf dem freien Platz neben mir, auch wenn man das vermutlich nicht darf, aber die Fahrt dauert fünf Stunden, von denen erst drei herum sind, und ich habe ehrlich gesagt keine große Lust, beim nächsten Halt einen mitteilungsbedürftigen Sitznachbarn zu bekommen.

Ich setze mich wieder und beuge mich vor, um meine Tasche vom Boden aufzuheben, als mein Handy erneut anfängt zu klingeln.

»Gehst du da jetzt endlich mal dran?«, zischt die Frau vor mir. Weiß Gott, was die in diesen Tüten hat, dass sie so angespannt ist. Oder sind alle New Yorker so?

Ich zucke nur mit den Schultern, während ich mein Handy aus der Tasche fische. Alle hier scheinen viel besser zu wissen als ich, wie Zugfahren funktioniert.

Aber dafür kann ich nichts. Dieser Trip war nicht meine Idee. Bevor ich gestern Abend mit Kat, der Beinahe-Stieftochter meines Vaters, telefoniert habe, hatte ich mich eigentlich schon hundertprozentig dagegen entschieden. Und zwar seit Monaten.

Komm schon. Verbring die Woche bei uns. Es wird dir leidtun, wenn du nicht kommst. Es wird ganz leicht.

Aber es ist nicht leicht, nicht im Geringsten.

Während mein Handy immer weiterklingelt, wühle ich panisch in den Büchern und dem Krimskrams herum, den ich heute Morgen in die Tasche gestopft habe. Meine Schultern verspannen sich, und ich warte nur darauf, dass die Frau vor mir noch einen bissigen Kommentar macht. Endlich finde ich das Handy zwischen *Madame Bovary* und *Naokos Lächeln.* Wie erwartet ist es Kat. Sie ist der einzige Mensch in unserem Alter, der lieber anruft, statt eine Nachricht zu schreiben.

»Hallo«, sage ich und spüre augenblicklich, wie mein Puls hochgeht.

Nicht sie macht mich nervös, sondern die ganze Situation.

Dieses Gefühl sollte der Gedanke an Familie eigentlich nicht auslösen. Aber Familien sollten so viele Dinge nicht tun oder sein, die sie, wie ich im letzten Jahr feststellen musste, eben doch tun und sind.

»Sag mir, dass du wirklich im Zug sitzt!« Wie üblich ist ihre Stimme so übersprudelnd wie die einer notorisch aufgedrehten Tussi mit ein paar Kaffee zu viel intus.

»Ja, ich sitze im Zug«, bestätige ich. Die Frau vor mir fährt schon wieder herum, als würde ich zu laut sprechen, dabei ist meine Lautstärke ganz normal.

Kat quiekt, und ich halte instinktiv das Handy auf Abstand. »O mein Gott!«, jubelt sie. »Ich bin ja so aufgeregt. Du wirst mich buchstäblich vor diesem Katastrophentag retten!«

Normalerweise würde ich ihr jetzt den Unterschied zwischen *buchstäblichem* und *übertragenem* Sinn erklären, aber dann fallen mir Moms Worte von heute Morgen wieder ein.

Wie kannst du mich ausgerechnet heute alleinlassen?

Von welchen »Katastrophen« Kat auch immer spricht, was auch immer mit Sophies Kleid oder Beas Frisur schiefgeht, ist nichts im Vergleich zu dem, was ich in den letzten 24 Stunden mitgemacht habe.

»Du weißt aber schon, dass ich meinem Dad und deiner Mom garantiert nicht zujubeln werde, ja?«

»Ich weiß«, erwidert sie. »Schon klar. Ich auch nicht. Aber dein Dad wird sich so freuen. Er war die ganze Woche richtig deprimiert. Er vermisst dich.«

Ich verdrehe die Augen und stoße ein bitteres Lachen aus. Na klar doch. Ich bin gerade zweifellos das Thema Nummer eins in seinem Kopf. Bestimmt kann er die ganze Zeit nur Ammy, Ammy, Ammy denken. Welcher Vater würde nicht an seine Tochter denken, die er verlassen hat, um eine zehn Jahre jüngere Hot-Yoga-Lehrerin zu heiraten?

Ich bin für ihn doch nur eine Fußnote in seinem neuen Leben, die ihn an sein altes erinnert. Außerdem habe ich überhaupt erst durch Kat von dieser blöden Zeremonie erfahren, und nicht durch ihn.

Kat wartet meine Antwort nicht ab. »Wann kommst du an?«

»Um halb zwei«, sage ich. »Du holst mich doch ab, oder?«

»Natürlich«, erwidert Kat. »Hudson Station?«

»Ja.«

»Perfekt«, sagt sie. »Ich hab es übrigens Bea gesagt, aber sonst niemandem.«

Ich seufze. »Du hattest versprochen, es überhaupt niemandem zu sagen. Es sollte eine Überraschung sein.«

Ich höre quasi durchs Handy, wie Kat die Augen verdreht. »Sie ist meine Schwester. Und deine zukünftige Stiefschwester. Sie wird nichts ausplaudern. Außerdem freut sie sich total.«

Kats Worte treffen mich unerwartet heftig. *Zukünftige Stiefschwester.* Das Ganze wird wirklich passieren. Bea und Kat in schicken Kleidern. Sophie, meine zukünftige Stiefmutter, in irgendeinem eierschalenfarbenen Boho-Fummel. Mein Dad, der seine Liebe zu einer Frau beteuert, die nicht meine Mom ist.

Mein Blick huscht zur Zugtür vor mir, und kurz wünsche ich mir, ich könnte die Notbremse ziehen und dem Zugführer sagen, er solle umdrehen und mich zurück nach Virginia bringen, damit ich meine Mom umarmen und ihr sagen kann, dass es mir leidtut und dass ich immer zu ihr halten werde, was auch passiert.

Aber gleichzeitig weiß ich, dass das nichts ändern würde. Nach unserem Streit gestern Abend ist mir erst so richtig bewusst geworden, dass das, was Mom und ich hatten, längst verloren ist.

»Na ja, jedenfalls freue ich mich, dich und Bea zu sehen«, murmele ich schließlich.

»Okay, ich muss jetzt Mom mit ihrem Kleid helfen. Bis später!«

Und in typischer Kat-Manier legt sie auf, bevor ich etwas erwidern kann.

Ich starre mein Handy an und wünsche mir, ich hätte noch eine Weile mit ihr reden und ihr von meiner Angst erzählen können, dass meine Mom mir diese Aktion nicht verzeiht und dass mein Dad mich nicht mal wirklich dabeihaben will, weil seine neue Familie ihm reicht.

Ich schüttele den Kopf, um die Gedanken wegzuschieben, und ignoriere den Chat mit meiner Mom, den ich zum Schutz meiner geistigen Gesundheit vor einer Stunde stumm geschaltet habe.

Stattdessen springe ich zwischen den sozialen Netzwerken hin und her und scrolle durch Fotos von Leuten, die im Kreise ihrer Liebsten weihnachtliche Familiendinge tun. Von Dara und ihrem Bruder, die in den Flieger nach L.A. steigen. Vom schlausten Mädchen der Schule, das mit seinen Eltern auf der

Rückreise von South Carolina ist. Ich spüre den vertrauten Stich der Eifersucht, wie immer, wenn ich eine auch nur halbwegs intakte Familie sehe, und beiße mir auf die Unterlippe.

Tief im Inneren weiß ich, dass mein Dad sich freuen wird, mich zu sehen. Er will, dass ich dabei bin. Zumindest hat er das letzten Monat am Telefon gesagt. Aber ich weiß, dass er es auch überlebt hätte, wenn ich nicht gekommen wäre. Ich bin nicht mehr seine einzige Tochter. Und Mom gehört überhaupt nicht mehr zu seiner Familie. Wir stehen an zweiter Stelle. Und das tut weh.

Ich schaue aus dem Fenster, um mich mit der hässlichen Industrielandschaft abzulenken, aber es ist plötzlich stockdunkel, und ich sehe nur Graffitispuren an Tunnelwänden.

Wir müssen die Penn Station erreicht haben, ohne dass ich es bemerkt habe. Ich lehne den Kopf an die Scheibe und blende das Geräusch der sich öffnenden Türen und hereinpolternden Schritte aus.

Ich will schlafen, bis ich da bin, mir keine Gedanken mehr über diese ganze Sache machen. Ich will, dass dieser blöde Tag vorbei ist und ich in Kats Zimmer sitzen kann, um alte Folgen von *Friends* zu gucken und zu überlegen, in welche überteuerte Restaurantkette wir zum Brunch gehen.

Ich habe die Augen geschlossen, als ich eine Stimme höre, eindringlich und ungeduldig.

»Entschuldigung.«

Und wieder, bevor ich mich überhaupt umdrehen kann:

»*Entschuldigung!* Ist der Platz noch frei?«

NOAH

11:29

Man merkt immer, wenn jemand zum ersten Mal mit dem Zug fährt. Normalerweise versuche ich, den Neulingen zu helfen. Ich erkläre ihnen, dass man auf den Knopf drücken muss, damit sich die Türen zwischen den Waggons öffnen, zeige ihnen, wo der Speisewagen ist, und warne sie vor dem Hähnchen-Sandwich. Aber heute bin ich dafür viel zu nervös. Ich muss die ganze Zeit an Rina denken.

Für die Mittagszeit ist der Zug ungewöhnlich voll, es ist ja eigentlich keine Zeit für Pendler. Vermutlich haben immer noch viele Leute frei, so wie ich, obwohl schon der 3. Januar ist.

Das Mädchen sieht aus, als würde es schlafen. Die Feuchtigkeit der Fensterscheibe hat ihre kurzen dunkelbraunen Haare platt gedrückt.

Ich zeige auf ihren Koffer, das eindeutige Indiz. Daran erkennt man jeden Anfänger. »Der Zug ist voll. Der Koffer muss da weg.«

»Oh«, sagt sie. »Klar.«

Sie steht auf und stößt sich beinahe den Kopf an der Gepäckablage. Dann wuchtet sie den Koffer nach oben.

Ich lege die Blumen auf den freien Platz und helfe ihr. Ihre Haare duften ganz leicht nach Minze.

»Es geht schon«, sagt sie scharf. Sie gibt dem Koffer einen Stoß, und er gleitet auf die Ablage.

»Danke«, sage ich. »Sind das deine?«, frage ich dann und zeige auf die drei Century-21-Tüten.

Sie schüttelt den Kopf, was mich nicht überrascht, weil sie nicht wie eine aussieht, die Wert auf Designerklamotten legt. Ich lehne mich über sie und schiebe die Tüten zur Seite. Die Frau vor mir schaut mich giftig an. Ich hieve meinen Rucksack nach oben, nehme die Blumen und setze mich.

Das Mädchen wirft einen Blick auf den Strauß in meiner Hand, sagt aber nichts.

Ich begutachte die Blüten. Zwei sind ein bisschen zerdrückt.

Ob Rina das merkt? Ja.

Ob es sie stört? Hoffentlich nicht.

Das Mädchen hält seine Fahrkarte in der Hand. Sie trägt einen dicken, waldgrünen Oversize-Pulli und ausgewaschene Jeans. Wahrscheinlich will sie sich das College in Bard anschauen, die Kunsthochschule in der Nähe meiner Heimatstadt.

Rina hat immer über die Bard-Studenten gelästert, die in das Restaurant kamen, in dem sie vorletzten Sommer gearbeitet hat. Sie meinte, die hielten sich alle für so einzigartig wie Schneeflocken und redeten die ganze Zeit über Triggerwarnungen und anderen Blödsinn. Sie hat den ultraliberalen, gefühlsbetonten Stil der Schule immer gehasst.

Die Leute dagegen, die aus New York City hochkamen, liebte sie. Deshalb habe ich letztes Jahr das Hunter College in New York City auf meine Liste gesetzt. Und deshalb habe ich mich schließlich auch dafür entschieden. Obwohl mich die Studenten aus Bard nie gestört haben.

Rina ist im Herzen ein Stadtmädchen, auch wenn sie auf dem Land aufgewachsen ist. Sie hat so eine Ich-lass-mir-nix-gefallen-Art, die perfekt nach New York passt. Sie liebt es, ihren Vater dort zu besuchen, sich auf der Suche nach billigen Handtaschen und klebrigen Baozi in Chinatown zu verirren, mit dem Citi Bike zum Prospect Park zu fahren. Und mich durch *Century 21* zu schleifen und sich die Taschen mit billigen Designerschnäppchen zu füllen, in denen sie, zugegeben, großartig aussieht.

Sie hat mich begleitet, als ich mir das Hunter College angeschaut habe, weil meine Eltern zu der Zeit nur mit sich selbst beschäftigt waren. Sie hat mich davon überzeugt, dass das Leben an der Upper East Side von Manhattan ziemlich cool sein kann.

Ich streiche eine der Blüten glatt, damit sie nicht mehr ganz so zerknittert aussieht, überprüfe das Ergebnis und hoffe, dass es gut genug ist.

Ich werfe einen Blick auf meine Sitznachbarin, die jetzt Murakami liest. Sie passt definitiv nach Bard.

Ich glaube, Rina hatte vor allem deshalb ein Problem mit Bard, weil es so nah an zu Hause ist. Der Sprung wäre ihr nicht groß genug gewesen.

Abgesehen von den hohen Studiengebühren hätte ich es in Ordnung gefunden, in der Nähe zu bleiben, wenn Rina nicht gewesen wäre. Im Gegensatz zu mir braucht Rina Abenteuer. Wenn sie die Möglichkeit hätte, in New York zu wohnen, würde sie die Stadt innerhalb kürzester Zeit besser kennen als ich. Sie ist der Typ Mensch, der in eine unbekannte Straße einbiegt und kein einziges Mal zurückblickt.

Ich hingegen blicke ständig zurück. So habe ich sie auch verloren. Aber das werde ich jetzt wiedergutmachen. Ich werde mich – oder uns – nicht mehr infrage stellen.

Ich klemme die Blumen in die Tasche vor meinem Sitz und ziehe meine Jacke aus. Dann schaue ich mich um. Ein paar Reihen weiter sitzt ein Typ in einem Anzug, der schon bessere Tage gesehen hat, und tippt auf einem urzeitlichen Laptop herum.

Ich ziehe meine Umhängetasche, die ich immer für die Uni nehme, auf den Schoß und hole meinen E-Reader heraus. Mittlerweile habe ich die Reise von meinem schäbigen, überfüllten Wohnheim in der Stadt zu der Ranch meiner Eltern in Lorenz Park schon dreimal gemacht. Aber immer, um meine Familie zu besuchen. Um die Herbstferien zu Hause zu verbringen. Meine Wäsche zu waschen. Eine Tupperdose mit meinem Lieblingsessen für das Tiefkühlfach im Wohnheim mitzunehmen. Was man im ersten Collegejahr eben so macht.

Ich versuche, mich auf die Worte auf dem Display zu konzentrieren, aber sie verschwimmen vor meinen Augen und vermischen sich wie Buchstabensuppe. Rina geht mir nicht mehr aus dem Kopf.

Das Mädchen neben mir scheint sich auch nicht konzentrieren zu können. Sie hat einen Finger zwischen die Seiten ihres Murakami gelegt, rutscht auf ihrem Sitz herum und seufzt.

Sie versucht erfolglos, das Beste aus dem winzigen Abstand zwischen ihren Knien und dem Sitz vor ihr zu machen.

Sie bemerkt meinen Blick und schaut schnell weg.

»Nicht so romantisch, wie du es dir vorgestellt hast, was?«, frage ich.

Sie hört mit dem Herumrutschen auf und sieht mich an. »Wie bitte?«

Es sollte nur ein Witz sein. Als ich das erste Mal mit dem Zug gefahren bin, war ich enttäuscht von den unbequemen Sitzen und dem abgestandenen Schweißgeruch.

Aber so scheint sie es nicht verstanden zu haben.

Wahrscheinlich sollte ich einfach »Vergiss es« sagen und weiterlesen.

Aber die Vorstellung, mich die nächsten zwei Stunden zu fragen, wie Rina auf mein Erscheinen reagieren wird, ist plötzlich unerträglich.

»Fährst du zum ersten Mal mit dem Amtrak?«, frage ich und gebe mir Mühe, fröhlich zu klingen.

Sie beißt sich auf die Unterlippe und verschränkt die Arme. Ihre Augen sind groß und stehen weit auseinander, und ihr Kinn ist spitz wie ein zorniges Herz. Sie ist kantig, überall da, wo Rina es nicht ist, Rina mit ihren blonden Locken, ihrem runden Gesicht und ihrer Art, die Unterlippe vorzuschieben, wenn sie etwas will.

»Was geht dich das an?«, fragt sie.

Ich lache. Sie scheint zu versuchen, die New Yorkerin raushängen zu lassen, obwohl ihr Vorstadtakzent auf etwas anderes schließen lässt.

»Sorry«, sage ich. »Ich wollte nur Konversation betreiben.«

Sie verdreht die Augen und wendet sich ab.

Dann eben nicht.

Ich schaue wieder auf meinen E-Reader, aber ich kann mich immer noch nicht konzentrieren, also klemme ich ihn in die Tasche vor mir neben die Blumen und nehme mein Handy.

Ich will Rina schreiben. Unbedingt. Ich will endlich wieder mit ihr sprechen.

Bleibt nur das Problem, dass ich nicht weiß, was ich schreiben soll:

Hey, ich will heute Abend vorbeikommen und dich zurückerobern. Bist du da?

Wie gehts dir? Haben uns ganz schön lange nicht gehört!

Denkst du manchmal an mich? Ich denke die GANZE Zeit an dich.

Egal, was ich schreibe, es würde einfach nur lächerlich klingen. Ich muss persönlich mit ihr sprechen. Ich muss mich an meinen Plan halten.

Ich würde sie so gerne auf Facebook oder Instagram stalken. Mich vergewissern, dass sie keinen neuen Freund hat, obwohl Danny erzählt hat, dass Cassie gesagt hat, dass sie keinen hat. Ich würde so gerne ein paar aktuelle Fotos von ihr sehen, aber sie hat mich letztes Jahr blockiert, nachdem wir Schluss gemacht hatten. Rina schätzt glatte Brüche. Das kann ich ihr wohl nicht vorwerfen.

Angeblich hat Cassie auch gesagt, dass sie glaubt, dass Rina mich manchmal vermisst.

Ich checke meinen Newsfeed und sehe ein Selfie meiner Eltern auf dem Kreuzfahrtschiff mit den Bermudainseln im Hintergrund. Ich habe wirklich versucht, der ganzen Sache positiv gegenüberzustehen, aber ehrlich gesagt bin ich immer noch sauer, dass sie mich dieses Jahr über Weihnachten alleingelassen haben.

Nicht, dass mir Weihnachten so wichtig wäre. Wir sind Juden, es ist also keine große Sache für uns. Trotzdem habe ich unseren kümmerlichen Plastikbaum und das Lametta immer gemocht. Natürlich bin ich froh, dass mein Dad wieder bei uns eingezogen ist und meine Eltern ihre Trennung auf Probe für beendet erklärt haben, aber so süß ihre Wiedervereinigung auch ist, weiß ich nicht, ob diese »Liebeskreuzfahrt« unbedingt nötig war. Zumindest nicht gleich für zwei Wochen. Ich werde schon nervös beim Gedanken daran, was das kostet! Das Geld war schon im letzten Semester knapp, trotz meines kleinen Stipendiums, meines Teilzeitjobs und des Studienkredits. Wenn sie mir dieses Jahr nicht wieder ein bisschen was für die Bücher und das Wohnheim dazugeben können, wird es eng.

Aber wenigstens war ich während der Feiertage nicht ganz allein. Ich konnte ein paar Tage bei meinem Mitbewohner Alex in dem gigantischen Loft seiner Eltern verbringen. Es war cool, mal die schicke Seite der Stadt zu erleben. Am Weihnachtsmorgen gab es Lachs mit Kapern, und am Weihnachtsabend Hummer und Muscheln.

Trotzdem wäre ich lieber in Lorenz Park gewesen, bei meiner Familie, mit der ich Geschenke unterm Weihnachtsbaum ausgepackt und eine große Fuhre chinesisches Essen bestellt hätte.

Und bei Rina.

Ich schaue kurz aus dem Fenster auf die kleiner werdende Skyline, die dem hässlichen vorstädtischen Gebiet von Yonkers weicht.

Vermutlich sollte ich mich bei meinen Eltern bedanken. Ihre Reise hat mir klargemacht, wie sehr ich Rina vermisse. Ihre Reise hat mir gezeigt, dass Menschen sich trennen und wieder zueinanderfinden können, wenn sie sich wirklich lieben.

Ich scrolle weiter durch meinen Newsfeed, entdecke aber nichts Interessantes. Also hole ich meinen E-Reader wieder hervor, weil ich sonst nichts zu tun habe.

»Verdammt«, murmele ich. Der Akku ist leer.

Das Mädchen dreht sich zu mir und grinst mich überlegen an.

»Tja, das ist der Vorteil von echten Büchern: Sie brauchen keine Batterien.«

AMMY
11:54

Der Typ schaut mich mit dem dümmlichen Blick an, der für attraktive Jungs so typisch ist. Als hätten sie sich schon ihr ganzes Leben lang auf ihre ultrasymmetrischen, massenkompatiblen Gesichter verlassen und deshalb nie einen sozialverträglichen Gesichtsausdruck erlernen müssen. Ich kann nicht sagen, ob er überrascht ist oder sauer, aber es ist mir auch egal. Ich musste schließlich irgendwas erwidern auf seinen (sexistischen) Spruch, dass ich nicht das romantische Abenteuer bekomme, das ich erwartet habe, was mich, offen gestanden, umso wütender gemacht hat, da es voll und ganz zutrifft.

Aber das muss er ja nicht wissen.

Ich rutsche auf meinem kratzigen Sitz herum und schaue aus dem Fenster. Das industrielle Niemandsland ist von kahlen Bäumen und einem blassgrauen Himmel abgelöst worden, hier und da stehen hässliche, graffitibeschmierte Betonklötze herum. Die Idylle auf dem Land haben wir wohl noch nicht erreicht, aber wenigstens gibt es einen Fluss, und wenn ich den Hals recke, kann ich im Hintergrund die Skyline von New York sehen, die wirklich ziemlich beeindruckend ist.

Dann sehe ich wieder den Typen an, der mich immer noch verständnislos anstarrt. Seine Haut ist olivbraun, und seine Haare sind lockig. Er trägt dunkelblaue Jeans und ein Trikot der Pittsburgh Steelers. Seine orangefarbene Daunenjacke hat er unter der kakifarbenen Umhängetasche vor sich verstaut, und auf der Tasche klebt ein Taylor-Swift-Button – seltsam. Wahrscheinlich studiert er BWL oder so.

Vor ihm in der Sitztasche klemmt ein Strauß rosa Rosen, garantiert für sein aktuelles Herzblatt unter den Cheerleaderinnen.

»Ich habe gesagt, dass echte Bücher zuverlässiger sind.« Ich tippe auf das Cover von *Naokos Lächeln.* »Solltest du auch mal versuchen.«

Er lacht, und sein verständnisloser Blick weicht einem Lächeln, das sein ganzes Gesicht einnimmt. »Ach ja?«

Ich mustere noch einmal die Blumen. Rosen – was für ein Klischee.

Er ist der klassische Kumpeltyp: sportlich, gewöhnlich, langweilig. Ein Kumpeltyp der schlimmsten Sorte, wenn ich mir die Blumen anschaue. Die Sorte, die sich für einen »netten Kerl« hält. Wahrscheinlich glaubt er, nur weil er sich an das Buch *Verführen für Anfänger* hält, wird er bekommen, was er will. Er gehört zu der Sorte Jungs, die nicht kapieren, dass Romantik sinnlos ist, weil sich am Ende sowieso alle gegenseitig verletzen.

Und das ist eine Tatsache.

Sogar bei Leuten, von denen man zu einhundert Prozent sicher war, dass sie für immer zusammenbleiben würden.

Dara und Simone behaupten, ich sei zu zynisch. Dara erinnert mich ständig daran, dass ihre Eltern sich auch getrennt haben und sie trotzdem an die wahre Liebe glaubt. Und Simone meint, Zynismus sei zwar eine natürliche Reaktion, trotzdem gebe es viele Scheidungskinder, die selbst glückliche Beziehungen führen.

Aber sie verstehen es einfach nicht. Es war keine gewöhnliche Trennung. Ich kann mich an Daras Eltern erinnern. Die haben sich die ganze Zeit gestritten. Meine nicht. Bei uns lief alles super. Bis es dann auf einmal nicht mehr super lief. Wenn man so aus heiterem Himmel überrumpelt wird, ist es schwer, einfach darüber hinwegzukommen.

Der fremde Kumpeltyp lächelt mich immer noch an. Wartet er darauf, dass ich mit den Wimpern klimpere, oder was?

Dann legt er den Kopf schief, rutscht auf seinem Sitz nach unten und stößt mit den Füßen gegen den Vordersitz.

»Murakami?«, fragt er.

»Ja«, erwidere ich vielleicht ein bisschen schroff. »Schon mal gehört?«

»Autsch.«

Ich weiß selbst nicht, warum ich so unfreundlich zu ihm bin, aber dann fällt mein Blick wieder auf die Blumen, die machen mich einfach rasend.

Sophie liebt Rosen. Die blöde Einladung auf Büttenpapier, die sie geschickt hat, war voll von hässlichen kleinen Rosen. Ich beschließe, auf Konfrontation zu gehen, statt einen Rückzieher zu machen.

»Was liest du denn?«, gebe ich zurück. »Dan Brown?«

Ich warte gespannt, ob er das als Beleidigung auffasst. Bei einem wie dem kann man nie wissen. Ein Typ aus meinem Englischkurs hat doch tatsächlich mal gefragt, ob er seinen Aufsatz in klassischer Literatur über die Krimis von James Patterson schreiben könnte. Und das war ernst gemeint!

Der Typ klappt seinen E-Reader zu und steckt ihn in die Tasche. »Warum bist du so herablassend ?«

Ich lache, doch dann sehe ich, dass er wirklich verletzt ist. Ich lege einen Finger in mein Buch. »Hey, du hast angefangen. Du hast mir unterstellt, dass ich eine hohle Nuss bin, die sich eine romantische Zugfahrt ausgemalt hat. Gleiches Recht für alle.«

Er legt den Kopf schief, als wollte er meine Gedanken lesen. Dann verschränkt er die Arme, und seine Muskeln zeichnen sich unter dem Trikot ab, eine Bewegung, die er garantiert mit Absicht macht. Ein paar Reihen vor uns stimmt jemand ein bellendes Husten an und schleudert New-York-City-Keime in die Luft, über die ich gar nicht nachdenken will.

Die Frau vor uns dreht sich wieder um und wirft mir ihren Standardblick zu. Draußen fallen die ersten Schneeflocken vom Himmel, und ich spüre das vertraute Herzklopfen, das immer kommt, wenn ich Schnee sehe, schon seit ich klein war. Aber es verschwindet schnell wieder, weil ich nicht mehr klein bin und nichts den gleichen Zauber hat wie früher. Nicht mehr.

Außerdem, wenn es zu stark schneit, wird Kat Schwierigkeiten haben, mich vom Bahnhof abzuholen.

Der Typ neben mir schnaubt verächtlich.

»Was ist?«, frage ich. Irgendwie fällt es mir schwer, das Gespräch zu beenden.

Er grinst. »Nur weil du Murakami liest, bist du nicht automatisch ein Genie, weißt du? Den lesen doch alle, die schlau aussehen wollen. Außerdem finde ich den Roman ein bisschen hochgestochen.«

»*Du* hast Murakami gelesen?«

Er seufzt, dreht sich zu mir und zählt an seinen langen Fingern ab: *»Naokos Lächeln, Kafka am Strand* und *1Q84.«* Er hält inne, beobachtet meine Reaktion und grinst. »Schau nicht so erstaunt. So schwer ist das nicht. Eine Seite nach der anderen, wie bei jedem anderen Buch auch.«

Ich lege den Murakami ab und trommele mit den Fingern auf die Knie. Ich mache mich bereit, diese Schlacht zu verlieren. »Und an welcher Lektüre wirst du gerade gehindert? Was ist auf dem kleinen impotenten E-Reader versteckt?«

Sein Grinsen wird noch breiter. *»Flammender Zorn.* Du weißt schon – der dritte Band von *Die Tribute von Panem.«*

Ich kann nicht anders. Ich lache los. »Murakami ist überbewertet, und *Die Tribute von Panem* sind unterschätzt? Haha!«

»Weißt du, dasselbe habe ich auch gesagt, bis meine F...«

Er unterbricht sich und sein Lächeln verschwindet.

»Bis meine *Ex*freundin mir die Bücher empfohlen hat«, sagt er. »Die sind echt gut. Du bist nur voreingenommen.«

Mein Blick fällt wieder auf die Blumen. Was hat er vor – seine Ex zurückzuerobern? O Mann, dieser Junge ist ja die reinste Karikatur.

Ich schaue wieder aus dem Fenster. Die Geschwindigkeit lässt den Schnee besonders beeindruckend herumwirbeln, schnell und schwungvoll wie am Fuße von Space Mountain, kurz bevor die Achterbahn beginnt und die Sterne an einem vorbeisausen. *Die Tribute von Panem*, denke ich bitter. Letzten Sommer wollte mein Vater mich ständig überreden, diese Bücher zu lesen, inspiriert von seiner schönen neuen Familie. Während Mom sich die Antidepressiva einwarf, um die Nachmittage zu überstehen, schwafelte er davon, dass Kat für Gale war und Bea für Peeta und dass ich die Bücher unbedingt lesen müsse, um den Streit zu schlichten.

Äh, nein danke.

Ich hebe den Blick zu dem Typen und merke, dass mein Magen knurrt. Sein Gesicht zeigt sogar jetzt ein leichtes Lächeln. Ganz schön nervig. »Hast du deshalb den E-Reader? Damit keiner sieht, was du für einen Schund liest?«

Der Typ runzelt die Stirn, dann zieht er eine Grimasse, seine Gefühle stehen ihm deutlich ins Gesicht geschrieben – beim Pokern wäre er miserabel. Er wippt mit dem Fuß, und sein Knie hüpft auf und ab.

»Und vielleicht hast du deshalb keinen. Damit jeder sieht, wie schlau du bist.«

Ich beiße mir auf die Lippe. Ich sehe, dass ich ihn gekränkt habe, und plötzlich macht es keinen Spaß mehr, meine Wut an einem Fremden auszulassen.

»Tut mir leid. Ich bin nur hungrig und mir ist heiß und ich hatte einen echt miesen Tag …«

Aber er hört mir nicht zu. Er steht auf, dreht sich um und geht eilig den Gang entlang in den hinteren Teil des Zugs.

Ich sehe ihm nach, bis er hinter den Türen zum nächsten Waggon verschwindet, dann widme ich mich wieder meinem Buch. Es gibt kein Gesetz, das besagt, dass man sich mit seinem Zugnachbarn anfreunden muss. Ich würde jede Wette eingehen, dass mein Buch tausend Mal besser ist als dieser rührselige Kinder-ermorden-Kinder-Mist aus *Panem*.

Mich interessiert nicht, was die anderen sagen – schon gar nicht mein Dad oder irgendein durchschnittlicher Kumpeltyp im Zug.

Doch nach etwa einer Minute lasse ich mein Buch sinken. Es ist unmöglich zu lesen, wenn die Gedanken in meinem Kopf herumschießen wie in einem Flipperautomaten – wie wird die Hochzeit, was macht Mom gerade, und wird es einmal eine Zeit geben, in der ich mich wieder normal fühle, in der sich alles wieder beruhigt hat?

Der Schnee fällt jetzt dichter, es wird richtig ungemütlich draußen. Vielleicht sollte ich Mom schreiben. Sie freut sich über Schnee mehr als eine Siebenjährige am Weihnachtsmorgen.

Aber ich weiß nicht, was ich ihr schreiben soll.

Und ich will nicht noch mal lesen, was sie mir geschrieben hat.

Also schaue ich aus dem Fenster, sehe dem stärker werdenden Schneetreiben zu und bete, dass sie einen Weg findet, mir zu verzeihen.

Und dass ich wirklich das Richtige tue.

NOAH
12:04

»Was darfs denn sein?«

Die Frau hat strohige Haare, tiefe Lachfalten und eine Stimme, als würde sie schon seit tausend Jahren täglich zwei Schachteln Zigaretten rauchen. Sie trägt eine weiß-blaue Amtrak-Uniform, und die Knöpfe ihrer Bluse spannen.

Der Speisewagen ist so schäbig wie immer. Eigentlich kann man hier nur Bier trinken, da sind sich alle einig. Manchmal macht sogar der Schaffner Witze über das schlechte Essen. Aber im Augenblick habe ich keine andere Wahl.

»Einen Wrap mit Truthahn, Schinken und Käse, bitte«, sage ich. Auf der Werbetafel sieht er wesentlich leckerer aus, als er in Wirklichkeit ist.

Sie nickt. »Sonst noch was?«

»Eine Cola.«

Während sie die beiden Beträge eintippt, fallen mir die Worte meiner Sitznachbarin wieder ein. Sie hat behauptet, dass ihr Hunger der Grund war, weshalb sie sich mit mir wegen der *Tribute von Panem* angelegt hat. Ziemlich witzig eigentlich, wenn man an die Hungerspiele im Buch denkt.

»Ich nehme noch einen Wrap«, sage ich spontan. Ich schaffe auch zwei, falls sie doch keinen Hunger hat. Oder falls sie keine Wraps von Fremden annehmen will.

Mit dem Karma ist es wie mit einem Bankkonto, davon bin ich überzeugt. Man muss ständig was einzahlen, wenn man irgendwann mal was abheben will. Und ich werde heute Abend eine ganze Menge gutes Karma brauchen. Heute vor drei Jahren hatten Rina und ich unser erstes Date. Es ist unser Jahrestag. Besser gesagt, es *wäre* unser Jahrestag, wenn ich nicht alles so triumphal vermasselt hätte.

Ich habe die Blumen. Ich habe meine Entschuldigungsrede. Ich habe sogar ein selbstverfasstes Gedicht. Heute Abend um sieben werde ich vor ihrer Tür stehen, ihr erklären, was für ein Idiot ich war, und sie bitten, mit mir in das Restaurant zu gehen, in das sie schon immer unbedingt gehen wollte. Dafür brauche ich ein ziemliches Karma-Plus auf meinem Konto.

Die Frau hat alles eingetippt, ich zahle 21,50 Dollar, die reinste Halsabschneiderei, und trete den Rückweg zu meinem Platz an, vorbei an Tischen voller Männer und Frauen, die an ihren Laptops arbeiten, während sie ein Bier nach dem anderen wegzischen.

Als ich auf den Knopf drücke, gleiten die Metalltüren auseinander, und ich spüre die Winterkälte von draußen hereindringen.

Der Waggon hinterm Speisewagen ist genauso voll wie unserer. Ein alter Mann schnarcht laut, während drei Käseflips futternde Kinder ihn kichernd beobachten.

Es ist Samstag, und alle wollen nur raus aus der Stadt und ein bisschen Ruhe haben.

Ich drücke auf einen weiteren Knopf und gehe durch den rauschenden Luftzug zu meinem Waggon.

Meine Nachbarin liest nicht mehr, was mich nicht überrascht. Ich werde es ihr nicht verraten, aber ich habe mich nur mit Mühe durch die ersten drei Kapitel der Murakami-Bücher gequält, die ich angefangen habe. *Naokos Lächeln* ist das einzige, das ich von vorne bis hinten gelesen habe. Aus irgendeinem Grund behaupten alle, es sei sein Bestes, aber ich finde das nicht. *Die Tribute von Panem* dagegen, mit Spannung, Politik und ein bisschen Romantik, kann man unmöglich *nicht* mögen, auch wenn es nicht gerade die hohe Kunst der zeitgenössischen Literatur ist. Aber davon lese ich im College schon genug. Ein kleiner Ausgleich kann nicht schaden.

Das Mädchen schaut aus dem Fenster, das jetzt mit Schneeflocken bedeckt ist, während die für diesen Teil von New York State typischen alten geziegelten Kamine vorbeiziehen. Nach den Backsteingebäuden kommen nur noch kahle Bäume und der Hudson River. Der Anblick verzaubert mich immer wieder und gibt mir das Gefühl, frei zu sein, als könnte ich mich in den Wäldern verirren und ein besseres Leben beginnen oder so …

Natürlich würde ich so was nie tun. Ich würde nie so die Kontrolle verlieren, dass ich mich verirre.

Rina ist diejenige, die vom Weg abkommt und sich verirrt.

Ich nicht.

Am anderen Flussufer sehe ich eins der alten Herrenhäuser, die vermutlich der Familie Rockefeller gehört haben. Meiner Nachbarin scheint der Ausblick auch zu gefallen. Wenn ich so drüber nachdenke, hat das Zugfahren tatsächlich etwas Romantisches. Nicht so, wie man es im Film sieht, sondern auf andere, bessere, echtere Art.

Ich hoffe, dass sie glücklich wird und dass sie sich in Bard wohlfühlt, wenn das tatsächlich ihr Ziel sein sollte.

Ich hoffe, dass sie bekommt, was sie sich von dieser Reise verspricht.

Und ich auch.

Ich will mich gerade hinsetzen, als sich ein kleiner Junge an mir vorbeidrängt und mir dabei gegen das Schienbein tritt. Der Zauber des Moments verpufft. Ich blicke auf und sehe eine typische Brooklyn-Mom in weiten, flatternden Klamotten.

Anstatt sich zu entschuldigen, zuckt sie nur die Schultern, aber ich versuche, mir nicht die Laune verderben zu lassen.

Ich setze mich auf meinen Platz. Die Frischhaltefolie der Wraps kräuselt sich in meiner Hand, und das Mädchen schaut immer noch aus dem Fenster.

Plötzlich kommt mir diese großzügige Aktion so bescheuert vor, dass ich kurz erwäge, die beiden Wraps einfach selbst zu essen, aber dann würde mein Karmakonto in den Keller rauschen.

Mir fällt ein, was Rina am Tag vor unserer Trennung gesagt hat.

Warum muss alles mit dir immer so kompliziert sein?

Ich gebe mir einen Ruck und räuspere mich. »Äh, ich hoffe, du bist keine Vegetarierin.«

»Hm?« Sie dreht sich zu mir um und starrt den Wrap an, den ich ihr hinhalte. Sie sagt nichts. Okay, sie findet die Aktion also total merkwürdig. Jetzt werden die nächsten Stunden neben ihr bestimmt unglaublich peinlich. Dann muss ich wieder an Rina denken.

Warum kannst du nicht einfach mal etwas tun, ohne über jede mögliche Konsequenz nachzudenken?

Eigentlich weiß ich, dass sie recht hat. Jemandem ein Sandwich zu schenken sollte nicht so schwierig sein.

Rina wollte mich nicht verändern, wie Bryson immer behauptet. Rina wollte mir helfen.

»Ich hab dir einen Wrap mitgebracht«, sage ich und gebe mir Mühe, selbstsicher zu klingen.

Sie zieht die Augenbrauen hoch, und ihre Augen werden eine oder zwei Nummern größer. Sie sieht aus wie dieser Indie-Filmstar mit dem berühmten Bruder. Der Bruder hat in *Brokeback Mountain* mitgespielt, aber nicht der, der gestorben ist. Ich habe ein schreckliches Namensgedächtnis.

»Das hättest du nicht tun müssen«, sagt sie zögernd.

Meine Finger schließen sich enger um den Wrap, und die Frischhaltefolie kräuselt sich wieder. Sie will ihn nicht. Genau davor hatte ich Angst.

»Besonders gut ist er wohl nicht, aber wenn du ihn nicht willst, werde ich mich opfern.« Mein gezwungenes Lachen klingt in ihren Ohren hoffentlich nicht ganz so seltsam wie in meinen.

Das Mädchen holt zögernd Luft.

»Er ist für dich, wirklich. Ich kann ihn essen, wenn du keinen Hunger hast oder wenn du es komisch findest, dass dir ein Fremder was zu essen kauft. Truthahn und Schinken.« Ich halte ihn ihr unter die Nase. »Na los, nimm schon.«

Ich will so sehr, dass sie endlich diesen verdammten Wrap nimmt und mich von meinen Qualen erlöst, dass meine Hand beinahe zittert. Ich verfluche mich dafür, dass ich so unbeholfen bin. Dass ich an Dinge wie Karma glaube und dass ich in diesem verdammten Zug sitze …

»Danke. Ich bin am Verhungern«, unterbricht sie meine Gedanken. Sie nimmt den Wrap, wickelt ihn gierig aus und beißt herzhaft hinein. Die Erleichterung, die mich überkommt, ist wie das Gefühl, an einem heißen Tag ins kühle Schwimmbecken zu tauchen. Das Gefühl, das ich immer habe, wenn die Anspannung nachlässt.

»Wow, du bist ja echt hungrig«, stelle ich fest.

Ihre Wangen sind so voll wie die eines Streifenhörnchens, aber kurze Zeit später schluckt sie. »Ich hab den Speisewagen nicht gefunden.«

»Wo bist du denn eingestiegen?«, frage ich.

»Baltimore«, erwidert sie, bevor sie wieder in den Wrap beißt. »Und vorher von Virginia eine Stunde mit dem Auto gefahren.« Sie zeigt mit dem Finger. »Ich bin drei Wagen weitergegangen, an den Toiletten vorbei und so, aber ich habe nichts gefunden. Ich wollte jemanden fragen, aber die waren alle so in ihre iPads vertieft. Und ich wollte meinen Koffer nicht so lange allein lassen. Ich dachte, vielleicht gäbe es hier nichts zu Essen.«

»Zwei Wagen hinter uns«, erkläre ich. »Der Speisewagen ist immer hinten. Der Schaffner macht eigentlich eine Durchsage, aber manchmal vergisst er es. Du hättest mich fragen können.«

Sie grinst und mampft weiter. »Ich war zu sehr mit meiner miesen Laune beschäftigt.«

Darüber muss ich lachen, diesmal aufrichtig.

Ich wickle meinen Wrap aus, und für ein paar Minuten ist alles ganz einfach. Das Knistern der Frischhaltefolie. Das Knirschen des Eisbergsalats. Der Geschmack nach einfachem, schnörkellosem Truthahn. Das leichte Schaukeln des Zugs auf den Schienen. Der Blick auf den Schneesturm vorm Fenster. Es ist beinahe schön. Einer dieser kleinen Momente, über die die Leute in Büchern oder Filmen immer nachdenken. Vielleicht sind es solche Momente, die den Lauf eines Lebens verändern. Vielleicht tue ich wirklich das Richtige, um dem Universum zu beweisen, dass Rina und ich wieder zusammen sein sollten. Etwas an diesem Moment fühlt sich besonders an.

Meine Sitznachbarin knüllt ihre Frischhaltefolie zu einem kleinen Ball zusammen und steckt ihn in ihre Tasche. Ich stopfe meine Folie in das Seitenfach meiner Umhängetasche, in dem sich eine Menge Kaugummis, endlos lange Kassenbons und der Automaten-Fotostreifen von Rina und mir befinden. Die einzigen Bilder, die ich noch von ihr habe.

Ich schließe den Reißverschluss und drehe mich zu ihr. »Äh, ich bin übrigens Noah. Noah Adler.« Ich reiche ihr die Hand.

Sie nimmt sie. Ihre Hand ist überraschend kühl, trotz der

Hitze hier drinnen. »Ammy.« Sie nennt keinen Nachnamen, so als wäre sie Madonna oder Cher.

»Ammy?«, frage ich. »Nicht Amy?«

Sie schüttelt den Kopf, und ein Hauch von Gereiztheit kommt zurück. Die Frage hat sie garantiert schon öfter gehört. »So wie Sammy, nur ohne S. Kurz für Amarantha. Das ist aus einem Gedicht. Meine Eltern sind ziemlich durchgeknallt.«

»O Amarantha, süß und klar, flicht nimmermehr das güldne Haar!«, zitiere ich, ohne nachzudenken.

Sie runzelt die Stirn und nickt, sie wirkt beeindruckt. »Das kennen wirklich nicht gerade viele«, sagt sie.

Ich hole tief Luft und halte mich am Vordersitz fest, weil der Zug gerade eine Kurve fährt. Wieder verspüre ich diese Erleichterung. »Tja, vielleicht studiere ich ja Vergleichende Literaturwissenschaft.« Ich hebe die Hand, um ihrem Einwand zuvorzukommen. »Ich weiß, was du jetzt sagst: Was für ein sinnloses Studienfach.«

Sie lacht. »Das hast du gesagt.«

Ich höre auf, an meinem Daumen herumzuknibbeln, und beschließe weiterzureden. »Ich liebe Richard Lovelace. Ich finde, er ist als Dichter wirklich unterschätzt, auch wenn er nicht so berühmt ist wie die Johns. Du weißt schon, John Donne und John Keats –« Ich halte inne, um mich zu vergewissern, dass sie mir zuhört. Das tut sie, sie sieht mir direkt in die Augen. »– aber das muss man deinen Eltern ja nicht erzählen.«

Sie bricht den Blickkontakt ab und zuckt die Schultern. »Na ja, für ein Kind ist es ein ziemlich bescheuerter Name. Ich hatte keinen einzigen Lehrer, der ihn sich merken konnte. Nicht so wie Noah – das ist einfach.«

»Wie in der Geschichte mit dem Regenbogen«, sage ich grinsend. »Die kennen die meisten.«

Sie blickt nach unten und kramt in ihrer Tasche. »Was schulde ich dir eigentlich für den Wrap?«

»Vergiss es, der geht auf mich«, erwidere ich.

»Aber …«

Ich zucke die Schultern. »Ich brauche dringend ein bisschen gutes Karma. Glaub mir. Du tust mir einen Gefallen.«

Sie schweigt einen Moment, dann bedankt sie sich und stellt ihre Tasche wieder ab.

»Karma?« Sie zieht eine Augenbraue hoch. Hinter ihr durchs Fenster sehe ich einen alten Schulbus am Waldrand. Er ist knallbunt gestrichen, mit insgesamt drei Peacezeichen darauf. Den Bus sehe ich immer auf diesem Teil der Strecke, die nicht mehr am Ufer des Hudson entlangführt und nach kurzer Zeit nur noch von Wald umgeben ist.

Ich sehe sie wieder an und zögere, obwohl ich nicht weiß, warum. Die Brooklyn-Rotznasen von vorhin kommen den Gang zurückgerannt, und der Typ vor uns kriegt seinen nächsten Hustenanfall.

Ist es komisch, einer Fremden zu erzählen, dass man seine Exfreundin zurückerobern will? Vielleicht. Ich bin mir nicht sicher. Ich kenne die Spielregeln nicht, weil ich noch nie versucht habe, jemanden zurückzuerobern.

Ich schaue wieder aus dem Fenster. Der Schnee fällt noch ein bisschen dichter. Der bunte Bus ist längst verschwunden und man sieht nur noch Bäume.

Egal, ob komisch oder nicht, ich beschließe, es ihr zu erzählen.

»Hat es was mit den Blumen zu tun?«, fragt sie.

Ich lege den Kopf zur Seite. »Vielleicht.«

»Du willst deine Ex zurückerobern«, sagt sie siegesgewiss.

»Wow«, erwidere ich. »Du bist gut!«

Sie lächelt. »Glückstreffer.«

Vielleicht, aber ich glaube, dass sie ziemlich gut darin ist, andere Menschen einzuschätzen. Ganz bestimmt. »Heute wären wir drei Jahre zusammen«, sage ich.

»Wie romantisch«, erwidert sie, aber sie grinst dabei, und ihre Stimme ist bissig. Als würde sie nicht an Romantik glauben. Ich spüre, dass ich rot werde.

»Wie hast du es denn vermasselt?«, fragt sie schnell. Sie geht also davon aus, dass ich es war, der es verbockt hat.

Tja, sie ist also wirklich gut darin, andere einzuschätzen.

Ich hole tief Luft und überlege, wie ich es am besten erklären soll. Vielleicht kann sie mir sogar einen guten Rat geben. Schließlich haben wir noch über eine Stunde Fahrzeit vor uns.

Aber ich komme nicht mehr dazu, etwas zu sagen, weil der Zug plötzlich langsamer wird. Lautes Quietschen von Bremsen ertönt, ich sehe einen der kleinen Jungs stolpern und hinfallen, und bevor ich aufspringen kann, um ihm zu helfen, schwankt der ganze Waggon vor und zurück, und die Lichter gehen aus.

Dann steht der Zug still.

AMMY
13:23

Keiner hier scheint so panisch zu sein wie ich.

Der Zug steht jetzt schon seit einer ganzen Stunde still, und es ist immer noch nichts passiert. Die Beleuchtung ist aus, und die letzte Durchsage ist schon mindestens 45 Minuten her – nicht mal ein Knistern in der Sprechanlage ist zu hören. Der Schnee fällt in einer Geschwindigkeit, dass man meinen könnte, er würde dafür bezahlt werden. Er bedeckt die Bäume – das Einzige, was man da draußen sehen kann – mit einer weißen Schicht, die grell ist im Vergleich zu dem Dämmerlicht hier drin.

Anfangs gab es eine Menge Aufregung, wodurch das Gespräch von Noah und mir unterbrochen wurde. Eine Mutter versuchte, ihr weinendes Kind zu beruhigen, der verschwitzte Typ im Anzug seufzte laut, und die Frau vor uns ließ alle wissen, dass ihre Schwiegertochter gar nicht begeistert darüber sein werde, dass sie am Bahnhof auf sie warten muss. Doch seit der letzten Durchsage, bei der verkündet wurde, dass »das Problem untersucht« werde, dass die »Passagiere Ruhe bewahren« sollten und dass »das Amtrak-Personal zum jetzigen Zeitpunkt keine weiteren Informationen« habe, scheinen die meisten Leute die Hoffnung aufgegeben zu haben. Selbst die, die anfangs noch herumgerannt sind, haben sich beruhigt. Und jetzt sitzen wir alle hier … und warten.

Ich lege die Hand an die Scheibe, male mit der Fingerspitze Kreise auf das beschlagene Glas und stelle mir vor, ich würde einen Notfallgenerator ankurbeln, der alles wieder in Ordnung bringt. Meine Fingernägel sehen ziemlich mitgenommen aus von der letzten Stunde – dem letzten Tag, dem letzten Jahr? –, und ich verfluche mich für meinen blöden Tick.

Die Hochzeit – oder die Treuezeremonie, um genau zu sein, da meine Eltern noch nicht geschieden sind – beginnt um sechs. Theoretisch habe ich noch Zeit, aber ich weiß, dass Kat ihrer Mutter noch bei ihrem Make-up und dem ganzen anderen Zeug helfen muss. Und ich wollte mich auch noch schminken und mir die Haare machen und das Kleid bügeln, das total zerknittert in meinem Koffer liegt. Eigentlich hätte ich in ein paar Minuten schon da sein sollen.

Mein Handy vibriert. Es ist Kat. Ich habe ihr sofort geschrieben, dass der Zug stehen geblieben ist, ich wahrscheinlich nicht pünktlich ankomme und ihr sofort Bescheid gebe, wenn wir weiterfahren.

Immer noch nichts?

Ich schicke ihr einen grimmigen Smiley. Ich überlege, ob ich noch etwas schreiben soll, aber mehr gibt es dazu nicht zu sagen.

Mom wollte nicht, dass ich fahre. Sie hat mich angefleht, nicht Dads »Verrat zu legitimieren«, indem ich an der Zeremonie teilnehme. Und ich habe ihr versprochen, nicht hinzufahren.

Bis ich mich zu fragen begann, ob sie dabei überhaupt an meine Bedürfnisse gedacht hat.

Bis mir klar wurde, dass ich durchdrehen würde, wenn ich nicht mal eine Pause von ihr bekomme.

Bis sich die Befürchtung in mir breitmachte, eines Tages so zu werden wie sie.

Und jetzt bin ich hier, verhalte mich, als wäre ich auf Dads

Seite, und verletze sie damit so sehr, dass ich es vermutlich nie wiedergutmachen kann. Dabei weiß ich nicht mal, ob ich überhaupt rechtzeitig ankomme.

Das ist echt ätzend.

Ich atme schneller und kaue am Nagel meines kleinen Fingers, bis da wirklich nichts mehr zum Kauen übrig ist.

Ich starre durch die Spirale, die ich auf die Scheibe gemalt habe, als wäre irgendwo da draußen die Antwort, aber ich sehe nur Bäume und Schnee. Es ist hoffnungslos.

Ich schaue Noah an. Er ist auch nervös, das erkenne ich daran, wie er an seiner Nagelhaut herumknibbelt. Wir haben also doch etwas gemeinsam.

Er starrt die Rückseite seines Vordersitzes an, statt sich mit seinem E-Reader oder seinem Handy zu beschäftigen. Er will um jeden Preis heute Abend da sein. Ich kann förmlich sehen, wie die Rädchen in seinem Kopf rattern und durchspielen, was alles passieren könnte, wenn er es nicht schafft.

Noch etwas, das wir gemeinsam haben.

»Entschuldigung«, sage ich zu Noah und zeige auf den Gang, woraufhin er schnell aufsteht und mich durchlässt. Ohne die Deckenbeleuchtung ist es ziemlich düster hier, aber ich gehe trotzdem den Gang entlang, in der Hoffnung, dass mich die Bewegung etwas beruhigt.

Ich gehe bis zum Ende des Waggons, wo ein Junge seiner kleinen Schwester mit einem zusammengerollten *New Yorker*-Magazin auf den Kopf haut. Eine ältere Frau in einem eleganten Wollmantel spielt Sudoku auf ihrem iPad. Keiner von denen sieht aus, als hätte er es eilig. Wahrscheinlich weil keiner von denen auf dem Weg zu einer verdammten Hochzeit oder Nicht-Hochzeit ist. Vielleicht fügen sie sich aber auch einfach bereitwilliger ihrem Schicksal als ich.

Ich komme ans Ende des Wagens, mache kehrt und hoffe,

nicht allzu verrückt zu wirken. Kaum jemand beachtet mich, denn wir sind hier in New York, und wie Kat gesagt hat, lassen die Leute sich hier in Ruhe.

Die Eiskristalle vor dem Fenster werden jede Minute mehr. Draußen ist es immer noch hell, aber es ist eine trübe, fahle Helligkeit, als hätte jemand Pergamentpapier über die Bäume gelegt. Wie bei einem Fotofilter, der alles alt und verschwommen aussehen lässt.

Noah steht auf, um mich wieder auf meinen Platz zu lassen. Seine Augen sind groß und vertrauensvoll, wie die eines Welpen. »Alles okay?«, fragt er. Er starrt wieder auf seinen Daumen.

Ich rutsche an ihm vorbei, wobei mein Wollpulli sein Trikot streift, und setze mich. Richtig okay fühle ich mich nicht. Überhaupt nicht.

»Klar«, sage ich, während ich in Gedanken Pro und Kontra abwäge, die Nachrichten meiner Mutter zu lesen. »Ich würde nur gerne wissen, wie lange das hier noch dauert.«

»Tja, wer würde das nicht?«, erwidert Noah. Er merkt wohl an meinem Blick, dass ich mir eine andere Antwort erhofft habe, und fügt eilig hinzu: »Verspätungen sind nicht ungewöhnlich, vor allem bei schlechtem Wetter. Es geht bestimmt bald weiter. Wahrscheinlich ist es nur ein kleines Problem.« Er klingt, als versuchte er in erster Linie, sich selbst zu überzeugen.

Ich stoße einen tiefen Seufzer aus und werfe einen Blick auf mein Handy, aber Kat hat noch nicht zurückgeschrieben.

Ich schaue wieder zum Fenster, auf die Wassertropfen, die an der Scheibe entlangrinnen und meine Spirale verzerren wie ein Bild aus einem Horrorfilm. Ich schreibe meinen Namen auf das beschlagene Glas darüber und wische mir den feuchten Finger an der Jeans ab. Er hinterlässt einen dunklen Streifen auf dem ausgewaschenen Stoff.

Ich starre das Nachrichtensymbol auf meinem Handy an. Der Chat mit meiner Mom ist zwar stumm geschaltet, doch die kleine Zahl über dem Icon zeigt die Anzahl der ungelesenen Nachrichten an – mittlerweile sind es 28. Das stresst mich jetzt noch mehr, weil ich nur noch herumsitze.

Am besten Augen zu und durch.

Sonst werde ich verrückt.

Ich tippe auf das Icon und öffne die Konversation mit meiner Mom.

Ich spüre, dass mein Puls schneller wird, während ich scheinbar endlos nach oben zum Anfang der Nachrichten scrolle.

Komm zurück.
Sag Dara, dass sie dich abholen soll!
Ruf mich an!
Ruf mich an.
Ruf mich an.
Verdammt, Ammy, ruf endlich an!
Ruf an.
Woher soll ich wissen, dass alles ok ist?
Ruf an.
Antworte mir!

Und immer so weiter.

Die letzte Nachricht ist erst fünf Minuten alt.

Wenn du dich nicht sofort meldest, rufe ich deinen Vater an.

Bloß nicht! Es geht mir nicht so sehr darum, dass mein Besuch eine Überraschung sein soll. Aber ich weiß, dass es ein Riesendrama geben würde, wenn Mom ihn in ihrem aufgelösten Zustand am Tag seiner Feier anruft. Ich will nicht, dass Sophie mir Vorwürfe macht und sogar Kat sich fragt, ob meine Anwesenheit den ganzen Ärger wirklich wert ist. Oder dass Dad sauer auf mich ist.

Ich will, dass sie mich mögen. So mies ich es auch finde, dass mein Vater uns verlassen hat.

Auch wenn es seltsam ist, ich will dazugehören, und wenn es nur für eine Woche ist.

Noah scheint zu merken, dass ich unruhig bin, denn er dreht sich zu mir. »Ist wirklich alles in Ordnung?«

Ich nicke. »Ich muss nur mal kurz telefonieren. Tut mir leid.«

»Kein Problem«, erwidert er.

Meine Mutter nimmt gleich beim ersten Klingeln ab, als hätte sie das Handy schon in der Hand gehabt.

»Ist alles okay bei dir?« Ihre Stimme ist schrill.

»Mir gehts gut, Mom.«

»Wo bist du?«

»Im Zug«, antworte ich. »Ich bin bald da.«

Dann beginnt sie zu schreien. Ein langer wilder Wortschwall – *»Du wusstest, wie sehr du mich damit verletzt, du hast mir versprochen, nicht da hinzufahren, du musst auf meiner Seite sein, ich wollte mit dir Gilmore Girls gucken, ich hatte schon die DVDs besorgt …«* –, ich kann ihr kaum folgen.

Ihre Stimme ist laut, schrill und heiser, als hätte sie seit dem Gebrüll heute Morgen durchgeweint. Ich kann die Ringe unter ihren Augen förmlich vor mir sehen, ihre fettigen Haare, die sie seit Tagen nicht gewaschen hat, die abgekauten Fingernägel, die sogar noch schlimmer sind als meine.

Ich musste heute einfach fahren. Ich hatte Angst, so zu werden wie sie, wenn ich noch einen Moment länger in dem Haus blieb. Ich hatte Angst, dass sie mir ihr Wesen überstülpen würde wie einen Leinensack, der etwas aus mir macht, was ich gar nicht bin.

Ich hatte Angst, meinen Dad noch mehr zu hassen, als ich es ohnehin schon tue. Und dass ich ihn endgültig verlieren könnte, weil er mir nie verzeihen würde, seine Feier verpasst zu haben, und dass ich damit jede Chance auf ein normales Leben verspielt hätte, auch wenn es eine vorgetäuschte Normalität ist, die nur dadurch entstanden ist, weil Dad Mom verlassen hat.

Aber das kann ich ihr nicht sagen.

»Ich lege jetzt auf, Mom«, sage ich.

»Das kannst du nicht machen, Ammy …«

»Mom, bei mir ist alles in Ordnung, wirklich, aber ich kann nicht mit dir reden, wenn du so bist.«

»Wenn ich wie bin? Wie dein Vater, der uns verlassen hat und auch noch die Frechheit besitzt …«

»Mom, ich lege jetzt auf.«

Meine Stimme ist so ruhig wie die der Familientherapeutin, zu der mein Vater uns geschleppt hat, nachdem er uns verkündet hatte, dass er ausziehen werde, weil er auf einer – kein Witz – geführten Wandertour in Patagonien eine andere Frau kennengelernt habe. (Als könnte man alles wiedergutmachen, indem man ein paar Sitzungen bei einer Familientherapeutin bezahlt.)

»Du kannst nicht einfach auflegen, das geht nicht, das kannst du mir nicht …«

Ich beende das Gespräch. In einer unserer Einzelsitzungen hat die Therapeutin mir geraten, eine klare Grenze zu ziehen, wenn Moms Gefühlschaos mir zu viel wird.

Tja, jetzt habe ich nicht nur eine Grenze gezogen, ich bin noch dazu in einen Zug gestiegen.

Noah starrt mich an. Er sieht besorgt aus, seine Augenwinkel legen sich in Falten, und dann sehe ich etwas noch Schlimmeres: Mitleid.

Ich öffne den Mund, um etwas zu sagen – ganz egal, was –,

aber ich bekomme keinen Ton heraus. Ich spüre nur das bittere Brennen der aufsteigenden Tränen. Ich schiebe die Ärmel meines Pullovers hoch, mir ist plötzlich ganz heiß.

Ich will nicht weinen, hier im Zug vor einem Wildfremden.

Ich will jetzt in Hudson sein und so tun, als würde ich mich für Sophies Kleid interessieren, bei Kat und Bea und der Aussicht auf ein bisschen Harmonie, und Mom und alles, was mit ihr zusammenhängt, Hunderte Meilen weit weg wissen.

Ich weiß, es ist unfair – sie hat schließlich nicht unsere Familie zerstört –, aber ich kann nichts für meine Gefühle.

»Puh, das klang ja ganz schön übel«, murmelt Noah.

Das bringt das Fass zum Überlaufen. Ich spüre die erste Träne. Mist.

Ich hole tief Luft, um sie zurückzuhalten. Aber der Sauerstoff dringt nur langsam in meine Lungen, und es fühlt sich an, als gäbe es nicht genug davon in diesem blöden, stickigen Zug.

Ich spüre noch eine Träne und wische sie mit dem Handrücken weg.

»Ich brauche Luft«, keuche ich. Mein Atem geht jetzt stoßweise. »Ich brauche dringend frische Luft.«

NOAH
13:31

Niemand darf den Zug verlassen.

So hieß es zumindest bei der ersten Durchsage.

Nicht mal, wenn der Zug so lange still steht, lassen sie einen raus. Es hat irgendwas mit der Haftung zu tun. Wir können also nicht einfach nach draußen spazieren. Aber eine Möglichkeit gibt es doch.

»Komm mit«, sage ich und stehe auf.

Sie folgt mir. Ihre Augen sind glasig, und ich schaue weg, damit sie sich die Tränen abwischen kann. Ich gehe den Gang entlang. An der Tür drehe ich mich um und vergewissere mich, dass sie hinter mir ist. Sie ist noch größer, als ich dachte, stelle ich fest. Fast so groß wie ich. Viel größer als Rina.

Ich gehe durch den nächsten Waggon und durch den Speisewagen bis zum Ende des Zuges. Sie folgt mir, bis wir im Bremswaggon angelangt sind. Die Türen schließen sich hinter uns, und plötzlich sind wir allein.

»Hier hinten ist es kühler«, sage ich. »Hier wird nicht geheizt.«

Sie nickt. »Darf man hier überhaupt rein?«, fragt sie dann. Sie zeigt auf ein Schild, das sehr deutlich macht, dass man es nicht darf.

»Wahrscheinlich nicht.« Ich lache, lehne mich an die Tür und versuche, mich zu entspannen. Wenn ich mich zu Hause beruhigen musste, nachdem mein Dad wegen der Trennung mal wieder einen Wutanfall hatte, hat das immer am besten geholfen.

Ammy holt tief Luft, und man merkt deutlich, dass sie sich schon etwas beruhigt hat.

Ich sehe die Gänsehaut auf ihren Armen, als sie die Ärmel ihres Pullovers wieder herunterzieht. Wir hätten unsere Jacken mitnehmen sollen, aber daran habe ich in der Eile gar nicht gedacht.

Ihr Atem bläst kleine Wölkchen in die Luft, und je ruhiger sie atmet, desto größer werden die Wölkchen. Durch die Seitenfenster sind nur Bäume zu sehen. Durchs Rückfenster die Schienen, die sich bis zum Horizont erstrecken. An der Rückwand befindet sich ein weiteres Schild – »Türen bei Stromausfall per Hand öffnen« –, und ich spüre wieder die leise Sehnsucht, zu fliehen, mich zu verlieren. Die Stimmung, in die Rina mich immer bringen wollte. Und die ich erst kennengelernt habe, nachdem ich sie verloren hatte.

Ammy schaut zu mir hinauf. Ihre Wimperntusche ist ein bisschen verschmiert. Sie sagt nichts, sieht mich nur an.

»Soll ich lieber gehen?«, frage ich und verstumme. Ich mache einen Schritt zur Tür.

Sie zuckt die Schultern. »Du hast doch sowieso das meiste mitbekommen. Ist ja auch egal.«

Ich stecke die Hände in die Taschen. »Willst du darüber reden?«

Sie schüttelt schnell den Kopf. »Nein. Will ich nicht.«

»Okay«, sage ich und verlagere das Gewicht von einem Fuß auf den anderen. Ich weiß nicht, was ich sagen soll, aber ich will sie auch nicht alleinlassen. Ich habe gehört, wie ihre Mom sie angeschrien hat. So sind meine Eltern noch nie mit mir umgegangen. Ich weiß, sie ist nur eine Fremde aus dem Zug, und ich habe heute auch genug andere Probleme, aber sie tut mir irgendwie leid. Was auch immer sie gerade durchmacht, es scheint ganz schön hart zu sein.

Sie atmet aus. Ich merke, dass mir ziemlich kalt ist. Was für ein Schwachsinn, dass Jungs angeblich nicht frieren.

Aber ich widerstehe der Versuchung, zurück ins Warme zu gehen. Ich will Ammy nicht alleinlassen.

Sie weicht vom Fenster zurück und reibt sich die Arme. Ich trete einen Schritt nach vorne und betrachte den seltsam perfekten Ausblick auf die schneebedeckte Landschaft. Es ist, als wäre diese eisige alte Stahlkammer unser kleines Privatmuseum und das Fenster ein Gemälde.

»Und, was ist dein Plan?«, fragt sie und lehnt sich an die gegenüberliegende Wand.

»Mein Plan?«

»Um deine Ex zurückzuerobern. Du hast doch bestimmt einen Plan, oder willst du dich einfach nur mit Blumen vor ihre Haustür stellen?«

Ich zupfe an meinem Kragen herum. »Na ja, Blumen und ein Gedicht, und ich wollte sie in das Restaurant einladen, in das sie schon immer unbedingt mal gehen wollte. Ich habe schon vor Wochen reserviert …« Ich warte auf eine Antwort, aber es kommt keine.

Nach einer Weile murmele ich: »Ganz schön abgedroschen, was?«

»Das habe ich nicht gesagt.«

Sie ist ziemlich verschlossen, so viel steht fest. Nicht mal ihre Ansicht zu den romantischen Plänen eines Fremden lässt sie sich entlocken. Aber ich kann ihr ansehen, dass sie es abgedroschen findet. Und mich für eine Witzfigur hält.

»Und warum bist du in diesem Zug?«

Sie zieht die Augenbrauen hoch. »Drama der übelsten Sorte.«

»Und zwar?«

Ammy knibbelt einen Aufkleber von der Fensterscheibe ab, dann drückt sie ihn wieder fest und schaut mich an. »Familie eben«, sagt sie, und ihre Augen werden ausdruckslos, als würde sie einen nicht besonders verlockenden Ort in der Ferne fixieren. Ist ja auch kein Wunder, nach dem, was ich von ihrem Telefonat mitbekommen habe. »Sagen wir einfach, ich muss heute am frühen Abend unbedingt in Hudson sein, das reicht.«

Ich werde hellhörig, als sie meine Heimatstadt erwähnt. Sie fährt also doch nicht nach Bard. Was sie wohl in Hudson will? Der Ort ist so klein, dass ich sie eigentlich kennen müsste, wenn sie dort aufgewachsen wäre. Spätestens in der Highschool hätten wir uns über den Weg laufen müssen. »Du kommst aber nicht aus Hudson, oder?«, frage ich.

Sie schüttelt den Kopf.

»Ich fahre auch nach Hudson«, erkläre ich. »Und ich hab es auch eilig. Wann musst du da sein?«

»Um fünf«, sagt sie. »Spätestens.«

Ich nicke. »Ich auch.« Ich trete einen Schritt näher an sie heran, damit unsere Körperwärme in dem eiskalten Wagen nicht ganz entschwindet. Sie tut das Gleiche, und ganz kurz denke ich, dass sie sich mir gegenüber öffnet, dass sie mir sagen wird, warum sie unterwegs ist.

Doch dann schaut sie zu Boden, und wir hören eine verzerrte Stimme.

»Eine Durchsage«, rufe ich aufgeregt. Ich drücke hastig auf den Knopf und verlasse den Bremswagen. Wohltuende Wärme schlägt mir entgegen. Ammy folgt mir zurück zu unseren Plätzen.

»... nicht wetterbedingt ... verantwortlich für die Verspätung ist ein mechanischer Fehler ... wir hoffen, die Fahrt so schnell wie möglich fortsetzen zu können, allerdings könnte es noch einige Stunden dauern, bis die Mechaniker kommen … weitere Vorfälle in der Gegend … wir bedanken uns für Ihre Geduld …«

»Hat der gerade *einige Stunden* gesagt?«, fragt sie entsetzt, während um uns herum Tumult ausbricht und sogar die Frau mit dem Getränkewagen bestürzt dreinblickt.

Ammy schaut mich an, als könnte ich irgendetwas tun.

Mist. Ich habe für sieben Uhr reserviert, und um sechs wollte ich bei Rina sein, damit sie noch genug Zeit hat, sich fertig zu machen, nachdem ich ihr gesagt habe, was ich zu sagen habe. Vorher wollte ich nach Hause und duschen und mich umziehen und so weiter. Ich kann unmöglich in meinem alten Steelers-Trikot bei ihr aufkreuzen, von dem ich weiß, dass sie es hasst. Wenn der Zug noch länger hier rumsteht, verfällt die Reservierung. Ich würde wie ein Trottel im Dunkeln vor ihrer Tür stehen, mit einem zerdrückten Blumenstrauß und der lausigen Erklärung, dass ich eigentlich alles anders geplant hatte, dass der Plan aber leider nicht aufgegangen ist.

Warum muss mit dir alles immer so kompliziert sein?

»Das ist nicht gut«, sage ich. »Gar nicht gut.«

AMMY
13:43

Noah taucht in sein Handy ab, während ich mich langsam wieder aufwärme und mich ans Kopfrechnen mache. Es könnte noch Stunden dauern, bis der verdammte Zug überhaupt wieder fährt. Dann würde ich während der Zeremonie in Hudson ankommen, und Kat könnte mich nicht abholen. Selbst wenn ich ein Taxi bekäme, sollte ich dann einfach so reinplatzen – *Überraschung! Hier bin ich?* Außerdem ist die Feier in einem schicken Restaurant, da kann ich nicht mit Zottelhaaren und zerknittertem Kleid auflaufen.

Um uns herum rasten auch alle aus. Rufen bei den Leuten an, mit denen sie verabredet sind. Starren auf ihre Handys, als wäre da drin die Lösung. Nerven den armen Amtrak-Schaffner mit Fragen, die er selbst nicht beantworten kann.

Ich werde die Treuezeremonie meines Vaters verpassen. Und meiner Mutter ganz umsonst das Herz gebrochen haben.

Noah blickt von seinem Handy auf und dreht sich zu mir. Er hat die Arme in seine Daunenjacke gesteckt und trägt das Ding falsch herum wie eine Decke. Er sieht aus wie ein neonoranges Michelinmännchen. »Einer meiner Mitbewohner hat mal neun Stunden im Zug festgesessen«, sagt er leise, als wollte er den anderen Leuten keine Angst machen.

»Machst du Witze?«

Er schüttelt den Kopf.

»Glaubst du, es könnte so lange dauern?«, frage ich.

»Ich weiß es nicht«, erwidert er und wendet sich wieder seinem Handy zu, auf dem er Google Maps geöffnet hat.

Ich schaue aus dem Fenster. Es schneit immer noch. Auch wenn sie den Zug wieder in Gang bringen, was ist, wenn die Strecke blockiert ist? Ich nehme mein Handy heraus und schaue ebenfalls auf der Karte nach. Von hier bis nach Hudson sind es eine Stunde und 45 Minuten mit dem Auto. Selbst wenn Kat sofort losfahren würde, wären wir nicht rechtzeitig zur Zeremonie zurück. Ich bin echt am Arsch.

Ich schreibe Kat.

Ich weiß nicht, ob ich es rechtzeitig schaffe.

Dann sehe ich eine weitere Nachricht von meiner Mom.

Wann kommst du an? Schreib sofort zurück, sonst rufe ich deinen Dad an.

Ich überlege, ob ich ihr sagen soll, dass der Zug stehen geblieben ist, aber ich weiß, dass sie sich dann nur noch mehr aufregen würde.

Also lüge ich.

Bin schon da.
Bin jetzt bei Dad.
Es tut mir leid.

Es kommt nicht gleich eine Antwort, und ich habe die Hoffnung, dass sie es vielleicht jetzt gut sein lässt, weil sie ohnehin nichts mehr machen kann.

Aber dann sehe ich die drei Pünktchen, die zeigen, dass sie etwas schreibt.

Die Pünktchen verschwinden wieder. Sie hat mir wohl nichts mehr zu sagen.

Ich sehe Mom vor mir, wie sie mir gestern Abend gegenübersaß, die halb leere Weinflasche auf dem Tisch, ihr Gesicht, als ich ihr sagte, dass ich es leid sei, *andauernd* über Dad zu lästern.

Ihre Augen, die immer größer wurden, und ihr vorwurfsvoller Blick, als würde ich sie verraten, nur weil ich nicht die ganze Zeit über meinen Vater herziehen will.

Ihre Sätze drehten sich schon seit Tagen im Kreis.

»Kannst du dir vorstellen, dass er die Frechheit besitzt, eine *Zeremonie* mit ihr abzuhalten ... nach allem, was ich für ihn getan habe ... ich kann nicht glauben, dass er dir das antut, Ammy ... Kannst du glauben, dass er uns das antut?«

Ich schiebe die Gedanken beiseite und schaue nach, ob Kat geantwortet hat. Nichts.

Ich öffne Kats Facebook-Seite und suche nach einem aktuellen Post – Fotos, wie sie sich fertig machen, aber da ist nichts. Nur Fotos von Kat beim Wandern und Brunchen und bei anderen typischen Kat-Aktivitäten – alle mehrere Tage alt. Nichts über die Hochzeit bzw. Nicht-Hochzeit.

Ich frage mich, ob es ihr wirklich so wichtig ist, dass ich dabei bin, wie sie gestern noch behauptet hat. Schließlich haben wir insgesamt gerade mal zehn Tage miteinander verbracht.

Ich hatte mir fest vorgenommen, Kat zu hassen. So wie ich Sophie hasste, ihre Mutter, die Frau, die meine Familie zerstört hatte und die – laut Dad – in den Yogakursen, die sie jeden Vormittag gibt, einen beeindruckenden Kopfstand hinlegt. Ich war fest entschlossen, Kat und Bea zu hassen, die beiden blonden, winzigen, garantiert unerträglichen Stiefschwestern, die mir da plötzlich aufgedrängt wurden. Ich wollte meinen Dad nicht mal besuchen. Ich hatte beschlossen, nie wieder mit ihm zu reden, was meine Mutter voll und ganz befürwortete. Aber meine besten Freundinnen Dara und Simone haben mich überredet, ihn doch zu besuchen. Sie meinten, ich könnte doch ein oder zwei Tage New York rausschlagen, bevor ich meine neue »Familie« kennenlernte.

Dad kam von Hudson nach New York herunter, und wir verbrachten das Wochenende damit, den Times Square und das neue World Trade Center zu besichtigen, bei Macy's shoppen zu gehen und durch den Central Park zu spazieren, während unsere Unterhaltung vorwiegend aus Ein-Wort-Sätzen von meiner Seite und gestammelten Entschuldigungen von seiner Seite bestand. Als wir dann zu seinem neuen Zuhause in Hudson aufbrachen, überkam mich entsetzliche Angst. Ich wusste nicht, wie ich noch eine Woche voller Entschuldigungen überstehen sollte.

Es war Kat, die alles besser machte. Kat, die die Tür zu ihrem alten Bauernhaus in Hudson öffnete und mich in ihre dünnen Arme schloss. Mit Sophie sprach ich nur kurz, bevor Kat mich zum Brunchen in ihr Lieblingscafé schleifte und anschließend mit mir zusammen Bea von ihrer Theaterprobe abholte.

Wir saßen noch keine zwei Minuten im Auto, als Kat erklärte: »Ich habe meiner Mom gesagt, dass sie nichts mit einem verheirateten Mann anfangen soll, aber sie kann ganz schön egoistisch sein. Wir sind also beide die Kinder von Arschlöchern. Das haben wir schon mal gemeinsam.«

Ich glaube, da habe ich mich auf der Stelle ein bisschen in sie verliebt. Ich fand es wunderbar, dass sie die Dinge so klar sehen konnte und das aussprach, was ich mich nicht zu sagen traute, obwohl ich diejenige war, die mitangesehen hatte, wie mein Vater seine Sachen packte und uns verließ. Obwohl ich vor Wut gekocht hatte, als ich erfuhr, dass meine Mutter ihn *auch noch zum Flughafen fuhr!*

Die ganze Zeit hatte ich es nicht über mich gebracht zu sagen, was ich wirklich dachte: dass er vielleicht doch nicht der Mensch war, für den ich ihn gehalten hatte. Ich wusste, dass er sich in eine andere Frau »verliebt« hatte und damit alles kaputt gemacht hat, was wir hatten, und trotzdem wollte ich es nicht wahrhaben. Schließlich war er mein Dad, zu dem ich aufblickte.

Und dann sprach Kat es einfach aus. *Wir sind die Kinder von Arschlöchern.*

Es ist eine seltsame Erkenntnis, dass jemand, den man schon sein Leben lang kennt und lieb hat, vielleicht kein besonders guter Mensch ist.

Doch noch seltsamer war, wie sehr ich diese zehn Tage genossen habe. Ich war sauer auf meinen Dad – bin es immer noch –, aber es war leichter, sauer auf ihn zu sein, wenn wir Sophies frischen Krautsalat mit Zitronenhühnchen aßen. Wenn wir nach dem Essen Scrabble spielten, während mein Dad und Sophie sich eine Flasche Pinot Noir teilten. Klar, es war unfassbar, dass er unser Leben kaputt gemacht hatte und seins in vollen Zügen zu genießen schien.

Aber es war auch irgendwie bezaubernd.

So war meine Familie nie gewesen – eine normale Familie.

Ich hatte immer gedacht, wir seien etwas Besonderes, aber mit der Zeit kamen mir Zweifel, ob wir das wirklich waren. Und ich begann, meinen Dad ein winzig kleines bisschen zu beneiden.

Weil er meine Mom nicht mehr zusammenhalten musste. Das war jetzt mein Job.

Ich seufze, schließe Kats Facebook-Seite, stecke mein Handy weg und schaue Noah an, der noch immer die Karte auf seinem Handy studiert.

»Suchst du nach einer Wanderroute?«, scherze ich.

Er hält inne und sieht mich an. Ich entdecke ein paar Sommersprossen auf seiner Nasenspitze, die ich vorher nicht bemerkt habe. Er zupft an seinem Kragen und zieht die Arme aus der Jacke.

»Das klingt jetzt vielleicht verrückt, aber …« Er fährt sich durch die Haare und kratzt sich am Kopf wie eine Comicfigur, die ein Problem lösen muss. *Wie haue ich Roadrunner diesmal in die Pfanne?*

»Oje«, sage ich skeptisch.

»Hör mir doch erst mal zu.« Er hebt die Hand und erinnert mich dabei ganz kurz an Kat. Die Geste hat sie immer gemacht, wenn sie ein wichtiges Argument vorbringen wollte. »Etwa eine Meile von hier müsste eine Bushaltestelle sein. Siehst du?« Er zeigt auf die Karte.

»Und?«, frage ich.

»Also, in den letzten Ferien waren alle Zugtickets ausverkauft, und ich musste den Bus nehmen. Die Linie ist nicht sehr bekannt, ich hatte vorher noch nie davon gehört. Der Hudson-Express. Er fährt direkt nach Hudson. Ich wohne etwas weiter nördlich, ich müsste von da aus ein Taxi nehmen. Musst du direkt in die Stadt?«

Ich zucke die Schultern. »Ja, es ist ziemlich zentral.«

»Perfekt«, erwidert er. »Dann können wir uns ab der Haltestelle ein Taxi teilen, wenn du willst. Es dürfte nicht allzu lange dauern. Die Busse fahren jede halbe Stunde. Das heißt, dass wir den um halb drei eigentlich schaffen müssten. Wir müssen einfach nur da entlang durch den Wald.« Er zeigt auf das Schneegestöber vor dem Fenster.

»Ist das dein Ernst?«, frage ich. »Willst du wirklich da rausgehen? Jetzt? Mit dem ganzen Gepäck?«

Er zuckt die Schultern. »Wenn wir noch länger hier rumsitzen, verpassen wir beide unsere Verabredung. Du hast mir immer noch nicht gesagt, wo du hinmusst« – er hebt wieder die Hand –, »ist auch in Ordnung, du musst es mir nicht verraten, aber ich würde wetten, dass du keine drei Stunden hier warten willst.«

Ich schweige. Ich weiß, dass ich Nein sagen sollte.

Aber ich spüre auch einen Anflug von Hoffnung.

Ich stelle fest, dass ich irgendwie doch bei der Zeremonie dabei sein will. Dass ich zu dieser Familie gehören will, wenn auch nur für eine Woche.

Langsam frage ich mich sogar, ob es auch für länger sein könnte. Ob ich alles hinter mir lassen und neu beginnen könnte, so wie mein Dad es getan hat, auch wenn das schrecklich klingt.

Noah scheint mein Zögern zu spüren. »Glaub mir, ich bin eigentlich nicht der Typ, der so was macht«, versichert er mir. »Aber schneller schaffen wir es nicht. Sieh es doch mal so: Das Schicksal hat uns nebeneinandergesetzt – zwei Leute mit dem gleichen Ziel. Es ist quasi Vorsehung, dass wir zusammen weiterreisen, weil wir beide unbedingt pünktlich sein müssen.«

Ich beiße mir auf die Unterlippe und mustere ihn. Er scheint es ernst zu meinen. Und vielleicht hat er recht. Vielleicht hat er sich neben mich gesetzt, weil der, der da oben die Strippen zieht, weiß, dass wir beide heute unbedingt rechtzeitig ankommen müssen.

»Was glaubst du, wie lange es mit dem Bus dauert?«, frage ich vorsichtig.

»Höchstens zwei Stunden. Wahrscheinlich eher anderthalb. Selbst wenn wir zwanzig Minuten bis zur Haltestelle brauchen, müssten wir noch pünktlich ankommen, scheint mir.«

»*Scheint mir?*«, wiederhole ich. »Wirklich?«

Er lacht und geht nicht darauf ein. »Ist doch egal. Du kommst pünktlich, wo auch immer du hinmusst.«

Ich ziehe die Augenbrauen hoch. Das würde auch das Problem mit Kat lösen, die mir immer noch nicht zurückgeschrieben hat. Wenn wir erst kurz vor der Zeremonie ankommen, teile ich mir einfach ein Taxi mit meinem neuen Freund. Das Restaurant ist nicht weit von Sophies Haus entfernt, ich kann also reingehen, mich fertig machen und bin immer noch halbwegs pünktlich.

»Es ist saukalt draußen«, sage ich schließlich. Schon die paar Minuten im Bremswagen haben gereicht, um am ganzen Körper Gänsehaut zu kriegen.

Er zeigt auf den Schal- und Jackenhaufen zu meinen Füßen. »Du bist doch bestens ausgerüstet. Außerdem ist es nur eine Meile. Das sind nur zwanzig Blocks.«

»Ich komme aus einer Kleinstadt in Virginia, du Gangster. Ich wohne nicht in New York«, sage ich. »Sprich Englisch, *por favor.*«

Er lacht. »Vier Runden um den Sportplatz deiner Schule. Besser?«

Ich nicke. »Okay.«

Ich starre ihn an, diesen Typen, den ich erst seit zwei Stunden kenne. Dieser hoffnungslose Romantiker, der unbedingt nach Hause will, um seine bald-vor-Rührung-dahinschmelzende Ex zurückzugewinnen. Irgendwie süß. Obwohl es ein Klischee ist.

Und obwohl ich in der Ära nach Dad-betrügt-Mom beschlossen haben, dass Romantik die totale Zeitverschwendung ist.

Aber darum geht es jetzt gar nicht. Es gibt gute Gründe, warum man einen Zug nicht mitten im Nirgendwo *und* mitten in einem Schneesturm verlassen sollte. »Du bist doch nicht etwa ein fieser Entführer, oder?«, frage ich.

Er lacht, doch dann wird sein Gesicht ernst. »Nein, bin ich nicht. Ich versuche einfach nur, nach Hause zu kommen und meinen Plan durchzuziehen. Vielleicht« – er lächelt aufrichtig – »kannst du mir ja sogar ein paar Tipps geben. Und wenn du im Bus nicht neben mir sitzen willst, werde ich es dir nicht übel nehmen.«

»Also gut … wenn es wirklich nur eine Meile ist«, sage ich zögernd.

Er zeigt mir noch einmal sein Handy. »Weniger. 0,9 Meilen, um genau zu sein. Was kann auf 0,9 Meilen schon passieren?«

NOAH
13:48

Ammy gibt mir wortlos mein Handy zurück, und ich stecke es in die Tasche. Dann zupfe ich wieder an den Blumen herum. Sie sehen noch einigermaßen gut aus, aber das wird nach einer Meile im Schnee wohl nicht mehr der Fall sein. Ich weiß, dass es ziemlich verrückt ist, mit einem Rosenstrauß durch die verschneite Wildnis zu stapfen, aber das ist mir egal. Ich muss das Risiko eingehen.

Rina wollte immer, dass ich Risiken eingehe.

Das hier ist ein Risiko. Und nicht nur, weil ich vermutlich einen neuen Blumenstrauß kaufen muss.

Der ganze Plan ist verrückt, auch wenn mir ein Blick auf die Karte sagt, dass eigentlich gar nichts schiefgehen kann.

Und außerdem wird es Rina zeigen, wie ernst es mir ist.

Rina, ich wollte so sehr zu dir, dass ich mich durch den Schneesturm gekämpft habe.

Rina, ich habe endlich einmal nicht an die Konsequenzen gedacht. Ich habe es einfach gemacht.

Ich drehe mich zu Ammy. Sie starrt auf die Rückenlehne vor ihr. Ihre Wangen sind immer noch rosig von unserem Ausflug in die Kälte. Ich wette, sie sagt Nein.

Kann ich das auch ohne sie durchziehen? Klar.

Aber bin ich abenteuerlustig genug, allein mit einem halb leeren Handy ins Ungewisse aufzubrechen? Ich weiß nicht.

Wäre Rina hier, wäre das keine Frage. Sie würde ungeduldig die Augenbrauen hochziehen und sagen: »Na los, machen wir, dass wir hier wegkommen!«

In den zweieinhalb Jahren, in denen wir zusammen waren, hat Rina gelernt, alle Optionen für mich abzuwägen, damit ich es nicht tun musste. Bryson fand das bescheuert. Er meinte, sie würde mich herumkommandieren. Aber ich mochte das an ihr. Zum Beispiel hat sie mich gedrängt, in New York aufs College zu gehen. Bryson meinte, das hätte sie nur getan, weil sie mich an der kurzen Leine halten und selbst nach New York wollte. Aber sie wusste eben auch, dass mir die Stadt wahnsinnig gut gefallen würde. Und sie hatte recht. Ohne sie hätte ich den Schritt nie gewagt.

Rina hat mich auch überzeugt, dass es in Ordnung ist, Vergleichende Literaturwissenschaft zu studieren, obwohl meine Eltern mich deshalb für wahnsinnig hielten. Das war so ziemlich das Einzige, worin sich meine Eltern zu der Zeit einig waren. Rina hat alles für mich recherchiert, sogar diese verrückte Statistik, nach der Profs in Vergleichender Literaturwissenschaft besser verdienen als Englischprofessoren.

Bryson hat sich getäuscht, und zwar gründlich. Ich mochte es, dass sie mich antrieb. Ich mag es immer noch.

Schwierig wurde es nur, wenn sie etwas von mir verlangte, was ich nicht wollte. Das Problem war, dass sie mich manchmal ein bisschen *zu sehr* antrieb.

Manchmal war ich nicht bereit, der Mensch zu sein, den sie gerne aus mir gemacht hätte.

Ich muss an den Tag am See denken, wie ich oben an der Klippe stand und nach unten schaute.

Es tut dir gut, dich deinen Ängsten zu stellen, Süßer. Ich bin für dich da.

Merkst du denn nicht, dass sie wie eine Besessene versucht, dich in den perfekten Typen zu verwandeln? Du selbst bist ihr scheißegal.

Ich schaue aus dem Fenster. Das Schneetreiben scheint sich etwas beruhigt zu haben. Vielleicht ist das aber auch Wunschdenken.

Ich will etwas wagen. Der Gedanke trifft mich wieder, genau wie eben, als wir in dem eiskalten Bremswagen standen.

Scheiß auf Bryson. Ich will mich meinen Ängsten stellen. Ich will ein Abenteuer erleben.

Ich will ein Abenteuer, das mich zurück zu Rina bringt.

Sie muss mir einfach verzeihen, wenn ich mich bei ihr entschuldige und ihr sage, was mir die ganze Zeit durch den Kopf geht: dass sie und ich zusammengehören. Dass nichts daran etwas ändern kann.

Dass ich der Noah sein kann, den sie haben will.

Und dass ich auch dieser Noah sein will.

Ich sehe Rina vor mir, wie sie im Garten vor unserem Haus steht, zwei Tage nach dem Kommentar, der alles ins Rollen gebracht hat, einen Tag nach der Rückkehr von unserem Trip zum Lake George, der so gut angefangen hatte. Die Tränen in ihren Augen, die sie erfolglos wegblinzelte. Ihre Wut, als sie mich fragte, warum ich mich nicht mehr bei ihr gemeldet habe. Als sie mir sagte, wie sehr sie mich hasse und dass sie es einfach nicht glauben könne.

Du hast gesagt, wir würden die Fernbeziehung überstehen. Du hast gesagt, wir kriegen das schon hin. Du hast gesagt, ich bin wie ein Teil deiner Familie.

Und das hatte ich auch wirklich so gemeint, glaube ich. Bis ich mich selbst davon überzeugt hatte, dass ich es nicht mehr so meinte.

Wie kannst du aus einem so blöden Grund mit mir Schluss machen?

Ich weiß es nicht. Immer noch nicht.
Ich räuspere mich und schaue wieder zu Ammy.
»Also«, frage ich, »was denkst du?«

AMMY
13:51

In einer der zwei Einzeltherapiesitzungen, die mir mein Dad großzügigerweise spendierte, riet mir die Therapeutin, Pro-und-Kontra-Listen zu erstellen, wenn ich traurig oder wütend bin, da solche Listen »ein Gefühl der Kontrolle« schaffen.

Sie gab mir Arbeitsblätter, die ich zu Hause ausfüllen sollte, als wäre sie meine Mathenachhilfelehrerin oder so. Ich sollte einfach alles aufschreiben, positive und negative Gefühle, die negativen zuerst, damit alles, was mir Angst macht, auf dem Blatt und aus meinem Kopf ist, und dann wird das Ganze mit einem Punktesystem bewertet.

Ich fand das bescheuert, weil das Punktesystem total willkürlich und man selbst der einzige Mensch ist, der darüber die Kontrolle hat, und man also machen kann, was man will. Wer hätte nicht gern eine Methode, um zu beweisen, dass er das Richtige getan hat, obwohl er genau weiß, dass das nicht stimmt?

Ich kann mir die Pro-und-Kontra-Liste in etwa vorstellen, mit der mein Dad sein Verhalten rechtfertigte:

Kontra:

- Die Familie wird zerstört (5 Punkte)
- Ammys vorletztes und letztes Schuljahr und ihr Glaube an Familie, Liebe, Vertrauen und so weiter werden ruiniert (10 Punkte)

– Ehefrau wird in Depression gestürzt (7 Punkte)
– Finanzielle Einbußen durch Umzug und Jobwechsel (2 Punkte)

Pro:

– Mit einer Hot-Yoga-Lehrerin zusammenleben, die es schafft, über graue Haare und eine offensichtliche Midlife-Crisis hinwegzusehen (5 Millionen Punkte)

Natürlich hat die Therapeutin gesagt, dass es genau darum geht, die Punkte selbst zu vergeben, damit man sich darüber klar wird, was man selber will, und nicht tot, was andere Leute wollen. Ungefähr so, als würde man sich mit seinem innersten Selbst oder seinem wahren Ich oder sonst einem Mist in Einklang bringen. Sie hat diese Übung letzten Sommer mit mir gemacht, als ich mich nicht entscheiden konnte, ob ich zu meinem Dad fahren sollte oder nicht.

Aber trotz meiner Vorbehalte hat mir ihre Methode sehr geholfen. Ich bitte Noah kurz zu warten, nehme einen Kuli und *Madame Bovary* heraus und blättere auf die letzte Seite.

Da ist sie, die Pro-und-Kontra-Liste, die mich hierhergebracht hat. Ich habe sie gestern Abend gemacht, nachdem Mom und ich unseren Riesenstreit hatten. Nachdem ich versucht hatte, Dara anzurufen, die nicht dranging, weil sie damit beschäftigt war, sich auf ihren bescheuerten Familienausflug in die Harry-Potter-World vorzubereiten. Dann schrieb ich Kat, die mir riet, etwas auf Abstand zu gehen. Zu ihr zu kommen. Das zu machen, worauf ich Lust hatte. Zur Hochzeit zu kommen und eine Weile so zu tun, als wäre alles normal.

Kontra:

– Mom am »schlimmsten Tag ihres Lebens« alleinzulassen (10 Punkte)
– zu wissen, dass ihr Zustand sich in der Woche ohne mich vermutlich verschlechtern wird (10 Punkte)

– so tun müssen, als würde ich Sophies bescheuertes Kleid toll finden (10 Punkte)
– dass Dad denken wird, ich hätte ihm endlich verziehen, obwohl das nicht stimmt (10 Punkte)
– dass Mom mir nie verzeihen wird (15 Punkte)

Pro:
– Eine Woche mit Kat Spaß haben (6 Punkte)
– Bea besser kennenlernen (4 Punkte)
– in der Nähe von New York sein, bestimmt mal einen Ausflug machen (3 Punkte)
– das Gefühl zu haben, wieder Teil einer Familie zu sein, wenn auch einer falschen und wenn auch nur für eine Woche (1 Million Punkte)

Tja, ich habs ja gesagt, diese Listen sind moralisch zweifelhaft.

Noah schielt zu mir rüber, aber ich drehe mich zum Fenster, schraube die Kappe von meinem Stift und fange an zu schreiben. Dabei schirme ich das Geschriebene mit der Hand ab, als wäre ich eine Streberin in der zweiten Klasse, die ihren Tischnachbarn nicht abschreiben lassen will.

Ich weiß, dass die ganze Sache sinnlos ist. Ich werde sowieso tun, was ich tun will. Aber wenigstens gibt es mir Klarheit. Und ich werde diesmal keine verrückten Punktzahlen vergeben. Ich vergebe nur Punkte zwischen 1 und 10 und sehe, wohin das führt.

Kontra:
– ich kenne ihn gar nicht (3 Punkte)
– jeder Entführer würde von sich behaupten, dass er keiner ist (5 Punkte)
– es ist saukalt draußen (6 Punkte)
– mein Koffer ist schwer (4 Punkte)

Pro:

- Noah wirkt ziemlich harmlos, außerdem will er seine Ex zurückhaben (3 Punkte)
- ein kleines Abenteuer wäre cool, macht meinen Auftritt noch spektakulärer (3 Punkte)
- Kat würde die Geschichte gefallen (1 Punkt)
- es ist eine Chance, rechtzeitig nach Hudson zu kommen und für meinen Dad da zu sein (7 Punkte)
- ich würde meiner Mom das Herz nicht umsonst brechen (10 Punkte)

NOAH
13:55

Ammy kritzelt etwas in ihr Buch. Es sieht so aus, als würde sie irgendwelche Berechnungen anstellen. Berechnet sie etwa die Entfernung? Die verbleibende Zeit? Oder was?

»Was machst du da?«, frage ich.

Sie winkt ab. »Moment noch«, sagt sie.

Ich nehme mein Handy heraus und schaue noch mal auf die Karte. Ich habe nur noch 27 Prozent Akku, aber das müsste reichen. Schließlich sind es nur 0,9 Meilen. Wir haben genug Zeit, um den Bus um 14:30 Uhr zu bekommen.

Ich schaue aus dem Fenster. Es schneit noch immer. Es sieht unglaublich kalt und winterlich aus.

Ist der Plan verrückt? Ja.

Aber werden wir es schaffen? Auch ja.

Ist das meine Chance, Rina zu beweisen, dass ich der Mensch bin, den sie sich wünscht? Unbedingt ja.

Endlich hebt Ammy den Blick. Sie schaut aus dem Fenster und dann wieder zu mir. Dann klappt sie ihr Buch zu und schaut mich regelrecht spitzbübisch an: die Augen schmal, den Kopf zur Seite gelegt.

»Wenn wir das wirklich durchziehen wollen, dann los. Ich habe keine Zeit zu verlieren.«

Mehr brauche ich nicht. »Gehen wir«, sage ich.

Ich helfe ihr, ihren Koffer von der Ablage zu heben, und biete an, ihre Bücher zu tragen.

»Sind wir hier in den Fünfzigern oder was?«, fragt sie lachend.

»Hä?«, mache ich verblüfft. Rina fand es immer super, wenn ich ihre Bücher getragen habe.

»Schon gut«, sagt Ammy. »Ich krieg das schon hin.«

Nachdem sich Ammy eine Million Schals umgewickelt hat und ich mir die Blumen unter den Arm geklemmt habe, gehen wir wieder den Gang entlang zum letzten Wagen.

Kaum jemand blickt auf, obwohl wir unser Gepäck dabeihaben. Die Leute sind zu sehr mit ihren eigenen Sorgen beschäftigt. Glücklicherweise ist niemand vom Amtrak-Personal in Sicht. Es wurde ja mehrmals deutlich gesagt, dass man den Zug nicht verlassen darf.

Als wir beim letzten Waggon ankommen, öffne ich die Tür und warte, bis auch Ammy drin ist. Die Tür schließt sich hinter uns, gut so, dann sieht uns niemand. Ich glaube zwar nicht, dass uns der Schaffner hinterherjagen würde, aber sicher ist sicher.

Ammy starrt die Tür an und beißt sich auf die Lippe. »Glaubst du, man kann die einfach so öffnen?«, fragt sie.

Ich zucke die Schultern. »Da steht doch, dass man sie bei Stromausfall per Hand öffnen kann. Und das Licht ist immer noch aus.«

Sie verschränkt die Arme. Der Saum ihres dicken Wollpullis lugt unter ihrem Mantel hervor. Sie sieht so warm eingekuschelt aus, dass ich sie am liebsten gar nicht in die Kälte führen würde. »Dann los.«

»Hältst du die mal kurz?« Ich drücke ihr die Blumen in die Hand und schüttele meinen Rucksack ab.

Dann hole ich tief Luft. Plötzlich habe ich genau die gleiche Angst wie damals, als ich von der Klippe springen sollte. Aber diesmal lasse ich mich davon nicht abhalten.

»Los gehts«, sage ich mit dem Blick zur Tür.

Ich öffne den Sicherheitsriegel am Boden. Dann lege ich den Hebel in der Mitte um. Er lässt sich leichter drehen, als ich erwartet hatte. Die Tür öffnet sich, und da ist sie, die große weite Welt.

Das Abenteuer kann losgehen.

»Na, das war ja leicht«, sage ich.

Ich nehme meinen Rucksack und werfe ihn nach unten. Er landet mit einem Plumps auf den verschneiten Schienen.

Bis zum Boden sind es etwa 1,50 Meter.

Es tut dir gut, dich deinen Ängsten zu stellen, Süßer. Ich weiß, dass du es kannst.

Ich drehe mich zu Ammy um. »Jetzt gibt es kein Zurück mehr«, sage ich und mache einen Schritt nach vorn.

»Pass auf dich auf, Indiana Jones«, sagt Ammy hinter mir.

Ich schaue nach unten, und kurz verschwimmt der Boden vor meinen Augen.

Na los. So schlimm ist das doch nicht.

Bevor ich die Nerven verlieren kann, springe ich ab.

Ich lande halbwegs sicher im Schnee, mache zwei Schritte, um das Gleichgewicht wiederzufinden, und spüre den Aufprall an den Fußsohlen. Ein Glück, dass ich meine Wanderstiefel trage, durch die der Schnee nicht durchkommt.

Ich klopfe den Schnee ab und drehe mich zu Ammy um. Wie sie so dasteht, ganz hinten in diesem verdammten Amtrak-Zug, wird mir wieder klar, wie verrückt dieser Plan ist.

Aber ich wollte mein Abenteuer, und jetzt soll ich es haben. Besten Dank, Karma.

»Alles in Ordnung, du Draufgänger?«, fragt Ammy von oben. Sie flüstert es beinahe, als wollte sie nicht erwischt werden. Irgendwie süß.

»Gib mir deinen Koffer«, sage ich.

Langsam schiebt sie ihn aus der Tür und lässt ihn dort hängen.

»Lass ihn fallen«, sage ich. »Keine Angst, ich fange ihn.«

Sie verzieht das Gesicht, als würde sie mir nicht trauen. Doch dann lässt sie los.

Er landet sicher in meinen Armen, und ich wanke ein Stück rückwärts, bemühe mich aber, mir eine Grimasse zu verkneifen. Ich stelle den Koffer an einer nicht ganz so verschneiten Stelle ab und trete wieder vor den Zug. »Jetzt fehlst nur noch du«, sage ich.

»Und noch was.« Sie verschwindet von der Tür und kommt mit den Blumen zurück. Sie streckt sie aus und lässt sie in meine Arme fallen.

In der ganzen Aufregung hätte ich sie fast vergessen.

Ich lege sie vorsichtig auf meinen Rucksack, dann drehe ich mich wieder zu ihr.

»So, und jetzt du.«

Sie nickt, aber sie sieht ängstlich aus.

Ich strecke die Hände aus. »Spring«, ermuntere ich sie. »Ich fange dich.«

Und sie springt.

Einen Augenblick später liegen meine Hände um ihre Taille, halten sie fest und dämpfen ihren Aufprall.

Sie sieht mich an, ihre braunen Augen sind groß und leuchtend, und es ist, als bliebe ganz kurz die Zeit stehen. Ich muss mich daran erinnern, sie loszulassen, zurückzuweichen, mich normal zu verhalten.

Ich muss mich daran erinnern, dass ich das alles für Rina tue.

»Du hast es geschafft«, sage ich.

Sie grinst spöttisch. »Ich würde eher sagen, *wir* haben es geschafft.«

ZWEITER TEIL
DAS UNBEKANNTE

AMMY
14:22

Meine Füße tun weh, und ich spüre noch immer, wo Noah mich aufgefangen und eine Sekunde zu lang festgehalten hat.

Beinahe hätte ich mir eingebildet, das hätte etwas zu bedeuten, aber ich weiß ja, dass er nur seine Ex im Kopf hat. Und selbst wenn es keine Ex gäbe und ich mich mit einem süßen (ja, süß, wenn auch auf diese kumpelhafte Art) und nicht vergebenen Fremden aus dem Zug ins Abenteuer stürzen würde, würde mich das kaltlassen. Ich habe im letzten Jahr genug Herzschmerz miterlebt.

Ich kann selbst kaum glauben, dass ich diesem Typen gefolgt bin. Das sieht mir gar nicht ähnlich. Diese Aktion passt viel besser zu Kat. Einen gut aussehenden Fremden im Zug kennenlernen und mit ihm ins Ungewisse aufbrechen.

Bis gestern Abend habe ich meine Aufgabe darin gesehen, meine Mom zu beruhigen, auf meinen Dad sauer zu sein und die Tage zu zählen, bis ich endlich aufs College komme.

Ich schaue mich um und betrachte beinahe ehrfürchtig die schneebedeckten Schienen, die sich vor mir erstrecken. Eine Schwelle perfekt hinter der anderen, wie bei der Übung, die wir in der neunten Klasse im Kunstunterricht zum Thema Perspektive gemacht haben. Sie scheinen sich endlos hinzuziehen, bis zum Horizont. Und irgendwie habe ich das Gefühl, sie wollen mich dazu auffordern, einfach alles hinzuschmeißen und loszurennen. In die Freiheit.

Freiheit von meinem Leben zu Hause in Virginia. Von den endlosen Diskussionen mit meiner Mom. Von der Beschleunigung meines Herzschlags bei einer Panikattacke. Von der Angst, die mir in die Knochen fährt, wenn ich mich frage, ob ich eines Tages so werde wie sie.

Freiheit von der Wut, die meine Mom im letzten Jahr vollkommen eingenommen hat. Und wenn es nur für eine Woche, einen Tag, eine Stunde, eine Sekunde ist.

Freiheit sogar von dem täglichen, manchmal ermüdenden Tratsch zwischen Dara, Simone und mir, von ihren Geschichten und meinem Versuch, mir nicht anmerken zu lassen, dass meine ganze Welt auseinanderbricht.

Nur ich und die Natur.

Und natürlich Noah.

Noah, mein ebenso zögerlicher Weggefährte.

Ich ziehe das Handy aus der Tasche und schreibe Kat eine kurze Nachricht.

Vielleicht komme ich doch noch rechtzeitig. Musst mich nicht abholen, nehme ein Taxi.

»Komm«, sagt er. »Lass uns verschwinden, bevor jemand vom Zugpersonal uns sieht.«

Ich nicke und setze meinen Koffer in Bewegung. Das Abenteuer hat offiziell begonnen. Die Räder haken ein bisschen auf dem Schotter neben den Schienen, aber ich komme gut voran.

»Brauchst du Hilfe?«, fragt Noah und dreht sich zu mir um.

Ich schüttele den Kopf, leicht genervt, dass er denkt, ich schwaches Mädchen würde es nicht schaffen, einen Koffer eine Meile durch den Schnee zu ziehen. »Geht schon«, sage ich.

Noah geht vor. Es sind nur wenige Meter bis zum Wald, und als wir zwischen die Bäume treten, macht mein Herz einen kleinen Satz. Im Schnee sieht alles so verwunschen aus, wie in einem Fantasyroman. Ich muss an *Herr der Ringe* und *Harry Potter* denken und an einen Hexen-Film, den ich gesehen habe, als ich klein war.

»Fühlt sich an, als wären wir richtige Abenteurer«, sage ich, während ich hinter ihm herstapfe. »Wie Entdecker. Oder Wildwestleute.«

»*Wildwestleute?*« Er dreht sich nicht um, aber ich höre die Belustigung in seiner Stimme. »Ich glaube, die nennt man Pioniere.«

Nach wenigen Schritten sind wir vom Wald umgeben. Der Schnee lässt etwas nach, die Baumkronen bilden ein Dach über uns. Am Boden liegen feuchte Blätter. Mein Koffer rollt hier leichter als auf der Schneedecke.

Vielleicht war das doch eine richtig gute Idee.

Glücklicherweise ist der Boden eben, und wir kommen gut voran. Beim Gehen halten wir Small Talk, tauschen häppchenweise Informationen aus wie in einer dieser Blinddate-Shows, die früher nach der Schule auf MTV liefen. Noah erzählt, dass er am Rand von Hudson aufgewachsen ist, in Lorenz Park. Dass er Tiere liebt und dass seine Eltern ständig streunende Katzen bei sich aufnehmen. Im Augenblick haben sie drei. Schneeball, Max und Katniss. Über den letzten Namen mache ich mich extrem lustig, da er ihn natürlich ausgesucht hat. Er erzählt mir, dass er gerne Vegetarier wäre wegen der vielen Umweltprobleme, die mit dem Fleischessen einhergehen, aber dass er Burger einfach zu sehr liebt. Und dass seine Eltern Professoren sind, die nicht mehr viele Lehraufträge haben.

Ich erzähle ihm die geglättete Version meines Lebens. Dass ich in einer Kleinstadt in Virginia aufgewachsen bin, dass wir immer im selben Haus gewohnt haben, so ein Standardmodell, das noch mindestens zehn andere Familien in der Nachbarschaft haben, darunter auch Simones Familie. Ich erzähle ihm, dass mein Vater Buchhalter ist und meine Mutter Antiquitäten über eBay verkauft, was zwar nicht wie ein richtiger Job klingt, tatsächlich aber einer ist.

Zumindest war es das – früher mal. Ich verschweige ihm, dass sie schon lange keine Antiquitäten mehr verkauft hat. Sie verbringt Stunden auf Facebook und schaut sich Fotos von meinem Dad und seinem neuen Leben an. Sie behauptet, der Markt habe gerade eine Flaute. Das sagt sie schon seit Monaten.

Ich verschweige ihm, dass wir früher immer alle zusammen am Wochenende nach Antiquitäten gestöbert haben.

Aber ich erzähle ihm auch ein paar wahre Dinge, während er voranstapft und sich gelegentlich zu mir umdreht und fragt, ob ich nicht doch Hilfe mit meinem Koffer brauche.

Ich erzähle ihm, dass mein Dad und ich etwa einmal im Monat zusammen wandern gegangen sind und dass wir Stunden im Outdoorladen verbringen konnten, um uns mit der neuesten Ausrüstung auszustatten. Ich erzähle Noah, dass der Wald für uns immer etwas Besonderes war, ein Ziel, nichts Alltägliches. Und dass das traurige kleine Wäldchen hinter unserem Haus nichts ist im Vergleich zu diesem Wald hier.

Ich erzähle ihm, dass ich auch mal versucht habe, Vegetarierin zu werden, nachdem ich ein schreckliches Video im Internet gesehen hatte, und dass ich drei Wochen durchgehalten habe, bis ich eines Abends mit Dara um elf zum Drive-in-Schalter von Burger King gefahren bin und vom Beifahrersitz aus einen doppelten Burger mit extra viel Speck bestellt habe.

Wir reden so viel, dass ich die Zeit vergesse. Bis wir eine Lichtung erreichen.

»Also, ich bin zwar nicht aus New York, aber ich könnte schwören, dass wir schon mehr als zwanzig Blocks gelaufen sind.«

Noah dreht sich zu mir um. Seine Wangen sind rot und seine Lippen aufgesprungen.

Der Wind weht mir ins Gesicht, und ich merke plötzlich, wie kalt mir ist.

Er holt sein Handy heraus. »Wir laufen schon fast eine halbe Stunde. Sind wir so langsam?«

Ich spüre wieder, wie mein Herzschlag schneller wird. Er muss doch wissen, wie weit zwanzig Blocks sind – ich weiß es jedenfalls nicht. »Bist du sicher, dass wir in die richtige Richtung gehen?«, frage ich. »Wir haben schon seit einer Weile nichts mehr gesehen, was an Zivilisation erinnert.«

Er tippt auf seinem Handy herum. »Ich glaube schon. Die Orte hier in der Gegend sind alle so klein, dass wir vermutlich erst etwas sehen, wenn wir kurz davor sind. Aber eigentlich müssten wir mittlerweile da sein.« Er tippt weiter. »Ich habe keinen Empfang. Der kleine Punkt steht immer noch bei den Schienen. Du?«

Ich muss die Handschuhe ausziehen, um die Tastensperre meines Handys zu lösen. Die Kälte ist beißend, wie winzige Fische, die an meinen Fingerspitzen knabbern. Das ist kein gutes Zeichen. Ich öffne Google Maps, aber die App zeigt mir immer noch die Stelle an, an der der Zug zum Halten gekommen ist. »Auch kein Empfang.« Ich schiebe das Handy schnell wieder in die Tasche, ziehe die Handschuhe an und reibe sie aneinander, um meine Hände zu wärmen. »Du *glaubst* also nur, dass die Richtung stimmt?«, hake ich nach und bemühe mich, mir den Ärger, der sich in meinem Magen zusammenballt, nicht anmerken zu lassen. Im Zug hat er alles so einfach dargestellt. Wir haben uns die letzte halbe Stunde seelenruhig unterhalten. Ich konnte ja nicht ahnen, dass Noah ziellos durch die Gegend irrt.

»Das ist nicht dein Ernst«, sage ich. »Glaubst du wirklich,

wir könnten in die falsche Richtung gegangen sein?« Der Scherz, dass ich keine New Yorkerin bin, war wirklich nur das – ein Scherz. Ich dachte, er würde sagen »Hör auf zu jammern und lauf weiter«, so wie Dara es immer tut, wenn wir die vierte Runde um den Sportplatz rennen.

Und das waren garantiert mehr als vier Runden. Mist.

Noah steckt ebenfalls das Handy weg und schaut mich an. Er sieht besorgt aus, was er mit einem Lächeln zu überspielen versucht. Er zeigt auf den Wald hinter der Lichtung. »Lass mich deinen Koffer tragen«, sagt er.

Ich seufze laut, man kann es deutlich hören, weil wir mitten im Nirgendwo sind, kein Auto, nicht mal eine Straße in Sicht. Vorhin waren noch ein paar Feldwege durch die Bäume zu sehen – immerhin Spuren von anderen Menschen –, aber seit mindestens zehn Minuten nichts mehr dergleichen.

Mein Seufzer pustet ein Wölkchen in die Luft. »Du sollst nicht meinen Koffer tragen! Du sollst einfach nur wissen, wo es langgeht!«, schreie ich.

Noah weicht unwillkürlich ein paar Schritte zurück und sieht entsetzt aus.

Plötzlich komme ich mir vor wie meine Mom.

»Tut mir leid«, murmele ich und fühle mich kindisch, weil ich so ausgerastet bin. Ich hätte nicht die Fassung verlieren sollen – aber das ist nicht nur meine Schuld. Das Schreien habe ich von meinen Eltern, genau den Menschen, die mir hätten beibringen sollen, ruhig und ausgeglichen zu sein. Stattdessen haben sie mich in ein Gefühlschaos gebracht, aus dem ich nicht mehr rauskomme. Dabei wünsche ich mir nichts sehnlicher, als mich wie Dara und Simone mit den üblichen Highschool-Themen zu beschäftigen.

Und nicht mit Mom und Dad und ihrem gemeinsamen Mist.

Ich will, dass das endlich aufhört.

Aber noch mehr will ich, dass alles wieder so ist wie früher.

Ich spüre, dass mir die Tränen kommen. Ich will nicht vor diesem Typen weinen – nicht schon wieder, noch dazu in der verdammten Wildnis. Bei meinem Glück frieren mir die Tränen am Gesicht fest, kleine Eiszapfen über den Make-up-Resten von heute Morgen. Ich hatte schon im Zug dunkle Schlieren unter den Augen, das muss nicht noch mal sein.

Ich wende mich ab, damit er mein Gesicht nicht sieht, und wische mir die Tränen weg.

Warum muss ich mir hier draußen den Arsch abfrieren, nur weil mein Dad eine neue Familie gründen will?

Warum musste dieser blöde Zug überhaupt stehen bleiben?

Warum weiß Noah nicht, wo es langgeht?

Und das Schlimmste, das, was mich mehr aufregt als alles andere:

Warum muss ich so schwach sein wie meine Mutter?

Doch als ich mich zu Noah umdrehe, sind seine Augen freundlich, obwohl ich das nach meinem Wutanfall gar nicht verdient habe. Er scheint mich zu verstehen und nicht einmal eine Entschuldigung zu erwarten. Und dafür bin ich ihm dankbar.

Sehr dankbar.

Seine Stimme ist ruhig. »Ich glaube, wenn wir in diese Richtung weitergehen, kommen wir genau da raus, wo wir hinmüssen. Das hoffe ich wenigstens.«

Ich wische mir noch einmal unter den Augen entlang und lächele schwach. »Okay«, sage ich.

Ein bisschen Hoffnung kann ich gebrauchen.

Im Augenblick sogar ziemlich viel.

NOAH
14:49

Ich höre ihre Schritte hinter mir und das Rattern ihres Koffers über den Baumwurzeln.

Bald müssen wir es geschafft haben.

Zumindest, was den Weg zum Bus betrifft.

Was alles andere angeht, bin ich nicht sicher.

Deshalb denke ich nach, bevor ich etwas tue, Rina. Deshalb konnte ich nie einfach drauflosstürmen, so wie du.

Hinter mir holt Ammy tief Luft und atmet seufzend wieder aus. »Na, hoffentlich ist da auch wirklich die Bushaltestelle hinter dem Wald«, sagt sie.

Das hoffe ich auch.

Und dass ich uns nicht total in die Irre geführt und uns beiden damit den Abend verdorben habe, nur um mir etwas zu beweisen.

Komisch, wie schnell eine Situation umschlagen kann. Gerade sind wir noch unbeschwert durch den Wald gestapft und haben über unser Leben geredet.

Ich habe ihr nicht erzählt, dass meine Eltern sich letztes Jahr fast getrennt hätten und dass sie ihre Lehrtätigkeit nicht freiwillig aufgegeben haben.

Oder dass vermutlich ihre letzten Ersparnisse für diese verdammte »Liebeskreuzfahrt« draufgegangen sind.

Trotzdem war es nett, mit jemandem zu reden.

Mit jemandem, der geduldig zuhört, der mich nicht drängt,

endlich zum Punkt zu kommen, endlich eine verdammte Entscheidung zu treffen.

Und dann ist der Moment plötzlich vorbei. Ich habe keine Ahnung, warum wir so lange gebraucht haben, und hoffe verzweifelt, dass wir uns nicht total verirrt haben.

Das kann gar nicht sein, sage ich mir. Unmöglich. Ich werfe einen Blick auf die Karte. Es war doch nicht mal eine Meile bis zum Bus.

Ich bemühe mich, zuversichtlich zu klingen. »Gleich sind wir da«, sage ich.

Ich laufe ein Stück weiter und lasse die letzten Meter Wald hinter mir.

Aber im selben Augenblick wird meine Hoffnung zerschmettert. Und zwar so richtig.

»Scheiße.« Ich bleibe wie angewurzelt stehen. Ich spüre, wie mir der Magen in die Kniekehlen rutscht und mir ganz heiß wird.

Ammy hält nicht schnell genug an. Sie stolpert von hinten gegen mich.

Ich drehe mich um, und sie scheint mir anzusehen, dass etwas nicht stimmt. Sie presst die Lippen aufeinander und wartet.

»Es tut mir leid«, sage ich.

»Was soll das heißen? Was ist los?«, fragt sie. Sie geht an mir vorbei. Ich folge ihr.

Vor uns liegt die Rückseite eines Hauses. Ziemlich heruntergekommen, mit bröckelndem Putz und einem durchhängenden Dach, das dringend neu gedeckt werden müsste.

Der Garten ist verwildert und voller Spielzeug – Feuerwehrautos, Plastikfahrzeuge und ein altes Planschbecken, das sich mit Schnee füllt.

Ammy starrt geradeaus. »Bitte sag mir, dass die Haltestelle hinterm Haus ist.«

Obwohl sie vorhin so wütend war, klingt sie jetzt ruhig. Beinahe nüchtern, was mich erleichtert.

Ich sehe die fünf glorreichen Pünktchen, die Handyempfang signalisieren. Aber ich muss gar nicht auf die Karte schauen, denn mein Blick fällt auf das, was hinter dem Haus liegt:

Der Hudson. Vereist. Stockend. Düster. Fast wie in einem Krimi.

Wir sind in die falsche Richtung gegangen. In die entgegengesetzte Richtung.

Ich zeige auf die Karte. Sie folgt meinem Finger. »Wir hätten vom Zug aus nach rechts gehen müssen. Nicht nach links.«

»Wirklich?«, fragt sie ruhig. »Bist du sicher?«

Mein Herz rast, und mein Atem wird flach. »Ich glaube, die Karte stand auf dem Kopf.« Ich drücke auf das Feld, das sie wieder zentriert. »Es tut mir wirklich leid.«

Aber sie wird nicht sauer. Als wüsste sie, dass dann auch ich die Fassung verliere.

Ammy starrt das Haus an. Sie zeigt auf die gekieste Einfahrt. »Da stehen zwei Autos. Es muss jemand zu Hause sein. Vielleicht kann uns jemand zum Bus bringen? Oder uns einen heißen Kakao machen oder so? Angeblich sind die Leute auf dem Land doch so nett.«

Aber ich schüttele den Kopf und weiche zurück, während mir ein Schauder über den Rücken läuft. Einer, der nichts mit der Kälte zu tun hat. Ich strecke den Finger aus. Da sind zwei Schilder, die ich vorher nicht gesehen habe, weil ich so mit dem Fluss, der Karte und dem riesigen Denkfehler in unserem Plan beschäftigt war.

Auf dem einen Schild steht in windschiefen Buchstaben mit Filzstift: »ICH MACHE VON MEINEM RECHT AUF SELBSTVERTEIDIGUNG GEBRAUCH – KEIN ZUTRITT!!!«

Das andere Schild wurde bestimmt im Internet bestellt. Es hat die Aufschrift »Ich schieße auch auf hübsche Hintern« und zeigt die Zeichnung eines weiblichen Hinterteils und den Umriss eines Maschinengewehrs.

»O Scheiße«, sagt Ammy leise. »Ich dachte, New Yorker sind gegen Waffen?«

Ich habe keine Zeit, ihr zu erklären, dass es auf dem Land anders aussieht, denn in diesem Augenblick höre ich einen Schuss und ein lautes Schnappen.

Ich habe zwar noch nie selbst geschossen, aber ich komme vom Land. Ich kenne das Geräusch. Mein Herz schlägt mit einer Million Meilen pro Sekunde, ich packe Ammys Koffer, deute mit dem Kinn zum Wald und brülle: »Lauf!«

Und dann rennen wir, so schnell wir können.

AMMY
14:55

»Scheiße«, schnaufe ich. »Verdammte Scheiße.«

Noah hat immer noch meinen Koffer. Endlich sind wir weit genug von dem Haus des Verrückten weg. Wir sind so schnell gerannt, dass ich kaum noch atmen kann und die eisige Luft in meinen Lungen sticht.

»Glaubst du wirklich, das waren Schüsse?«, frage ich panisch. »Wo zum Teufel sind wir hier?«

Noah dreht sich zu mir um. Sein Blick ist hektisch, er scheint auch Angst zu haben. »Ich bin nicht ganz sicher, aber ich glaube schon. Ich wollte lieber nicht dableiben und es rausfinden.«

»Ich auch nicht«, stimme ich zu.

Meine ohnehin zerschlissene Jeans ist durch den Sprint durch den Wald am Knie aufgerissen. Aber wenigstens ist uns durchs Rennen warm geworden. Auch meine Hände und Füße sind nicht mehr ganz so kalt wie vorher.

Ich sehe Noah an. Ein Ärmel seiner Jacke ist ebenfalls gerissen, und sein Gesicht ist rot.

Unsere Blicke treffen sich, und kurz müssen wir beide lächeln. Na ja, ich zwinge mich zu lächeln, um nicht zu weinen. Ich wette, so geht es ihm auch.

»Damit hast du wohl nicht gerechnet, dass du auf der Fahrt nach Hudson vor einer Gewehrsalve fliehen musst, was?«, sagt er.

Ich lache schwach. »Nein, habe ich nicht.«

Es folgt eine Pause, in der er mich nur anschaut. Ich will wissen, was er denkt, ob er so nervös ist wie ich. »Was machen wir jetzt?«, frage ich schließlich.

Er zeigt mir die Karte. Schon wieder kein Empfang – was ist in diesem Bundesstaat nur los? –, es ist die gespeicherte von vorhin. »Wir sind genau in die falsche Richtung gegangen«, sagt er und deutet mit dem Finger. »Wir müssen also zurück zum Zug. Vielleicht fährt er ja doch bald weiter. Wenn nicht, gehen wir zum Bus. Der nächste kommt um halb vier. Du wirst zwar zu spät kommen, aber das ist immer noch besser als gar nicht.«

Ich zucke die Schultern und versuche, es positiv zu sehen. Ich werde mit Dad und Sophie anstoßen können, ohne bei der eigentlichen Zeremonie dabei sein und mir ihre garantiert unerträglichen Treuegelübde anhören zu müssen. Nicht ideal, aber immerhin. »Es bleibt uns wohl nichts anderes übrig.«

Er schüttelt den Kopf. »Tut mir leid.«

Ich zucke wieder die Schultern. »Ist schon in Ordnung.«

Er geht voran. Es ist nicht schwer, unseren Spuren zu folgen, weil unsere Fußstapfen deutlich im Schnee zu erkennen sind, auch wenn sich schon wieder eine dünne Schneeschicht darübergelegt hat. Ein kleiner, vergänglicher Pfad durch den Wald.

Schon komisch, wie schnell solche Spuren wieder verwischt werden. *Ausgelöscht.* Ich wünschte, im Leben wäre es auch so. Ich wünschte, die Spuren meines Dads wären wie große Fußstapfen, die mit der Zeit einfach verblassen.

Trotz meiner Widerworte besteht Noah, ganz der Gentleman (wenn auch ein ziemlich orientierungsloser Gentleman, der uns beinahe dem Kältetod ausgesetzt hätte), darauf, weiter meinen Koffer zu tragen, obwohl er selbst einen großen Rucksack auf dem Rücken hat. Ich gebe den Kampf auf. Obwohl ich diese ganzen Genderklischees schrecklich finde, ist es ja nur gut gemeint. Außerdem ist es mir gerade viel zu windig und kalt hier draußen, um meine Ideale zu verteidigen.

Wir stapfen zügig weiter, rennen aber nicht mehr. Sollte der Zug wirklich nicht weiterfahren, müssen wir noch eine knappe Meile in die andere Richtung laufen, die uns hoffentlich zum Bus führen wird. Den um drei können wir vergessen, aber der um halb vier sollte klappen – wenn nichts mehr schiefgeht.

»Spielen wir das Fragespiel?«, frage ich. Ich brauche eine Ablenkung von meinen durch die Kälte schmerzenden Wangen.

»Fragespiel?«

»Das spiele ich immer mit meinen Freunden. Es geht ganz einfach. Ich stelle eine Frage, und wir antworten beide. Dann stellst du eine Frage, und wieder antworten wir beide. Das wars.«

Er lacht. »Also quasi eine Unterhaltung?«

Ich schnaube. »Wenn du es so nennen willst, klar. Aber wir brauchen keine Überleitungen oder so. Wir stellen einfach unsere Frage, und weiter gehts. Es macht Spaß, glaub mir. Wie Wahrheit oder Pflicht, nur ohne Pflicht. Und man muss immer ehrlich antworten. Wir haben doch gerade sowieso nichts anderes zu tun.«

Außerdem hilft es mir immer, wenn ich nervös bin. Ein oder zwei Runden mit Dara und Simone, und es ist, als könnte ich meine Welt für eine Weile verlassen und in ihre gehen.

»Na schön«, sagt er. »Aber du fängst an.«

»Okay, was magst du lieber, Gummibärchen oder Lakritz?«

Noah lacht. »*Solche* Fragen?«

»Ich hab nichts von tiefschürfenden Weltuntergangsfragen gesagt.«

Er zieht die Augenbrauen hoch. »Gummibärchen natürlich.«

Ich schüttele den Kopf. »Du verpasst was. Lakritz ist viel besser.«

»Na, im Augenblick könnte ich für beides einen Mord begehen.«

Ich lache. »Ich auch.«

»Okay«, sagt er. »Keine Essensfragen mehr. Was ist dein Lieblingsbuch? Also, das beste aller Zeiten.«

Ich mache einen großen Schritt, mein Fuß landet im Schneematsch. Ich schüttele ihn ab und gehe weiter. »*Anna Karenina*, würde ich sagen. Es ist wie eine Seifenoper, total dramatisch und so, aber auch total klug. Tolstoi kann unglaublich gut beobachten.«

Noah lächelt. »*Anna Karenina* muss man einfach mögen. Ein großartiges Buch.«

»Eben«, sage ich. »Und deins? *Panem* eins, zwei und drei?«

»He!«, sagt Noah und rüttelt meinen Koffer. »Ich trage deinen Kram, also sei nett!«

»Na gut«, lenke ich lachend ein. »Also, was dann?«

Er dreht sich zu mir um. *Menschenkind* von Toni Morrison. Die beste Gruselgeschichte aller Zeiten. Wahrscheinlich überhaupt die beste Geschichte aller Zeiten.«

Gute Wahl, das muss ich zugeben – auch wenn ich ihm das nicht sage. Richtig gut.

Wir gehen weiter, noch immer im Schutz der Bäume.

»Hast du Geschwister?«, frage ich.

»Die Antwort ist leicht«, erwidert Noah. »Nein.«

»Wirklich?«, frage ich. »Ich auch nicht. Und fandst du das als Kind gut oder schlecht?«

»Ich habe mir immer einen kleinen Bruder gewünscht. Um ihm so richtig auf die Nerven zu gehen, weißt du?«

Nein, das weiß ich nicht. Ich war immer zufrieden mit meinem Los. Mit unserer kleinen Familie.

Bis vor Kurzem.

»Also«, fragt er nach einer Pause, »wann war dein erster Kuss?«

Ich schweige. Mein Herz schlägt schneller, und ich spüre, dass ich rot werde, nicht von dem beißenden Wind, sondern weil die Antwort so peinlich ist. Es war erst letztes Jahr, mit einem Cousin von Dara, der nicht mal besonders süß war.

Aber er wartet meine Antwort nicht ab. »Meiner war mit acht, mit einem Mädchen aus unserer Straße namens Cora. Sie hat am selben Tag aber noch einen anderen Jungen geküsst, und da hab ich mich ziemlich mies gefühlt.«

Ich muss lachen. Und als ich selbst nichts sage, bohrt Noah nicht nach. Er scheint verstanden zu haben, dass man bei diesem Spiel nichts erzwingen darf. Genau darum geht es.

Während der Schnee weiter fällt, sich seinen Weg durch die Baumkronen bahnt und ich versuche, mir Kats gemütliches Zimmer vorzustellen, gemeinsam mit der Aussicht auf alte *Friends*-Folgen und einen ausführlichen Bericht über alles, was heute passiert ist, wandelt sich unser Gespräch, und die Fragen werden ernster.

Er fragt, wo ich mich in zehn Jahren sehe. Ich erwidere, dass ich nicht die leiseste Ahnung habe.

Dann sage ich, dass das eine ziemlich komische Frage für einen Achtzehnjährigen ist.

Ich füge nicht hinzu, dass mich im Augenblick nur interessiert, wie ich *dieses* Jahr überstehen soll. Dass ich nicht weiter in die Zukunft denke, weil ich nie wieder daran glauben werde, dass schon »alles gut werden« wird. Zehn Jahre sind eine lange Zeit, da kann viel passieren. Allein im letzten Jahr ist so vieles passiert. So vieles, was ich nie für möglich gehalten hätte – nur leider nicht im positiven Sinne.

Unser Gespräch gerät ins Stocken. Dann stelle ich eine Frage, die ich Dara und Simone auch schon mal gestellt habe. »Was bereust du am meisten?«

Er bleibt kurz stehen und sieht mich an. In seinen Haaren sind Schneeflocken. Wir sind auf einer Mini-Lichtung, nicht so groß wie die vorherigen – und ganz kurz fühlt es sich an wie unsere eigene kleine Welt. »Ich halte nichts vom Bereuen.«

Ich lache. »Komm schon«, sage ich. »Jeder bereut irgendwas.«

»Ich glaube wirklich nicht, dass es gut ist, der Vergangenheit nachzuhängen.«

Ich kneife die Augen zusammen. »Na schön, Mr Sprücheklopfer«, sage ich dann. »Du musst nicht antworten, wenn du nicht willst. Aber das ist noch lange kein Grund, den Philosophen zu spielen.«

Er stapft weiter und lässt unsere Miniwelt hinter sich. Aber obwohl er nach vorne spricht, als würde er mit den Bäumen reden, kann ich ihn deutlich hören.

»Also gut«, sagt er. »Ich halte nichts vom Bereuen. Wirklich nicht. Ich finde es bescheuert. Kann ich was sagen, wovon ich mir wünsche, dass ich es anderes gemacht hätte?«

Ich lache. »Das ist doch das Gleiche, du Schlaumeier.«

»Ist es nicht. Beim Bereuen geht es ums Bedauern. Es *ändert* nichts. Wenn man sich wünscht, man hätte etwas anders gemacht – da geht es ums Lernen.« Er unterbricht sich. Dann: »Ich wünschte, Rina und ich hätten nie Schluss gemacht.«

Er geht ein bisschen schneller, und ich beschleunige ebenfalls meinen Schritt.

»War es denn nur deine Schuld?«, frage ich.

Er dreht den Kopf. »Das sind zwei Fragen.«

Meine Gedanken kommen in Gang, ich versuche, die Lücken zu füllen, überlege, was genau wohl zwischen ihnen vorgefallen ist, aber ich habe keine Zeit, weil Noah mich fragt: »Und du? Bereust du etwas?«

Meine Lippen öffnen sich, doch plötzlich finde ich keine Worte. Es liegt daran, wie er es formuliert. So direkt. Als mir die Frage das letzte Mal gestellt wurde, gab es nichts, was ich wirklich bereut habe. Ich habe gesagt, dass ich bereue, nicht schon mit dem Turnen aufgehört zu haben, als ich acht war. Oder dass ich wünschte, ich hätte mich für den Kunstkurs eingeschrieben statt für den Computerkurs. Nichts davon war wirklich wichtig. Aber jetzt gibt es wirklich etwas, das ich bereue. Tief in meinem Inneren glaube ich, wenn ich mich letztes Jahr an Thanksgiving anders verhalten hätte ... wer weiß, vielleicht wäre das alles hier gar nicht passiert.

»Ich bereue wirklich etwas, auch wenn du das blöd findest. Manchmal ist es unmöglich, nicht der Vergangenheit nachzuhängen«, sage ich.

»Und was?«, fragt er, plötzlich sanft.

Ich mache ein paar große Schritte, um etwas Raum zu gewinnen. »Ich setze diese Runde aus.«

Seine langen Beine schließen den Abstand zwischen uns. »Darf man das?«

Ich zucke die Schultern. »Es ist mein Spiel, nicht deins.«

Er lacht, aber er gibt nicht auf. »Dann sag etwas anderes. Sag mir, warum du nach Hudson fährst. Ich habe dir meinen Grund auch gesagt.«

Ich sehe ihn an. Er grinst, ein Mundwinkel ist etwas höher als der andere. Er hat ein ganz schön albernes Grinsen. Seine Zähne sind ein bisschen schief und stehen ein Stück zu weit auseinander. Ein Makel, der in Kombination mit seinem markanten Kiefer und seinen tief liegenden Augen seltsam wirkt.

Doch dann verschwindet das Lächeln. Vermutlich haben meine nicht ganz so perfekten Gesichtszüge mich verraten. Er sieht, dass es hier nicht nur um eine verflossene Highschool-Liebe geht. Ich hasse es, dass ich so leicht zu durchschauen bin.

»Tut mir leid«, sagt er schnell. »Du musst es mir nicht sagen, wenn du nicht willst.«

Ich beiße mir auf die Lippe und schaue wieder nach vorn.

Noah wartet darauf, dass ich etwas erwidere. »Es ist keine Tragödie, okay?«, fauche ich. »Niemand hat Krebs oder so.«

Er schweigt und fragt nicht weiter.

Wir erreichen die nächste Lichtung, und er geht voran.

Ich drehe mich kurz um und betrachte den weißen Kreis zwischen den Bäumen. Der Schnee fällt so sacht. Nicht wild oder wütend, wie man es von einem Sturm erwarten würde. Er fällt sanft, leicht, wie Löwenzahnsamen. Mom sagte immer, diesen Schnee mag sie am liebsten. Ich strecke die Hand aus, um ein paar Flocken aufzufangen, und als sie auf dem Handschuh landen, ist es, als wäre ich wieder bei uns im Garten, an meinem siebten Geburtstag. Zwei Tage vor Thanksgiving. Ich hatte meinen Eltern gesagt, dass ich mir zum Geburtstag nur Schnee wünschte, sonst nichts, aber meine Eltern haben mir wenig Hoffnung gemacht – in unserem Teil von Virginia schneit es äußerst selten vor Weihnachten.

Doch mein Wunsch wurde erfüllt.

Um sieben Uhr morgens begann es zu schneien. Langsam und sanft, aber stetig, genau wie jetzt. Ich ließ meine Geburtstagswaffeln stehen und stürzte zum Fenster. Mein Vater warf einen Blick in mein Gesicht, rief bei der Arbeit an und meldete sich krank.

Ich zog mir eine dicke Jacke über den Schlafanzug, Moms warme Handschuhe über meine eigenen und Schneestiefel über die nackten Füße – ich hatte es viel zu eilig, um mir Strümpfe zu holen, und hatte noch eine Woche später Blasen. Wir drei waren stundenlang draußen. Schauten dem Schnee zu. Tanzten durch den Garten. Gingen rein und tranken heiße Schokolade, wenn uns zu kalt wurde, warfen die nassen Sachen in den Trockner (irgendwann zog ich dann auch Strümpfe an) und gingen wieder raus. In den ruhigen Momenten, wenn wir auf den Wasserkocher warteten oder dass der Trockner fertig wurde, lachte mein Dad, kniff mir in die rote Nase, sagte, ich sehe aus wie Rudolph das Rentier – und küsste meine Mom auf den Mund.

Wir waren so ... *glücklich*.

Was ist nur daraus geworden? Aus uns?

»Kommst du?«, fragt Noah.

Ich nicke und stapfe weiter. Er stellt keine Fragen mehr – meine Krebs-Bemerkung hat ihn wohl abgeschreckt. Natürlich war das übertrieben. Trotzdem muss ich daran denken, was die Therapeutin gesagt hat. Eine Scheidung ist wie ein Todesfall. Zumindest, was die Trauer betrifft.

Aber ich muss auch an die Zeit vor zwei Jahren denken, als bei Simones Dad Krebs diagnostiziert wurde. Und daran, wie er ein halbes Jahr später gestorben ist. Ich weiß noch, dass Simone aufgehört hatte, sich die Haare glätten zu lassen, weil sie etwas so Banales wie einen Friseurbesuch nicht mehr ertragen konnte. Wie Simones Mutter abnahm, erst nur ein oder zwei Kilo und dann bestimmt acht oder neun, weshalb sie ein kleines Haarband um die Unterseite ihres Eherings wickeln musste, damit er nicht abrutschte. Ich weiß noch, wie Cary, Simones großer Bruder, der schon auf dem College war, sich in die Arbeit stürzte und kaum noch nach Hause kam. Ich weiß noch, dass ihr Haus beinahe zum Museum wurde, die Fernsehzeitung, in der ihr Dad zuletzt geblättert hatte, lag immer noch mit Eselsohren auf dem Sofatisch.

Ich habe erlebt, was der Tod anrichtet, aber das ist es nicht. Mein Dad ist ja noch da. Nur eine Zugfahrt entfernt. Es stimmt, was ich zu Noah gesagt habe. Niemand hat Krebs.

Aber warum fühlt es sich dann so schlimm an?

Wir erreichen das Ende des Waldes, und ich schiebe die Gedanken beiseite.

Gleich sind wir beim Zug. Vielleicht ist die Störung schon repariert, und ich schaffe es doch noch pünktlich zur Zeremonie.

Ich folge Noah ins Freie.

Und meine Hoffnung schwindet.

»Das darf doch nicht wahr sein«, sage ich und schaue nach vorn.

Auf die Schienen.

Auf den Zug, der davonfährt.

Uns davonfährt.

Ich lasse Noah stehen und renne los.

NOAH
15:18

Sie rennt los, aber sie ist nicht schnell genug.

Ich schaue voller Entsetzen, Enttäuschung und etwa so vieler weiterer Gefühle, wie Schneeflocken am Himmel sind, dem davonfahrenden Zug nach. Er tuckert so unbekümmert dahin, als hätte es nie ein Problem gegeben.

Und lässt uns im Regen stehen. Besser gesagt, im Schnee.

Meine Pläne für heute Abend schmelzen dahin.

Als Ammy anhält, ist der Zug nur noch ein kleiner Punkt am Horizont. Noch ein paar Sekunden, dann ist er weg.

Sie dreht sich zu mir um. Ich bin zu weit entfernt, um ihren Gesichtsausdruck zu erkennen, aber es braucht nicht viel Fantasie, um ihn sich vorzustellen.

Ihr Koffer steht neben mir im Schnee wie ein verlorenes Kind im Einkaufszentrum. Ich ziehe ihn zu mir herüber. Irgendwie fühlt er sich schwerer an als noch vor ein paar Minuten.

Sie kommt nicht zu mir zurück, und der Wind peitscht mir ins Gesicht, als ich auf sie zugehe. Es schneit mit einem Mal stärker.

Deshalb mag ich keine Abenteuer, Rina. Weil sie nie gut gehen.

Ich komme näher, und sie stemmt die Hände in die Hüften.

Sie starrt mich an, aber ich gehe weiter.

Als ich bei ihr bin, ist sie blass vor Zorn.

»Es tut mir leid«, sage ich.

Sie schüttelt den Kopf, ihre kurzen Haare peitschen gegen ihre Wange. »Du hast mir von deinem Kumpel erzählt«, sagt sie, »der stundenlang im Zug festsaß.« Ihre Stimme ist heiser, und ihre Augen glänzen. Ich habe plötzlich das seltsame Bedürfnis, ihren Koffer loszulassen, meinen Rucksack auf den Boden zu werfen und sie ganz fest in den Arm zu nehmen. All ihre Probleme zu lösen, obwohl sie sich mir nicht anvertrauen will.

»Es tut mir wirklich leid«, wiederhole ich.

Sie atmet tief ein. Ihre Stimme ist ruhig, als sie antwortet. »Ich muss …« Kurz denke ich, jetzt sagt sie mir, warum sie unbedingt um fünf in Hudson sein muss. Mit wem sie verabredet ist und warum es so wichtig ist. Wer sie so sehr verletzt hat und warum sie so aufgewühlt ist.

Der Gedanke, dass jemand sie verletzt hat – ihr Freund, eine Freundin, ihre Familie, wer auch immer –, macht mich ganz wild. Eine Sekunde lang vergesse ich meine eigenen Probleme. Dass mein Plan mit Rina höchstwahrscheinlich gelaufen ist.

Sie beißt sich auf die Lippe und schweigt. Der Moment geht vorüber.

Ich schaue mich um und lasse die Umgebung auf mich wirken. Die leeren Schienen. Die Schneeflocken auf dem dunklen Stahl. Die Bäume zu beiden Seiten und jede Menge Nichts in allen Richtungen. Hier ist ja nicht mal ein Bahnhof, wir können also nicht einfach auf den nächsten Zug warten. Jeder Zug, der vorbeikommt – wenn bei dem Wetter überhaupt noch einer kommt –, würde geradewegs an den beiden Idioten vorbeifahren, die so blöd waren, aus ihrem Zug auszusteigen, um auf eigene Faust weiterzureisen.

Ich versuche mich zu konzentrieren. Ich nehme mein Handy heraus und schaue auf die Uhr. Es ist kurz vor halb vier. Selbst wenn wir den Bus um vier kriegen, wird es knapp. Außerdem werde ich keine Zeit mehr haben, neue Blumen zu besorgen.

Trotzdem ist es besser als nichts. Abgesehen davon, dass uns sowieso nichts anderes übrig bleibt.

»Wir müssen zum Bus«, sage ich. »Deshalb sind wir ja auch zurückgekommen. Ist doch egal, dass der Zug jetzt weg ist. So war der Plan. Wir können den um vier Uhr noch schaffen.«

»Aber jetzt ist es etwas anderes«, sagt sie. »Wenn du nicht diese blöde Idee gehabt hättest, wären wir längst unterwegs.«

Ich muss an Rina denken und frage mich, was sie heute Abend vorhat. Ob ich überhaupt eine Chance habe. Ob sie meine Erklärung verstehen wird oder ob ich damit zu spät komme.

Als ich nichts erwidere, packt Ammy ihren Koffer, zerrt ihn über die Schienen und stapft los. Ich vergewissere mich, dass kein weiterer Zug kommt, dann folge ich ihr. »Ammy«, rufe ich. »Warte. Wir stecken hier gemeinsam drin.«

Sie dreht sich um. »Gemeinsam? Ich bin nur hier, weil *du* mich überredet hast!« Ihre Stimme wankt kurz, doch dann scheint ihr Zorn wieder aufzuflammen.

»Du weißt doch gar nicht, wo wir langmüssen«, wende ich ein.

»Ich kann jedenfalls besser Karten lesen als du«, faucht sie. »Jeder Idiot weiß, dass der Zug nach Norden fährt. Wenn wir hinten aus dem Zug steigen, ist ja wohl klar, dass wir nach rechts müssen.«

Ihre Worte tun weh. Sie hat recht. Ich hätte es wissen müssen. Ich überhole sie und bleibe vor ihr stehen.

»Warum hast du dann nichts gesagt?«, frage ich.

Sie seufzt. »Weil ich nicht wusste, in welche Richtung wir gehen müssen! Ich wusste nicht, dass wir *weg* vom Fluss müssen.«

»Ich habe mich von der Karte verwirren lassen«, sage ich. »Es tut mir leid.«

»Ist ja auch egal«, murrt sie. »Gehen wir.« Ich schaue sie an. Wir sind beinahe auf Augenhöhe, und ihre Augen sehen verquollen und müde aus. Nach außen hin wirkt sie wütend, mit ihren geballten Fäusten, ihrem entschlossenen Schritt und ihrer erhobenen Stimme. Aber wenn ich in ihre großen braunen Augen schaue, sehe ich nur Schmerz und Enttäuschung.

Und noch etwas anderes … Angst?

Sie weiß nicht, wie diese Sache ausgeht, und nicht nur, weil wir den Zug verpasst haben. Darauf könnte ich wetten.

Die Augen sind das Fenster zur Seele, so heißt es, aber mir hat Alfred Tennysons Version immer besser gefallen: »Ihr Auge ist der Ort stiller Gebete.«

Der Vers hat nie besser gepasst als jetzt, denke ich, als ich in Ammys Augen sehe.

Ich lege ihr die Hände auf die Schultern. »Ich habs vermasselt«, sage ich. »Das sehe ich ein. Es tut mir wirklich leid. Ich wollte nur helfen.« Ich fühle, dass ihre Schultern etwas lockerer werden, und ihr Blick huscht zu Boden. Ich lasse die Arme sinken. »Ich dachte wirklich, es würde klappen. Ich dachte, wir würden es vor allen anderen nach Hudson schaffen. Sonst hätte ich dich nicht gefragt, ob du mitkommen willst.«

Sie schüttelt meine Hände ab, sagt aber nichts.

Ich will nichts weiter als Rina zurückhaben. Deshalb bin ich hier. Aber ich will auch Ammy helfen. Und nicht nur wegen der Sache mit dem Karma. Sondern weil sie ein Mensch ist, der nie um Hilfe bitten würde. Und genau diese Menschen brauchen sie oft am meisten. Das weiß ich, weil ich selbst so einer bin.

»Wir sitzen hier zusammen fest, und es bringt jetzt nichts, getrennte Wege zu gehen.« Ich versuche zu lächeln. »Wir sind doch nicht in einem schlechten Horrorfilm.«

Sie lacht ein winziges bisschen.

Mein Lächeln wird breiter.

Schon hört sie wieder auf. »Ich bin immer noch sauer«, sagt sie.

Ich zucke die Schultern und greife nach ihrem Koffer. Ich bin fest entschlossen, den Bus um vier zu bekommen.

Überraschenderweise widerspricht sie nicht.

AMMY
15:43

Wir marschieren weiter, Noah geht voran. Diesmal scheint die Richtung zu stimmen. Ich habe Empfang, wenn auch unregelmäßig, und ich kann tatsächlich eine Bushaltestelle auf der Karte sehen und unseren kleinen blauen Punkt, der sich darauf zu bewegt. Außerdem gehen wir nach Osten – also weg vom Fluss. Das ist einfachste Logik. Ich habe ein schlechtes Gewissen bekommen, als ich gesehen habe, wie verletzt und verlegen Noah war, nachdem ich ihm das vorgeworfen hatte, aber ich war nun mal wütend.

Auf dieser Seite der Gleise ist der Wald nicht mehr ganz so dicht, und Noah geht schneller, seine langen Beine machen große, bestimmte Schritte, wie ein Mann auf einer Mission – und das ist er ja wohl auch. Ich muss mich ganz schön beeilen, um mit ihm Schritt zu halten, aber das kommt mir entgegen, weil die Zeit nicht gerade für uns arbeitet.

Er sagt nichts, und dafür bin ich ihm dankbar. Er ist nämlich genau die Art Mensch, der man all seine Geheimnisse anvertraut, wenn man nicht aufpasst. Wahrscheinlich liegt es an seinen Augen, die so vertrauenerweckend aussehen, als gehörten sie zu einem kleinen Tier und nicht zu diesem großen Kerl. Kugelrunde *Ich-will-doch-nur-helfen*-Augen, die sich in den Winkeln in kleine Falten legen und einen förmlich weichkochen. Ganz schön anstrengend.

Trotzdem will ich ihm meine Geschichte nicht erzählen. Ich

weiß genau, was passiert, wenn ich von meinen Eltern spreche. Ich werde bemitleidet, das war zumindest bisher bei allen Leuten außer bei Dara und Simone so. Es ist demütigend.

Und dann fange ich an zu heulen. Was noch schlimmer ist.

Ich bin kein Mädchen, das sich an der Schulter eines starken Kerls ausheult.

Ich schaue verstohlen auf meinen Koffer, den Noah hinter sich herzieht.

Na ja, zumindest versuche ich, keins zu sein.

Ich spüre ein Summen in der Tasche, und mir fällt ein, dass ich mich seit der Nachricht, dass ich es vielleicht doch noch schaffe, gar nicht mehr bei Kat gemeldet habe. Ich hole das Handy raus. Zwei neue Nachrichten.

Zuerst lese ich die von Mom.

Ich habe nicht gewollt, dass es so endet.

Ich antworte nicht, sondern öffne Kats Nachricht. Schon vorher spüre ich einen schweren Klumpen im Magen. Es ist ein schreckliches Gefühl, sie zu enttäuschen.

Bist du bald da?

Ich schreibe sofort zurück.

Nein, es wird doch später. Krasser Schneesturm. Wir sind aus dem Zug gestiegen und nehmen den Bus.

Uh, wer ist denn WIR? ;)

Niemand. Außerdem hat er eine Freundin.

Das ist zwar gelogen, aber irgendwie auch nicht.

Du kommst also nicht zur Zeremonie? Ich brauche dich!!!

Ich tue mein Bestes.

**Ok, halt mich auf dem Laufenden, du musst es schaffen!!!!!!
PS: Mom tickt wegen ihrem Kleid aus, aber wenn ich dich irgendwo abholen soll, sag Bescheid!**

Mach ich.

Peace, Schwester.

Das Wort trifft mich mitten ins Herz, und ich spüre wieder diesen Sog, der mich wie ein Magnet zu dem blöden alten Bauernhaus und meiner blöden neuen Familie zieht.

Als ich nach der Woche letzten Sommer dort zurück nach Hause kam, zog Mom mir jede noch so kleine Einzelheit aus der Nase, und ich habe mich dabei ertappt, dass ich so tat, als wäre es einfach nur schrecklich gewesen, obwohl das nicht stimmte. Ich konnte nicht anders, ich war schließlich auf Moms Seite.

Und das bin ich ja auch immer noch.

Es ist nur so, dass es mir manchmal viel einfacher vorkommt, auf Dads Seite zu sein.

Vor allem, weil ich dann eine Schwester bin, wenn auch keine echte.

In dem Augenblick dreht Noah sich so unvermittelt zu mir um, dass ich fast mit ihm zusammenstoße, und eine Sekunde lang sind unsere Gesichter nur Zentimeter voneinander entfernt. Ich weiche umgehend drei Schritte zurück.

»Alles okay?«, fragt er.

Ich nicke, verlagere das Gewicht auf das andere Bein und merke, dass meine Schuhe nach diesen mehr als zweimal 0,9 Meilen durch den Schnee ziemlich durchnässt sind.

Im Windschatten der Bäume ist es einigermaßen geschützt, aber ein Blick genügt, um zu sehen, dass der Schnee nicht daran denkt, in nächster Zeit mit dem Schneien aufzuhören.

»Dann ist ja gut«, sagt er, obwohl er mir nicht so recht zu glauben scheint. »Ich bin nämlich ziemlich sicher, dass wir die Zivilisation erreicht haben.« Er strahlt, als hätte Gott uns Manna vom Himmel geschickt. Oder eins dieser Fallschirmpakete aus der *Panem*-Verfilmung. (Ja, ich habe die Filme gesehen, und ja, sie waren ganz okay.)

Er geht ein paar Schritte weiter, und ich folge ihm auf ein offenes Feld.

Da ist sie.

»Eine Straße!«, jubele ich. »Wahrhaftiger Asphalt!« Ich laufe mitten auf die Straße und springe auf und ab. Sie ist matschig, und durch mein Gehüpfe werden meine Schuhe noch nasser, aber das ist mir egal. Die gelbe Mittellinie ist das Schönste, was ich je gesehen habe.

»Achtung«, ruft Noah hinter mir. »Runter von der Straße. Da vorne ist eine Kurve!«

Ich laufe zurück zum Straßenrand und sehe ihn an. »Sorry«, sage ich.

Er schüttelt nur den Kopf.

Er ist einer dieser Typen, die immer auf andere aufpassen und sich Sorgen machen müssen. Woher will er überhaupt wissen, dass ich nicht geguckt habe? (Hab ich tatsächlich nicht.)

Na ja, irgendwie ist es auch nett.

Er schaut nach rechts und links und überquert dann die Straße. Ich folge ihm. Wir gehen etwa 15 Meter am Straßenrand entlang, dann kommen wir an eine kleinere Straße. Mit Bürgersteig. Und einem richtigen 7-Eleven-Supermarkt. Halleluja. Ich glaube nicht, dass ich mich schon mal so gefreut habe, das grün-orangefarbene Logo zu sehen. Das Licht hinter dem beschlagenen Glas strahlt wie ein Leuchtturm.

Noah folgt meinem Blick. »Gibt es in Roanoke keine 7-Elevens?«, fragt er. »Du siehst aus, als hättest du gerade eine Erscheinung gehabt.«

Ich lache. »Im Augenblick käme das aufs Gleiche raus.«

Ich versuche, nicht zu viel darüber nachzudenken, dass er sich den Namen meiner Stadt gemerkt hat, die ich nur kurz am Anfang unseres Gesprächs erwähnt habe. Und auch nicht darüber, dass mich das aus irgendeinem Grund glücklich macht.

»Lust auf einen Hotdog?«, fragt er.

Ich schüttele heftig den Kopf. »Ich will auf keinen Fall den Bus verpassen.«

»Weiß ich doch«, sagt er. »War nur Spaß.« Er zieht meinen Koffer an einem Haufen Mülltüten auf dem Bürgersteig vorbei. »Wer weiß, vielleicht werden wir eines Tages über die ganze Sache lachen? Das sagt man doch immer so, oder?«

Ich ziehe die Augenbrauen hoch.

»Ich kann erst ans Lachen denken, wenn wir wirklich im Bus sitzen«, erkläre ich und strecke die Hand aus, um meinen Koffer wieder selbst zu ziehen, jetzt, wo wir die Wildnis hinter uns gelassen und etwas Magisches namens Bürgersteig unter den Füßen haben, aber er schiebt meine Hand weg.

»Vernünftig«, erwidert er. Wir gehen unter der Markise eines Spirituosengeschäfts hindurch, die uns eine kurze Pause vom Schnee gönnt. »Aber behaupte nicht, dass du nicht eines Tages Ammy junior diese Geschichte erzählen wirst. Wie du mit einem Fremden durch den Schnee gestapft bist, ihr euch verlaufen habt, beinahe erschossen worden wärt und doch noch nach Hause gefunden habt. Eigentlich ist es fast schon romantisch, wie in einem alten Liebesfilm oder so …« Seine Stimme verliert sich, als wir die Straße überqueren.

Ich erinnere mich an das, was ich gedacht habe, als ich heute Morgen in den Zug gestiegen bin. Dass es romantisch werden würde.

Auf eine komische Art ist es das wohl tatsächlich.

Noah ist der totale Romantiker. Okay, das wusste ich schon – ein Blick auf die Rosen genügt –, aber ich meine eine andere Art Romantik. Der Wunsch danach, dass die Welt um uns herum magisch ist. Den hat nicht jeder.

»Gibs zu«, sagt er, »das findest du auch.«

Ich schaue nach rechts und sehe eine niedliche Hauptstraße, genau wie man sie sich in einer Kleinstadt im Nordosten vorstellt. Backsteinhäuser. Altmodische Ladenschilder. Ein Kino, das so aussieht, als wäre es zu einer Bar oder einem Musikclub umgebaut worden.

Er hat recht (auch wenn ich ihm das nicht sagen werde). Eine Sekunde lang kann ich nicht anders. Ich muss daran denken, wie sich seine Hände auf meinen Schultern angefühlt haben, wie seine braunen Augen in meine gesehen haben, als er mich festgehalten hat, um mich zu beruhigen, wie ich ihm so nah war, dass ich die Sommersprossen auf seinen Augenlidern sehen konnte, die rissige Haut in seinen Mundwinkeln. Wie seine Mütze schief auf seinem Kopf saß und nur ein kleines Stück seines Gesichts unter einer Menge Goretex und Nylon zu sehen war.

Hör auf, ermahne ich mich im Stillen und verfluche mich für meine Gedanken. Die Kälte scheint mir in den Kopf zu steigen.

Aber ich kann nicht anders – ich muss an den Film denken, den meine Mom so gern mit mir geschaut hat: *Es geschah in einer Nacht*. Ein Spielfilm aus den Dreißigern von Frank Capra über eine reiche Erbin, die vor ihrer eigenen Hochzeit flieht oder so ähnlich und im Bus einen Typen kennenlernt. Der Bus hat eine Panne und sie schlagen sich gemeinsam durch, und dann – na ja, den Rest kann man sich denken.

Aber das alles steht völlig außer Frage, weil ich fest entschlossen bin, die Finger von jeglichem Liebeskram zu lassen.

Dara und Simone und alle anderen können ruhig denken, dass ich verrückt bin, ich werde das trotzdem durchziehen.

Ich werde nicht so enden wie Mom. Mit ihrer obsessiven Art und ihrer totalen Unfähigkeit, Dad gehen zu lassen. Immer noch stehen überall im Haus Fotos von den beiden herum, obwohl ihre neue Leidenschaft darin besteht, mir rund um die Uhr zu erzählen, wie sehr sie ihn hasst.

Ihr Geschrei, wenn ich vorsichtig vorschlage, eine Weile von etwas anderem zu sprechen.

Es ist nicht ihre Schuld, dass sie so ist, wie sie ist. Aber das macht es für mich nicht leichter. Es ändert nichts an meinem Wunsch, sie könnte mehr wie eine Mutter sein.

Aber wie Dad will ich auch nicht werden. Ich werde mir nicht wie ein naiver Zwölfjähriger einreden, dass die Liebe alles besiegen kann.

Denn seit mein Dad sich in Sophie »verliebt« hat, ist alles ein einziges Chaos.

Er hat seine Ehe verloren, Mom ihren Verstand, tja, und ich sie beide.

Noahs Worte über die Romantik unserer Situation hängen noch in der Luft, deshalb sorge ich schnellstens dafür, sie aus der Welt zu schaffen. »Eher wie in einem Problemfilm«, erwidere ich, wenn auch zu spät. Ich lache gekünstelt. »Du weißt schon, ein zwielichtiger Typ nutzt ein unschuldiges Mädchen aus und lockt es ins Verderben …«

Er lächelt und bleibt an einer roten Ampel stehen. Wieder

dieses schiefe Grinsen. Er muss der einzige Mensch auf der Welt sein, an dem wasserfeste Goretex-Mützen gut aussehen.

»Wir sind gleich da«, sagt er. »Willst du immer noch neben mir sitzen, oder hast du genug von meiner Gesellschaft?«

Ich richte den Blick nach vorn und warte darauf, dass die Ampel grün wird. »Auch darüber denke ich erst nach, wenn wir im Bus sind.« Ich schaue ihn kurz von der Seite an und sehe, dass er gekränkt wirkt, als glaubte er wirklich, dass ich es ernst meine. »Keine Sorge«, sage ich. »Ich lasse dich nicht allein.«

»Uff!«, seufzt er dramatisch. »Ich hatte schon Angst. Vor allem, weil der Akku meines E-Readers leer ist.« Er zwinkert. Er ist so ein Nerd – ein Kumpel-Nerd, aber trotzdem ein Nerd.

»Wie spät ist es?«, frage ich.

»15:49 Uhr«, erwidert er. »Wir haben noch jede Menge Zeit. Wir müssen nur noch zweimal abbiegen, dann sind wir da.«

»Brauchen wir nicht eine Fahrkarte?«, frage ich.

Noah nickt und manövriert meinen Koffer über eine vereiste Fläche auf dem Bürgersteig. »Ich zahle deine. Ich bin dir schließlich was schuldig.«

»Oh, das wollte ich damit gar nicht sagen ...«

Er dreht sich zu mir um und lächelt. Die Schneeflocken auf seinen Wimpern glitzern in der Wintersonne. »Das wollte ich auch gar nicht fragen.«

Ich verdrehe die Augen – da muss man einfach die Augen verdrehen.

Aber innerlich lächele ich. Ein bisschen.

NOAH
15:50

Ihr Augenverdrehen hat es in sich. Irgendwie fühlt es sich so an, als würde sie mich zurechtweisen, aber auf eine Art, dass mir innerlich ganz warm wird. Als würde sie sich über mich lustig machen, wäre aber trotzdem auf meiner Seite.

Ich muss damit aufhören, eine einfache Augenbewegung zu analysieren.

Rina, erinnere ich mich. Rina, Rina, Rina.

Wenn Rina anderer Meinung war als ich, hat es sich nie so angefühlt, als wäre sie trotzdem auf meiner Seite.

Aber das lag daran, dass unsere Meinungsverschiedenheiten größer waren. Ich war noch nicht bereit, der Mensch zu sein, den sie brauchte. Damals nicht.

Aber jetzt bin ich es.

Zur Hölle, ich bin gerade mit einer Fremden Meilen durch die Wildnis gewandert. Soll sie noch einmal behaupten, ich könnte nie einfach etwas *tun*.

Ich schaue wieder aufs Handy. »Da ist es«, sage ich. »Da vorne, das Schild da.«

»Wie spät ist es?«, fragt Ammy wieder.

»15:51 Uhr. Alles gut.«

Eine Schneeflocke landet auf ihrem Mund, und sie presst die Lippen zusammen, als könnte sie sie schmecken.

Sie lächelt. Zum ersten Mal bemerke ich, dass ihr Mund eher klein ist. Auch wenn er vielleicht nicht der Schönheitsnorm entspricht und irgendein idiotischer Beverly-Hills-Arzt ihre Lippen wahrscheinlich mit Silikon aufpumpen würde, finde ich ihn perfekt, wie er ist.

Ich wende mich ab.

Vor uns, hinter einer Reihe billiger Imbissläden und einer Tankstelle, liegt ein Backsteingebäude mit einem großen Schild, das gesprungen und auf der uns zugewandten Seite leer ist. Auf der anderen Seite steht Hudson-Express, da bin ich mir sicher.

Wir sind fast da.

Ein Auto fährt vorbei, viel zu schnell für dieses Wetter. Es ist eins der wenigen Fahrzeuge, die überhaupt noch unterwegs sind. Die meisten Leute – ganz normale Leute, die sich nicht in den Kopf gesetzt haben, mitten in einem Schneesturm ihre große Liebe zurückzuerobern – sind jetzt in ihren Häusern. Sie sind bei ihren Familien und schauen *Twilight Zone* auf Netflix. Brechen ihre guten Neujahrsvorsätze und versuchen herauszufinden, ob irgendein Pizzaservice bei diesem Wetter liefert.

Was Rina wohl gerade macht? Ich stelle sie mir in ihrem Zimmer vor, auf ihrem schmiedeeisernen Bett, das so aussieht, als gehörte es einer viktorianischen Prinzessin. O Mann, das Bett hat schrecklich gequietscht. Ziemlich unpraktisch.

Vielleicht liest sie? Murakami würde sie nie anrühren, schon eher ein Drehbuch. Rina will Schauspielerin werden, und sie hat wirklich das Zeug dazu, die Ausstrahlung, die Mimik, die Stimme.

Vielleicht recherchiert sie Schauspielschulen und überlegt, wo sie nächstes Jahr hingehen soll?

Oder sie ruht sich einfach nur aus. Hält eins ihrer ewigen Nickerchen. Ich denke an unsere letzte gemeinsame Woche am Lake George. Manchmal kam ich vom Strand zurück, und sie lag einfach am helllichten Tag im Bett und pennte. Die Sonne schien durchs Fenster. Ich betrachtete sie. Ihre winzige Narbe am Kinn, wo sie sich als kleines Kind am Couchtisch gestoßen hat. Ein winziger Pickel von der Sonnencreme. Ihre eher blonden als schwarzen Wimpern, wenn sie keine Wimperntusche trug.

Ihr Gesicht, das im Schlaf beinahe engelsgleich aussah, was Bryson wohl nicht so gesehen hätte. Er hat von Anfang an behauptet, sie tue mir nicht gut. Bei einem unserer ersten Dates hatte ich auf dem Weg ins Kino eine andere Strecke genommen, weil ich dachte, wir würden so schneller sein. Wir kamen zu spät und mussten mit den letzten freien Plätzen in der ersten Reihe vorliebnehmen. Rina hat während des ganzen Actionfilms geseufzt und gestöhnt, von der ersten bis zur letzten Minute.

Hinterher, als sie auf der Toilette war, nahm Bryson mich beiseite, fragte, was das sollte, und kommentierte ihr Verhalten mit ein paar wenig freundlichen Worten. Es roch nach altem Popcorn, und aus einer Ecke kamen die Geräusche eines Flipperautomaten. Ich hatte das Gefühl, mich zwischen meinem besten Freund und meiner Freundin entscheiden zu müssen.

Die Entscheidung war leicht.

Für den Rest der zehnten Klasse hing ich nicht mehr mit Bryson rum. Aber irgendwann sah er ein, dass sich nichts ändern würde. In der elften Klasse näherten wir uns wieder an.

Er war überglücklich, als ich mit ihr Schluss gemacht habe. Richtig ekstatisch. Drei Tage später schleppte er mich auf eine Party bei irgendeinem Idioten, der ein Jahr vor uns Abschluss gemacht hatte und immer noch in der Stadt rumhing. An dem Abend habe ich zu viel getrunken, was ich sonst nie tue.

Manchmal denke ich immer noch, dass alles anders gekommen wäre, wenn ich nicht auf Bryson gehört hätte.

»*Hallo?*«, sagt Ammy.

Ich drehe mich im Gehen zu ihr um. Sie starrt mich an.

»Ich habe gefragt, ob du weißt, wo der Fahrkartenautomat ist.«

»Verdammt, du bist ja echt nervös«, stelle ich fest.

Wir kommen an einem Imbiss vorbei, der bereits die Läden herunterlässt, und sie runzelt die Stirn. »He, das ist meine letzte Chance, zu einer halbwegs vernünftigen Zeit nach Hudson zu kommen. Die will ich mir nicht versauen.«

»Entschuldigung«, sage ich und bekomme sofort wieder ein schlechtes Gewissen. Ohne mich wäre sie gar nicht in dieser Lage. »Ich glaube, es gibt einen Kiosk oder einen Verkaufsschalter. Wir haben auf jeden Fall noch genug Zeit.«

Sie nickt. Wir überqueren den Parkplatz und steuern auf das Backsteingebäude zu. Auf der Straße taucht ein Bus auf. Ein großer. Ich kann es kaum fassen.

»Ich hätte nie gedacht, dass ich mal so glücklich sein würde, einen Bus zu sehen«, sagt Ammy.

»Ich auch nicht.«

»Wie spät ist es?«

»15:53 Uhr.«

»Perfekt. Ich hasse es, auf den letzten Drücker zu kommen.«

»Ich auch.«

Es gibt keinen Kiosk, also gehen wir direkt zum Schalter. Der Ticketverkäufer steht mit dem Rücken zu uns.

Im Fenster hängt ein Schild.

»Alle weiteren Fahrten wetterbedingt gestrichen.«

Dann ertönt das Knattern eines Motors.

»Verdammt, nein!«, höre ich hinter mir.

Ich drehe mich um und sehe, dass Ammy schon wieder so verzweifelt und sinnlos losrennt. Der Bus ist einmal über den Parkplatz gefahren und entfernt sich wieder. Sie rennt nur etwa zehn Meter, bevor sie stehen bleibt und sich mit einem schrecklich niedergeschlagenen Gesicht umdreht.

»Bitte sag mir, dass das nicht unser Bus war«, keucht sie.

»Das kann er nicht gewesen sein«, sage ich. Ich schaue wieder auf mein Handy, das kaum noch Akku hat. 15:54 Uhr. Das kann nicht sein.

»Entschuldigung!«, rufe ich und klopfe an die Glasscheibe des Schalters. »Hallo?«

Der Mann hinter dem Fenster dreht sich um, klopft zurück und zeigt auf das Schild.

Ich höre Ammy hinter mir japsen. »Alles in Ordnung«, sage ich möglichst ruhig und drehe mich zu ihr um. »Wir lassen uns etwas einfallen. Mach dir keine Sorgen.«

Wieder klopfe ich an die Scheibe. Der Mann ist etwa Ende fünfzig, hat ein kleines Bäuchlein und sieht erschöpft aus. Er verdreht die Augen, setzt sich und beugt sich vor das Mikrofon. »Was kann ich für Sie tun?«

Auf seinem Namensschild steht Chet.

»Das war doch gerade nicht der 16-Uhr-Bus, oder?«

Der Mann schüttelt den Kopf, und mein Herz macht vor Erleichterung einen Satz. »Das war der 15:30er. Wetterbedingte Verspätung.«

Ich drehe mich zu Ammy um und strahle sie an. »Es war nicht der um 16 Uhr!«

Ihre Augen leuchten auf, und mir kommt ein Gedanke, stark und nicht zu ignorieren: Sie ist echt schön, wenn sie glücklich ist.

»Dann bitte zwei Karten für den Bus um 16 Uhr.«

Der Mann zeigt wieder auf das Schild, beinahe süffisant, nach dem Motto *Diese Generation würde ohne ihre Handys keine zehn Minuten überleben.* »Der Bus fällt aus. Alle weiteren Busse sind wegen des Sturms gestrichen. Es soll die ganze Nacht weiterschneien. Deshalb hängt auch das Schild da.«

Ich spüre, wie mir das Herz in die Kniekehlen rutscht.

»Kommt nicht wenigstens noch *ein* Bus?«, frage ich.

»Können Sie nicht lesen?«

»Ich frage ja nur!« Meine Stimme wird laut.

Er räuspert sich, und der ganze Frust, den dieser Typ in seinen paarundfünfzig Lebensjahren gesammelt hat, steht ihm ins Gesicht geschrieben. »Ich mach jetzt Feierabend!«

Ich starre ihn an, sehe zu, wie er seine Sachen packt, und kann es nicht glauben.

Wir sind am Arsch.

Und wie.

Keine weiteren Busse. Der Zug ist längst weg. Vermutlich fährt bei dem Wetter nicht mal ein Taxi, wenn es in diesem Kaff überhaupt ein Taxiunternehmen gibt.

Ich werde heute Abend nicht zu Rina kommen. Wir werden die Reservierung verpassen. Unseren Jahrestag. Alles.

Ich werde erst morgen zu ihr gehen können, an einem Tag, der rein gar nichts bedeutet, mit der armseligen Entschuldigung, dass ich aufgehalten wurde, und sie wird mir die Tür vor der Nase zuschlagen.

Und Ammy – auch ihre Pläne sind zerstört.

Karma. So viel zu diesem gottverdammten Karma.

Ich drehe mich um, bereit für den Kampf, den Ausbruch, den Zorn, der mich gleich treffen wird. Ich habs verdient, ich weiß.

Aber sie lacht.

Vornübergebeugt, die eine Hand auf dem Koffergriff, die andere auf dem Bauch.

Sie schüttelt sich vor Lachen. Ein albernes, unkontrolliertes Lachen.

Ich drehe mich wieder zum Schalter, und der Mann blickt auf und schaut mich so an, wie Männer es manchmal tun, wenn ein Mädchen sich verrückt verhält. Ich drehe mich zu Ammy. »Ist alles in Ordnung?«

Sie kann kaum nicken vor Lachen, doch endlich sagt sie was. »Ja«, bringt sie heraus. »Alles okay.«

»Wir sind am Arsch.«

Sie lacht weiter. »Das ist mir klar.«

»Aber …«

Sie stemmt eine Hand in die Hüfte. »Hör zu«, unterbricht sie mich. »Ich bin heute einem Zug und einem Bus hinterhergerannt und habe beide knapp verpasst.« Sie streckt die Hand aus. »Es schneit immer noch wie verrückt und sieht nicht so aus, als würde es bald aufhören. Ich sitze hier mitten in der Pampa mit einem Typen fest, den ich gerade mal seit fünf Minuten kenne. Wenn ich darüber nicht lachen kann, dann weiß ich auch nicht.«

Ich atme langsam aus, aber ihre Belustigung führt nicht dazu, dass ich mich besser fühle. »Ich weiß nicht, was wir jetzt machen sollen.«

Sie verschränkt die Arme vor der Brust. »Ich habe nur noch zehn Prozent Akku. Und du?«

Ich schaue nach. »Ein Prozent.«

Sie nickt. »Hab ich mir gedacht. Es muss hier doch irgendein Restaurant oder Café geben. Wir laden jetzt erst mal unsere Handys auf und machen einen Plan.«

Ich zucke die Schultern. »Okay. Aber jeder Plan, den ich heute gemacht habe, ist gründlich in die Hose gegangen.«

Sie lacht wieder. »Tja, jetzt wirst du mich nicht mehr los, also machen wir einen Plan, der nicht in die Hose geht, okay?«

»Okay«, murmele ich.

»Na, komm«, sagt sie und steuert über den Parkplatz.

Sie weiß nicht, wo wir hinmüssen. Ich weiß es auch nicht. Und mein Handy wird sich gleich endgültig verabschieden.

Aber wenigstens tut sie etwas.

Wenigstes lastet nicht der ganze Druck auf mir.

Es ist, als wären wir zwei ein Team, und sie ist jetzt für eine Weile der Kapitän.

Sie kennt mich vielleicht erst seit »fünf Minuten«, aber sie kennt mich bereits gut genug, um zu wissen, dass ich Verstärkung gebrauchen kann.

Und dafür bin ich ihr dankbar. Wirklich.

AMMY
16:02

Schon am anderen Ende vom Parkplatz fühlt sich mein Lachen, mein erzwungener Optimismus, um Noah aufzumuntern, einfach nur noch … bescheuert an.

Ich werde Dads Hochzeit verpassen.

Na ja, seine Nicht-Hochzeit. Aber trotzdem.

Selbst wenn uns noch irgendein grandioser Plan einfällt, schaffen wir es auf keinen Fall mehr pünktlich. Unmöglich.

Noah kommt neben mich. »Weißt du, wo wir hinmüssen?«, fragt er.

Ich schüttele den Kopf. Wir stehen am Straßenrand, während ich auf dem Handy nach etwas in der Nähe suche. Es dauert nicht lange, bis ich das Hauptstraßencafé gefunden habe, das sich – wie zu erwarten – auf der Hauptstraße befindet, der Straße, die wir noch vor wenigen Minuten so hoffnungsvoll entlangmarschiert sind.

Dorthin gehen wir jetzt. Auf der Straße ist nichts los. Die Leute haben sich in ihre Häuser zurückgezogen und sitzen den Schneesturm aus.

»Glaubst du, es hat auf?«, fragt er.

Ich zucke die Schultern. »Angeblich bis neun, aber du hast recht, man kann nie wissen. Trotzdem ist es einen Versuch wert.«

Wir biegen auf die Hauptstraße und kommen an einem geschlossenen Imbiss vorbei – woraufhin erneut die Panik in mir aufsteigt.

Ich gehe etwas schneller und rutsche dabei auf einer vereisten Stelle aus. Blitzschnell ist Noah hinter mir und fängt mich auf, schlingt die Arme um mich, und für einen Moment fühlt es sich an, als könnte er mich vor allem beschützen.

»Alles okay?«, fragt er. Seine Stimme ist tief und dringt von hinten in mein Ohr. »Ganz schön glatt hier.«

»Alles in Ordnung«, sage ich und spüre wieder einen Stromschlag, genau wie vorhin, als er mich beim Sprung vom Zug aufgefangen hat. Ich hole tief Luft und reiße mich zusammen. Hoffe, dass meine Stimme mich nicht verrät.

»Ich glaube, da vorne ist es«, sage ich. Ich sehe eine blaue Markise über einer älteren Ladenfassade mit einer altmodischen gelben Verkleidung. An der Tür steht zwar nicht »Geöffnet«, aber das hat hoffentlich nichts zu bedeuten.

Mein Puls hat sich wieder etwas beruhigt, als wir die Tür erreichen. Ich ziehe daran und spüre Freude, als sie aufgeht und ich das Klingeln des Glöckchens höre.

Drinnen ist es düster und leer, und meine Hoffnung schwindet. Mist.

»Hallo?«, rufe ich ins Halbdunkel. »Haben Sie auf?«

Nichts – kein Geräusch, nicht mal eine Bewegung. Ich schaue Noah an und weiß, dass mir die Angst jetzt ins Gesicht geschrieben steht.

Ganz kurz frage ich mich, wie es wäre, noch einmal seine Arme um mich zu spüren.

Dann aber höre ich Töpfeklappern, und eine Kellnerin kommt durch die Doppeltür aus der Küche gerauscht. Sie knickt die Hüfte ein. »Zwei Personen?«, fragt sie.

Ich nicke erleichtert. Erleichtert, dass das Café geöffnet ist, und erleichtert, dass meine lächerlichen Gedanken über Noah unterbrochen wurden. »Ja, bitte.«

Sie seufzt, geht um die Theke herum und holt zwei Speisekarten, die mal wieder gründlich gereinigt werden könnten. Sie ist jung, bestimmt kaum älter als wir, hat rote Haare, Sommersprossen und einen finsteren Gesichtsausdruck, der festgewachsen zu sein scheint. Sie knallt die Speisekarten wortlos vor uns auf den Tisch.

Ich setze mich, Noah ebenfalls. Er beugt sich vor und schaut unter den Tisch.

Dann taucht er wieder auf. »Wir haben Glück, da unten sind gleich zwei Steckdosen.«

»Gott sei Dank«, erwidere ich, ziehe mein Handy und das Ladekabel aus der Tasche und werfe es ihm zu. Ich zeige mit einem Nicken auf die Blumen, die er unter die Klappe seines Rucksacks geklemmt hat und die jetzt völlig hinüber sind. »Ich glaube, du musst neue Blumen besorgen«, sage ich.

»Ach, was du nicht sagst«, entgegnet er bissig. Und dann: »Tut mir leid, ich bin nur angespannt.«

»Ich weiß«, erwidere ich. »Ich auch.«

Noah duckt sich unter den Tisch und schließt die Stecker an. Als er wieder nach oben kommt, bringt er ein kleines Lächeln zustande.

»Danke, dass du das Café gefunden hast«, sagt er. »Ich glaube, ich hätte mich sonst einfach auf dem Parkplatz auf den Boden gelegt und mich einschneien lassen.«

Ich lache. »Einer muss sich ja zusammenreißen. Und bis jetzt hast du das übernommen.«

Ich verziehe innerlich das Gesicht, als ich daran denke, wie ich ihn vorhin angeschrien habe, und bin froh, dass ich nach der Buskatastrophe nur gelacht habe. Es gibt mir ein winziges Fünkchen Hoffnung, dass ich meinem Schicksal, die hysterische Ader meiner Mom geerbt zu haben, entkommen kann.

Die Kellnerin kommt zurück, ihr blauer Lidschatten glänzt

im Lichtschein der Lampe. »Kaffee?«, fragt sie und hält uns zwei angeschlagene weiße Tassen und eine dampfende Kanne hin.

»Wie konntest du das nur ahnen?«, entgegne ich.

Sie lächelt nicht, stellt nur – ziemlich unsanft – die Tassen ab, schenkt uns Kaffee ein und zeigt auf ein Schälchen mit Zuckertütchen und Kaffeesahne auf dem Tisch. »Milch bringe ich euch noch«, sagt sie. »Wisst ihr schon, was ihr nehmt?« Zettel und Stift scheint sie nicht zu brauchen.

Wir wechseln einen Blick. Noah überfliegt hastig die Karte, weil sie nicht so aussieht, als könnte man zu ihr »Wir brauchen noch einen Moment« sagen. Dann bestellt er einen doppelten Cheeseburger, und ich tue es ihm gleich. Jetzt ist es auch schon egal.

Als sie weg ist, grinst er. »Ein doppelter Burger, hm?«, sagt er, während er nacheinander nicht weniger als vier Zuckertütchen in seinen Kaffee leert. »Nicht schlecht.«

Ich gieße etwas Kaffeesahne in meinen Kaffee und sehe ihn scharf an. »Willst du damit etwa andeuten, dass ich auf meine Figur achten sollte? Man muss kein zwei Meter großer Kerl sein, um einen doppelten Burger zu bestellen!«

Er lacht, aber dann sieht er, dass ich es zumindest ein bisschen ernst meine. Eigentlich müsste jeder Typ wissen, dass man keine Witze über die Essgewohnheiten eines Mädchens macht. Das gehört sich einfach nicht. »O Gott, nein! Ich meine, du siehst toll aus. *Offensichtlich* ... Tut mir leid«, stammelt er. »Das war ein blöder Kommentar.«

Aber ich höre seine Entschuldigung kaum, weil ich mich nur auf das süße kleine »Offensichtlich« konzentrieren kann. Ich merke, dass mein Gesicht heiß wird, und stürze mich auf meinen Kaffee.

Er nippt ebenfalls an seinem. Und dann blicken wir beide

gleichzeitig auf und sehen uns in die Augen. Ich bin mir sicher, dass ich rot geworden bin.

Die ganze Situation ist extrem komisch, weil wir uns gar nicht kennen und aus ganz unterschiedlichen Gründen hier sind, außerdem meine ich es wirklich ernst, dass ich keine Lust auf diesen Romantikkram habe, mal abgesehen davon, dass er ja sowieso an seine Bald-nicht-mehr-Ex-Freundin vergeben ist …

Trotzdem, wenn ich es nicht besser wüsste, wäre es beinahe so, als wäre das hier …

Na ja.

Ein richtiges Date.

Ich hatte noch nie ein richtiges Date.

Er schaut mich immer noch an, und ich starre auf meine Hände, meinen abgesplitterten Nagellack, den ich vor der Hochzeit noch in Ordnung bringen wollte, als ich noch glaubte, ich würde früh genug in Hudson ankommen.

Ich blicke wieder auf, und zum Glück – oder leider? – schaut er mich nicht mehr an. Er drückt auf einer winzigen Maschine auf dem Tisch herum.

»Ist das eine Jukebox?«, frage ich verblüfft.

Er sieht mich an und grinst. »Hast du noch nie eine Tisch-Jukebox gesehen?«

Ich schüttele den Kopf.

Er drückt weiter, aber ich kann plötzlich nicht mehr den Blick von ihm losen. Und ich fühle mich auf einmal so … anders.

Es muss an dem Café liegen, an unserem kleinen Tisch, den gelb gestrichenen Wänden und dem scherzhaften Schild mit der Drohung »Unbeaufsichtigte Kinder werden auf Kosten ihrer Eltern angeleint«, dass sich alles hier so altmodisch, heimelig und … intim anfühlt.

Vielleicht liegt es aber auch daran, wie er mich vorhin angesehen hat, als ich gelacht habe. Erleichtert. Dankbar. Wir kennen uns erst seit wenigen Stunden, und trotzdem habe ich das Gefühl, wir verstehen uns ohne Worte.

Hör auf, Ammy, ermahne ich mich. Hör auf damit.

Ich erinnere mich daran, dass Jungs nur Ärger bedeuten und dass er sowieso tabu ist, weil er einer anderen nachtrauert. Aber dann macht er etwas wirklich Unglaubliches – er entscheidet sich für *Suspicious Minds*.

Einen Moment lang setzt mein Herz aus.

Wenn das wirklich ein Date wäre, wäre es jetzt um mich geschehen.

»Magst du Elvis?«, frage ich.

Er zuckt die Schultern. »Meine Mom hat die alten Sachen immer gehört, als ich klein war.«

»Das ist mein Lieblingssong«, sage ich.

»Echt?«

Ich nicke.

»Also – dein absoluter Lieblingssong? Von allen Liedern auf der Welt?«

»Seine Stimme ist so … ich weiß auch nicht. Eichig.«

»Eichig?« Er lacht. »Das sagen meine Eltern immer über Wein.«

Ich spüre, dass ich rot werde, und beiße mir auf die Lippe. »Aber verstehst du, was ich meine? So voll. Irgendwie warm.« Ich komme mir plötzlich bescheuert vor. Lächerlich.

Glücklicherweise bringt die Kellnerin in diesem Moment unsere Burger, und der Scheinwerfer ist nicht mehr auf mich gerichtet. Während Elvis seine letzten Zeilen singt, stellt sie die Teller ein bisschen holprig ab und knallt eine Flasche Heinz Ketchup in die Tischmitte. »Braucht ihr sonst noch was?«

Ich schüttele den Kopf. Mein Burger sieht nicht besonders

vielversprechend aus, aber das habe ich von einem Café wie diesem auch nicht erwartet.

Sie verschwindet wieder, und ich beuge mich zu Noah.

»Glaubst du, dass es noch irgendeinen anderen Bus oder Zug gibt?«, frage ich.

Er schüttelt den Kopf. »Eine andere Buslinie gibt es nicht. Und der nächste Bahnhof ist etwa zwanzig Meilen entfernt. Wir sind ja nicht an einem richtigen Bahnhof ausgestiegen, wenn du dich erinnerst.«

»Ich erinnere mich«, sage ich.

»Und selbst wenn wir irgendwie dahin kommen, würde ich mich nicht darauf verlassen, dass bei dem Wetter noch ein Zug fährt.«

Ich trommele mit den Fingern auf die Tischplatte und frage mich, was wir jetzt tun sollen. Vor ein paar Minuten habe ich mir noch Sorgen gemacht, nicht rechtzeitig zur Hochzeit meines Vaters zu kommen. Und jetzt?

Jetzt mache ich mir Sorgen, ob ich überhaupt noch nach Hudson komme. Kat kann ich nicht bitten, mich abzuholen, da die Feier schon in zwei Stunden losgeht. Meine Mom kann ich nicht anrufen und ihr die Genugtuung geben, dass mein ganzer Plan gescheitert ist – außerdem denkt sie ja, ich wäre schon da. Und Dad kann ich nicht bitten, Sophie vor dem Altar oder wo auch immer stehen zu lassen und herzukommen, um uns zu retten. Wir sitzen fest.

Ich schaue zur Kellnerin hinüber, die mit einem schmutzigen Lappen die Theke wischt. »Gibt es hier ein Taxiunternehmen?«, frage ich. Ich weiß, ein Taxi wäre wahnsinnig teuer, aber das ist mir jetzt egal. Ich habe eine Kreditkarte mit einem Überziehungsrahmen von 500 Dollar, das ist doch schon mal was.

Sie lacht. Kein gutes Zeichen.

Noah und ich wechseln einen Blick.

Sie zieht die Augenbrauen hoch. »Nicht wirklich.«

»Danke trotzdem«, sage ich schwach und wende mich wieder an Noah. »Was machen wir jetzt?«

Er stopft sich seinen Burger in den Mund und verschafft sich so Zeit für die Antwort.

Ich beiße ebenfalls in meinen. Obwohl er alles andere als ansprechend aussieht, schmeckt er richtig gut. Vor allem nach dem Marsch durch die Kälte.

Burger und Kaffee, denke ich. Zwei Fremde bei Burger und Kaffee. Na ja, *ehemals* Fremde.

Ich lege meinen Burger auf den Teller und sehe ihn ernst an. In dem Augenblick kommt ein stämmiger Mann ins Kaffee, hängt seinen Winterhut an den Mantelständer neben der Tür und tritt sich die Stiefel auf der Matte ab. Wenigstens sind wir jetzt nicht mehr die einzigen Gäste. Vielleicht hasst uns die Kellnerin dann etwas weniger.

Ich schaue zu ihr hinüber. Sie verdreht genervt die Augen.

Vielleicht auch nicht.

»Also, was machen wir?«, frage ich wieder. »Kein Taxi. Kein Bus. Kein Zug. Und hier können wir bestimmt nicht bleiben, bis deine komische Busgesellschaft wieder fährt.«

»Ich weiß es nicht«, sagt er und schiebt sich eine Pommes in den Mund.

»Irgendwas müssen wir doch tun«, sage ich.

Er nickt und zieht sein Handy unterm Tisch hervor. »Uber?«, sagt er und tippt auf seinem Handy herum. Es hängt immer noch am Kabel, ist hier festgebunden – genau wie wir.

»Glaubst du, hier gibt es Uber?« Ich beiße wieder in meinen Burger. Er ist schon halb aufgegessen. Ich nehme mir eine Pommes und beobachte ihn.

»Nachschauen kostet nichts«, sagt er. »Was sollen wir sonst machen?«

Draußen schneit es weiter, und ich verschlinge den Rest meines Burgers, während er mit seinem Handy beschäftigt ist. Durchs Fenster sehe ich, dass es schon dämmert.

Ich esse meine Pommes auf und bete, dass er Erfolg hat.

Denn so langsam gehen uns die Optionen aus.

NOAH
16:29

Über der Theke hängt ein Fernseher. Ein kleiner dicker Würfel, der schon uralt sein muss, mit einem gewölbten Bildschirm. Er läuft ohne Ton, aber die Kellnerin starrt trotzdem die ganze Zeit drauf, wenn sie nicht gerade auf die Uhr schaut. Ich brauche keinen Ton, um zu verstehen, dass die Aussichten schlecht sind. Ein Typ im grauen Anzug schwenkt seine Hand über die Wetterkarte. So wie es aussieht, wird es die ganze Nacht weiterstürmen.

Ich schaue wieder auf mein Handy und suche nach einem Uber.

Ammy starrt mich so hoffnungsvoll an, als läge die Lösung all ihrer Probleme in dieser kleinen App und als wäre ich der Pförtner zu ihrem Glück.

Die App lädt ewig, der kleine Kreis dreht sich, um anzuzeigen, dass die Suche noch läuft, aber so langsam verliere ich die Hoffnung.

Dann tut sich etwas.

»Keine Wagen verfügbar«, sage ich.

»Und wenn du es noch mal versuchst?«, fragt sie.

»Ich habe es schon fünfmal versucht«, erwidere ich. »Bei Lyft auch. Aber vielleicht können wir ein Auto mieten.«

Ammy hat ihren Burger schon aufgegessen, und ich nehme einen Riesenbissen von meinem und stopfe drei dicke Pommes hinterher. Die Kellnerin lehnt an der Theke und schaut noch immer miesepetrig drein. Dafür, dass nur drei Gäste da sind, ist sie ziemlich unaufmerksam. Ammys Kaffeetasse ist leer.

»Möchtest du noch Kaffee?«, frage ich und zeige auf ihre Tasse.

Sie zuckt die Schultern. »Ich glaube, die Kellnerin hasst uns. Ich hab schon versucht, sie rüberzuwinken, aber ohne Erfolg.«

»Entschuldigung«, sage ich laut und wedele mit der Hand, als würde ich versuchen, jemanden in einer vollen Konzerthalle auf mich aufmerksam zu machen.

Die Kellnerin schreckt auf, also nehme ich mich etwas zurück. »Können wir noch Kaffee haben, bitte?« Ich zeige auf unsere leeren Tassen. Sie nimmt die Kanne, schlurft zu uns rüber und schenkt uns nach.

Der Kaffee ist heißer als letztes Mal, er dampft richtig. Zum Glück, denn ich weiß nicht, ob uns heute noch mal so warm sein wird. Ammy gießt sich Milch ein, nimmt ihre Tasse und trinkt einen Schluck.

»Du bist komisch, weißt du«, sagt sie, als sie die Tasse wieder absetzt.

»Was meinst du?« Ich trinke auch einen Schluck.

Sie zuckt die Schultern. »Du bist es einfach.« Dann schiebt sie ihren Teller von sich, lehnt sich auf ihrer Bank zurück und trommelt mit den Fingernägeln auf die Tischplatte. Sie sind rot lackiert und ganz kurz. Sie wischt einen Lacksplitter beiseite und schaut mich auf eine Weise an, die mir schon richtig vertraut ist – skeptisch. »Muss man nicht fünfundzwanzig sein, um ein Auto zu mieten?«

Ich versuche, der Glasflasche noch etwas Ketchup zu entlocken, und schüttele sie erfolglos. Ammy fragt nicht erst, ob ich Hilfe brauche, sie nimmt mir einfach die Flasche aus der Hand und verpasst ihr einen schnellen Karateschlag gegen den Hals. Der Ketchup fließt heraus.

»Danke«, sage ich. Ich nehme mir noch eine Handvoll Pommes, kaue und wische mir den Mund mit der Serviette ab, die so dünn ist, dass man quasi hindurchschauen kann. »Achtzehn reicht«, erkläre ich. »Es ist dann nur teurer.«

Sie trommelt weiter auf den Tisch.

Ich zucke die Schultern. »Ich habe eine Notfall-Kreditkarte von meinen Eltern. Ich würde mal sagen, das hier ist ein Notfall.«

Sie runzelt die Stirn. »Werden deine Eltern nicht sauer, wenn du sie einfach benutzt? Willst du nicht lieber erst anrufen?«

Ich schnaube. »Die sind gerade auf einer Liebeskreuzfahrt in der Karibik. Ich kann sie nicht anrufen.«

Ich starre auf meinen Teller und tunke eine Pommes in den Ketchup.

Ganz ehrlich, selbst wenn ich sie erreichen könnte, hätte ich keine Lust dazu. Diese Kreuzfahrt ist ein Luxus, bezahlt mit Geld, das sie eigentlich gar nicht haben, nur weil mein Dad irgendwo gelesen hat, dass man »in seine Ehe investieren« muss. Sie haben es ganz wörtlich genommen. Seit sie wieder zusammen sind, leisten sie sich ständig solchen Schnickschnack. Schick essen gehen. Kochkurse für Paare. Wellnesswochenenden in den Bergen. Ist ja auch in Ordnung. Ich bin froh, dass sie sich wieder verstehen. Aber ich mache mir auch Sorgen. Ich habe einen dicken Studienkredit und studiere Vergleichende Literaturwissenschaft – ich werde ihnen nicht helfen können, wenn sie finanzielle Unterstützung brauchen. Umgekehrt würden sie mir natürlich Geld geben, wenn ich sie darum bitten würde, aber ich fürchte, dass sie bald selbst keins mehr haben. Dann wird es kein Sicherheitsnetz geben – weder für mich noch für sie.

Vermutlich werde ich ihnen die Kreditkartenschulden mit einem guten Teil des Geldes zurückzahlen, das ich mir an den

Wochenenden beim Kellnern in einem schicken französischen Restaurant an der Upper Eastside verdient habe. Damit wollte ich eigentlich meine eigene Liebeskreuzfahrt finanzieren, also in mich und Rina investieren.

Die Reservierung heute Abend, die jetzt wohl verfallen wird, ist im *New American*, dem Restaurant eines Sternekochs, der vor ein paar Jahren eine eigene Kochshow hatte. Es soll gut sein. Richtig gut. Man muss mehrere Wochen im Voraus reservieren. Als wir noch zusammen waren, wollte Rina unbedingt mit mir dahin. Sie wollte sich richtig in Schale schmeißen und in das schicke Restaurant gehen, von dem sie in der *New York Times* und im *New York Magazine* und allen möglichen anderen Publikationen mit »New York« im Titel gelesen hatte.

Ich habe immer gesagt, dass wir für das Geld zehnmal woanders essen gehen können.

Du denkst zu viel nach. Manchmal muss man etwas einfach tun.

Sie hatte allerdings auch gut reden. Das Haus ihrer Mom ist längst abbezahlt. Über Geld musste sie sich nie Sorgen machen.

Ich blicke auf. Ammy starrt mich an.

»Du warst gerade ganz weit weg«, sagt sie.

Ich stecke mir die letzte Pommes in den Mund. Sie ist matschig. Ammys Teller ist schon leer.

»Hast du gehört, was ich gesagt habe?«, fragt sie.

Ich schüttele den Kopf. »Ich habe gesagt, dass ich auch was beisteuern kann. Zu dem Mietwagen.«

»Das musst du nicht … Es ist schließlich meine Schuld.«

Sie zuckt die Schultern. »Du wolltest mir nur helfen. Und es ist gar nicht nur deine Schuld. Ich hätte auch selbst richtig auf die Karte schauen können. Ich habe noch Geld vom Babysitten gespart.«

»Wirklich?«, frage ich.

Sie lacht. »Ja, wirklich. Und ich muss ja auch nach Hudson.«

Wieder frage ich mich, warum sie eigentlich dorthin muss. Wohin, zu wem. Aber ich verdränge den Gedanken und konzentriere mich auf das Positive. Dass sie mir meinen Fehler verziehen hat. Wenigstens ein bisschen. Das bedeutet mir viel. Sie sieht so aus, als würde sie es verstehen.

Die Kellnerin kommt an unseren Tisch und legt uns die Rechnung hin. Einundzwanzig Dollar. Wir ziehen beide einen Zwanziger aus dem Portemonnaie.

Während wir auf das Wechselgeld warten, kritzelt Ammy auf ihrer Serviette herum. Kleine Spiralen, die mich irgendwie hypnotisieren.

»Wie schlimm ist es, dass du nicht rechtzeitig da bist?«, frage ich.

Sie unterbricht abrupt ihr Gekritzel und blickt auf.

»Du hast mir immer noch nicht gesagt, wo du hinmusst«, füge ich hinzu. Ich kann einfach nicht anders.

»Ich will nicht darüber reden«, sagt sie wie automatisch.

Ich zucke die Schultern. »Warum nicht? Ich bin ein guter Zuhörer, wirklich.«

Sie verzieht die Lippen zu einer schmalen Linie. Ihr freundliches Gesicht von eben ist wie weggeblasen.

»Entschuldige«, sage ich. »Ich dachte nur …«

Sie unterbricht mich. »Du hast mir auch noch nicht gesagt, warum du und deine Ex Schluss gemacht habt.« Sie fixiert die Serviette und kritzelt weiter.

Wieder zucke ich die Schultern. »Menschen trennen sich eben.«

»Klar«, sagt sie, ohne aufzublicken. »Aber meistens bleiben sie dann auch getrennt.«

Die Kellnerin kommt mit ein paar zerknitterten Scheinen und Kleingeld zurück.

Ammy schaut immer noch nicht auf. »Du hast sie doch nicht etwa betrogen oder so?«

Ich verschlucke mich fast an meinem Kaffee, und mein Herz beginnt zu rasen. »Was ist das denn für eine Frage?«

Jetzt hebt sie den Blick. Ihre Augen sind so faszinierend und einnehmend, dass man kaum wegsehen kann.

Sie zieht die Augenbrauen hoch. »Hast du? Wirklich?«

Ich trinke einen Schluck Kaffee. Koffein hat eine seltsam beruhigende Wirkung auf mich. Sollte man nicht denken, ist aber so. Ich schaue auf den Tisch und dann wieder in ihre Augen. »Nein. Wirklich nicht.«

Ammy senkt den Blick, hört mit den Spiralen auf und schreibt stattdessen in geschwungenen Buchstaben ihren Namen, genau wie Rina es immer getan hat. Sie starrt auf die Serviette. »Du bist also einfach durchgedreht und hast Schluss gemacht, mit dem *perfekten* Mädchen, wie du vorhin gesagt hast. Ohne jeden Grund? Und *das* soll das sein, was du am meisten bereust?«

»Ich versuche ja, alles wieder in Ordnung zu bringen«, verteidige ich mich. »Deshalb bin ich hier, schon vergessen?«

»Ich frage mich nur, was genau du wieder in Ordnung bringen willst.«

»Das geht dich nichts an«, fauche ich.

Sie zuckt die Schultern, noch immer, ohne mich anzusehen. »Na, dann halt dich auch aus meinen Sachen raus.«

Ich schüttele den Kopf. Mein Herz rast, mein Gesicht brennt. »Ich muss aufs Klo«, sage ich kühl und stehe ohne ein weiteres Wort auf.

Die Toilette ist leer, die Türen der Kabinen stehen auf, die drei angeschlagenen Waschbecken sind frei, die schwarz-weißen Pissoirs verlassen.

Zum Glück.

Ich gehe zum mittleren Waschbecken, drehe den Hahn auf und spritze mir eine Handvoll kaltes Wasser ins Gesicht.

Dann will ich nach einem Papierhandtuch greifen, aber der verdammte Spender ist leer, und ich muss mich an meinem T-Shirt abtrocknen.

Ich starre mein Spiegelbild an.

Ich habe sie nicht betrogen, erinnere ich mich. Zu dem Zeitpunkt waren wir gar nicht mehr zusammen.

Ich sehe mich wieder im Spiegel an und stelle fest, dass mir alles wehtut: der Kopf, die Knochen, die trockene Haut um meine Augen.

Ich habe sie nicht betrogen.

Aber es gibt genug andere Möglichkeiten, eine Beziehung kaputt zu machen.

AMMY
16:43

Ich sehe ihm nach und bekomme ein schlechtes Gewissen.

Ich wollte ihm eins reinwürgen, weil er schon wieder gefragt hat, warum ich nach Hudson fahre, obwohl ich bereits deutlich gemacht habe, dass ich nicht darüber reden will.

Und es scheint geklappt zu haben.

Die Kellnerin zieht eine Augenbraue hoch, als wären wir das Traumpaar von der Schule, das gerade seinen ersten Streit gehabt hat. Ich schaue weg und beschäftige mich mit dem Wechselgeld. Ich lege das Trinkgeld auf den Tisch, teile das restliche Geld auf und türme Noahs zu einem ordentlichen Häufchen auf seiner Seite.

Dann nehme ich mein Handy, lade Google Maps und suche nach der nächsten Autovermietung. Sie ist eine knappe Dreiviertelmeile von hier entfernt. Ich wähle die Nummer. Vielleicht kann uns jemand hier abholen – machen sie das nicht manchmal? Es klingelt sechsmal, bevor jemand antwortet.

»Hallo?« Die Männerstimme klingt rau. Die Standardfloskel der Vermietungskette, die er vermutlich zur Begrüßung abspulen soll, ist wohl schon vor langer Zeit auf der Strecke geblieben. Im Hintergrund höre ich Stimmen. Da scheint viel los zu sein.

»Hallo, ich rufe wegen eines Mietwagens an. Wir sind etwa eine halbe Meile von Ihnen entfernt in einem Café«, sage ich, während meine Hoffnung schwindet, dass er uns helfen wird. »Wäre es vielleicht möglich, dass uns jemand abholt?«

»Nicht bei dem Wetter«, erwidert er. »Zu viel zu tun.«

»Aber haben Sie noch Wagen?«

»Haben wir, ja«, sagt er.

»Kann ich …«

Dann ist die Leitung tot. Der Typ hat einfach aufgelegt.

Ich stecke das Handy wieder in die Tasche, wickle mir den Schal um den Hals und stelle mich schon mal auf die brutale Kälte ein, die da draußen auf uns wartet.

Ich wollte Noah nicht kränken. Ich habe nicht damit gerechnet, richtigzuliegen. Aber er hat dieses Gesicht gemacht. Dieses *Wie-hast-du-das-erraten?*-Gesicht. Das gleiche Gesicht, das Dara gemacht hat, als ich sie gefragt habe, ob sie in Steven verknallt sei, den meganerdigen Typen aus unserem Bio-Kurs, von dem sie so oft geredet hat. Ich hatte es nicht ernsthaft in Erwägung gezogen, bis ich ihr Gesicht gesehen habe.

Noah behauptet zwar, dass er sie nicht betrogen hat, aber selbst wenn das stimmt, hat er aus irgendeinem Grund ein richtig schlechtes Gewissen.

Aber eigentlich kann es mir ja auch egal sein. Er ist nur ein Fremder. Jemand, mit dem ich hier festsitze, und sonst gar nichts.

Ich mustere die ruinierten Rosen und muss mich zusammenreißen, nicht wieder die Augen zu verdrehen. Ausgerechnet rosa Rosen!

Ich ermahne mich, mir eine Lösung zu überlegen, statt mich über Noahs schlechten Blumengeschmack aufzuregen. In Gedanken mache ich eine Pro-und-Kontra-Liste für den Gang zur Autovermietung:

Ich beginne mit den Argumenten, die dagegensprechen:

– Draußen ist es kalt. (5 Punkte)

– Saukalt. (5 Extrapunkte)

– Wir müssen eine Dreiviertelmeile laufen, also fast so weit

wie die 0,9 Meilen, die uns hierhergeführt haben. (10 Punkte)
– Noah und ich verstehen uns gerade nicht besonders, der Weg wird sich also noch länger anfühlen. (5 Punkte)
– Bald wird es dunkel. (10 Punkte)

Dann überlege ich, was dafürspricht:
– Wir haben keine andere Option, jedenfalls fällt mir keine ein. (1000 Punkte)

Diesmal muss ich nicht rechnen, das steht fest.

Die Toilettentür öffnet sich, und Noah kommt mit steifen Schritten an unseren Tisch zurück.

Sein Gesicht ist blass, und an seinen Schläfen sind winzige Wassertropfen.

»Es tut mir leid«, sage ich. »Ich wollte dich nicht kränken.«

Er weicht meinem Blick aus, nimmt sich den kleinen Geldstapel und steckt ihn sich in die Hosentasche, als hätte ich nichts gesagt.

»Eine Dreiviertelmeile von hier ist eine Autovermietung. Sie können uns nicht abholen, aber angeblich haben sie noch Autos. Ich schlage vor, wir laufen?«

Er nickt und schaut mich immer noch nicht an. »Dann los.«

Er zieht sich schnell die Jacke über und ich mir den Mantel. Nach wenigen Sekunden haben wir unsere Sachen beisammen. Wir bedanken uns bei der Kellnerin, wenn auch nicht gerade überschwänglich, und dann sind wir wieder draußen in der kalten Fremde – einer Fremde, die immer dunkler wird –, und hinter uns erinnert uns das Türglöckchen daran, dass wir unseren warmen Unterschlupf verlassen, auch wenn es nicht der gastfreundlichste Ort auf Erden war.

»Einfach die Hauptstraße entlang«, sage ich. »So weit ist es eigentlich gar nicht.«

Noah nickt und geht vor.

An der nächsten Ecke wirft er die nassen, zerdrückten Blumen in einen Mülleimer. Er dreht sich nicht nach mir um. Als die Ampel grün wird, marschiert er einfach weiter.

Nach einigen Hundert Metern verwandelt sich die niedliche Hauptstraße in eine Landstraße mit Wald zu beiden Seiten. Glücklicherweise gibt es Straßenlaternen. Sonst wären wir noch übler dran.

Natürlich sind wir auch so schon übel genug dran. Es ist tiefster Winter, wir stapfen dem Wind entgegen, und es ist verdammt kalt.

Es sind nur drei Runden um den Sportplatz, erinnere ich mich.

Drei Runden, das ist so gut wie nichts.

Ich bin kurz davor, den Daumen auszustrecken, um ein Auto anzuhalten – oder ein bisschen Bein zu zeigen, wie in alten Filmen. Aber es fahren ohnehin kaum Autos. Und am Ende werde ich noch versehentlich am Straßenrand überfahren.

Außerdem hat so was sowieso nur vor ewigen Zeiten funktioniert, als man noch keine Angst hatte, dass in jedem Auto ein verrückter Serienmörder sitzt.

Nach zehn Minuten oder fünfzehn – schwer zu sagen – ziehe ich mein Handy aus der Tasche, um zu sehen, wie weit wir gekommen sind.

Wir gehen in die richtige Richtung, sind aber erst eine Viertelmeile vorangekommen. Mist.

Ich habe eine Nachricht von Kat.

Gibts was Neues, Süße?
Alles okay?
Ich verfluche gerade die Götter des öffentlichen Personenverkehrs.

Ich lache schwach und schreibe zurück.

Alles okay, aber ich werde es nicht mehr pünktlich schaffen. Verfluch sie bitte weiter.

Kat weiß immer, wie sie mich zum Lachen bringt – eine der vielen Eigenschaften, die ich an ihr mag. Sie ist ganz anders als ihre kleine Schwester Bea, die niedlich und still ist und nicht das kleinste bisschen scharfzüngig. Die beiden entsprechen perfekt dem Klischee von großer und kleiner Schwester. Kat ist aufgeschlossen und beliebt – und ein bisschen herrschsüchtig. Bea ist ruhig und reserviert, aber mit einer rebellischen Ader, wie James Dean als Mädchen.

Bea ist auf jeden Fall netter, und man kommt leichter mit ihr zurecht, aber Kat hat mich in der Woche, die ich bei ihnen verbracht habe, richtig überwältigt.

Nach dem Brunch am ersten Tag sind wir, bevor wir Bea abgeholt haben, ein bisschen in der Stadt herumgelaufen und haben die Secondhandläden durchstöbert.

Kat machte sich über die überteuerten Chakra-Kristalle ihrer Mutter lustig und dass mein Dad ihr alles glaubt, was sie über »positive Energien« erzählt. Sie meinte, es wäre zum Totlachen, dass jemand, der so viele Bücher über Buddhismus und Karma und ausgleichende Gerechtigkeit gelesen hat, es okay findet, eine Ehe zu zerstören.

Beim Brunch fragte Kat schon nach der Rechnung, als ich erst mein halbes Sandwich gegessen hatte, weil sie gehen wollte, und zwar sofort.

Als ich dann am Abend mit Simone und Dara über Facetime telefoniert habe, meinte Simone, dass Kat ganz schön dominant zu sein scheint.

Aber irgendwie hat mich das nicht gestört. Im Gegenteil, ich habe es genossen. Die ganzen zehn Tage lang saß ich einfach auf dem Beifahrersitz. Kat machte die Pläne. Kat hatte das Sagen.

Seit Dad weg war und Mom ein Nervenbündel, hatte es sich so angefühlt, als lastete die ganze Verantwortung auf meinen Schultern. Mom dachte jedenfalls nicht darüber nach, was wir zu Abend essen sollten. Sie war zu sehr damit beschäftigt, Sophie über ihren Instagram-Feed voller Yogafiguren zu stalken. Und von mir wurde erwartet, dass ich mich um alles kümmere.

Ich habe mir so sehr gewünscht, dass jemand anders die Verantwortung übernimmt, jemand, der sagt, so oder gar nicht – und es auch wirklich so meint. Ich habe mir eine ältere Schwester gewünscht. Und obwohl sie nur eine Woche älter ist als ich, sind wir genau in diese Rollen geschlüpft, wenn auch nur für kurze Zeit. Sie hat sich darüber lustig gemacht, dass ich so viel las. Sie hat mir Tipps gegeben, wie ich mir die Augenbrauen richtig zupfe. Sie hat sich meinen Schmuck geborgt, ohne mich zu fragen, und hätte nicht im Traum daran gedacht, sich zu entschuldigen, wenn ich sie dabei erwischte.

Ich hatte nie eine Schwester gehabt.

Es waren immer nur Mom, Dad und ich gewesen.

Natürlich hatte ich jetzt immer noch keine richtigen Geschwister, aber bei diesem Besuch hatte ich erlebt, wie es sein könnte.

Ich habe begriffen, was mein Dad in ihnen sah. Und obwohl der Gedanke wehtat, obwohl er mich krank machte, konnte ich verstehen, warum er sie uns vorgezogen hatte.

Es brach mir das Herz. Und ich verabscheute mich selbst dafür, dass ich unbedingt dazugehören wollte.

Ich öffne den Chat mit meiner Mom, aber sie hat nichts mehr geschrieben. Wahrscheinlich hat sie mittlerweile die Weinflasche aufgemacht und schreibt erst später.

Wieder kommt mir dieser verrückte Gedanke – was, wenn ich länger bleibe als eine Woche? Wenn ich nie zurückfahre?

Was, wenn Kat und ich wirklich die Chance bekommen, Schwestern zu werden?

Denn sosehr ich mir auch wünsche, dass alles wieder so wird wie früher, bevor Dad uns verlassen hat, sosehr ich es mir von ganzem Herzen wünsche, fällt mir die Vorstellung schwer, wieder ein Einzelkind zu sein.

NOAH
16:51

Ich höre ein »Platsch« hinter mir und drehe mich um.

Im Licht der Straßenlaternen erkenne ich, dass Ammys rechter Fuß tief in einer Pfütze steckt. Im Dunkeln sieht der Schneematsch richtig gefährlich aus. Düster und schwarz. Und verdammt kalt.

»Geschieht mir recht, wenn ich beim Gehen auf dem Handy rumtippe«, murmelt sie.

»Oje«, sage ich. »Alles okay?« Halb meine ich ihren Fuß, halb die Unterhaltung, in die sie wohl gerade vertieft gewesen sein muss.

Aber sie geht einfach weiter. »Alles in Ordnung«, sagt sie.

Also stapfe ich mit gesenktem Kopf weiter.

Ich bin nicht sauer auf sie. Vielleicht denkt sie das, weil ich gerade im Café so heftig reagiert habe.

Aber ich bin es wirklich nicht – ich habe gar keinen Grund dazu. Ich bin sauer auf mich selbst. Ich nehme eine Hand vors Gesicht, um mich vor dem Wind und dem Schnee zu schützen, der mittlerweile schräg fällt. Kurz schließe ich die Augen und sehe mich auf der Klippe am See, Rina unten, die mich anschreit, na los …

Spring!

Aber jedes Mal, wenn ich den Fuß an die Kante gesetzt habe, wurden meine Handflächen ganz feucht. Ich bin einen Schritt zurückgegangen, und mein Magen hat Purzelbäume geschlagen.

Sie wusste nicht, dass ich hören konnte, wie sie unten mit Cassie sprach. Sie wusste nicht, dass das Echo ihre Stimme bis zu uns nach oben trug.

»Er kriegt einfach nichts auf die Reihe, ohne Panik zu schieben. Das ist chronisch!«

Cassie erwiderte, es sei doch nur eine Klippe, es sei doch nichts dabei.

»Ich weiß«, sagte Rina. »Eigentlich nicht. Aber so ist es bei ihm mit allem. Wer will schon mit einem Typen zusammen sein, der die ganze Zeit Angst hat und sich um alles Sorgen macht?«

Wer will schon mit so einem Typen zusammen sein?

Ihre Worte waren so durchdringend wie eine Hundepfeife. Ich wich von der Kante zurück. Bryson hatte sie nicht gehört und rief mir zu, ich solle Platz machen, weil er selber springen wolle.

Wie wäre alles gekommen, wenn ich den Mut gehabt hätte zu springen?

Was wäre passiert, wenn ich mir ihre Worte nicht so zu Herzen genommen hätte?

Wo wäre ich jetzt, wenn ich nicht drei Tage nach unserer Trennung auf diese blöde Party gegangen wäre?

Ich hole tief Luft und schaue mich um. Die Sonne ist untergegangen, aber am Horizont hat der Himmel noch einen staubgrauen Schimmer. Bald wird es ganz dunkel sein. Bis dahin müssen wir es zur Autovermietung schaffen. Ich drehe mich zu Ammy um, aber die marschiert mit gesenktem Blick.

Ich wollte ihr nichts heimzahlen. Wirklich nicht.

Wir hatten eindeutig Schluss gemacht. Nicht diesen *Wir-machen-mal-Pause*-Blödsinn, den Bryson immer mit Cassie abzieht, wenn er behauptet, sie wären gerade nicht »offiziell« zusammen.

Bei uns war es aus. Wir hatten uns am See gestritten. Und dann noch mal bei mir zu Hause. Es war vorbei. Wir hatten seit drei Tagen nicht mehr miteinander gesprochen. Und das, nachdem wir uns sonst quasi jede Stunde geschrieben hatten und sie mir einfach alles erzählte – was sie gerade im Fernsehen sah oder welches Drama bei ihr zu Hause abging, wo es in der letzten Zeit nicht ganz einfach gewesen war. Es war komisch, zum ersten Mal seit Jahren wieder allein zu sein. Bryson meinte, ich solle mit ihm ausgehen, sie vergessen. Bryson erinnerte mich an jedes negative Wort, das Rina je zu mir gesagt hat.

Seine Cousine Chloe war hübsch. Sie trug ein gepunktetes Kleid, das im Nacken gebunden war, hatte die Haare hochgesteckt und etwas auf den Lippen, das sie besonders glänzen ließ. Außerdem war sie klug. Sie studierte Politikwissenschaften in Bard. Sie hatte eine Menge interessante Ansichten zum Sozialismus, die ich noch nie gehört hatte.

Ich hatte ein paar Bier getrunken, und nach kurzer Zeit saßen wir dicht nebeneinander auf dem Sofa im Partykeller, während Bryson und Daniel mit der Xbox beschäftigt waren.

Wir haben uns geküsst.

Und dann sind wir ins Gästezimmer gegangen und haben weitergemacht.

Es war schnell und bedeutungslos, und als es vorbei war, fühlte ich mich wie nach einem Schlag in die Magengrube. Chloe war wirklich klug, sie durchschaute mich sofort. »Du siehst ganz schön mitgenommen aus«, stellte sie fest.

»Nein«, widersprach ich. »Wirklich nicht.«

Und dann: »Tut mir leid.«

Sie lächelte schwach. »Bryson hat mir erzählt, dass du gerade eine fiese Trennung hinter dir hast.«

Sie wartete darauf, dass ich etwas sagte, doch das tat ich nicht. Ich konnte nur daran denken, was aus Rinas und meinen zweieinhalb gemeinsamen Jahren geworden war – eine »fiese Trennung«. Bei dem Gedanken fühlte ich mich noch schlechter.

»Okay, ich gehe jetzt«, sagte Chloe und zog sich ihr Kleid zurecht.

Ich stammelte noch eine Entschuldigung, und sie ging raus und ließ mich allein.

Ich lag auf dem Bett und konnte nur daran denken, wie sehr ich alles vermasselt hatte. Die Sache würde sich herumsprechen, und Rina würde alles erfahren. Sie würde mir nie verzeihen.

Jetzt bekomme ich sie nie mehr zurück, dachte ich. Es ist aus und vorbei.

Endgültig.

Mir war erst klar geworden, wie sehr ich alles wieder in Ordnung bringen wollte, als es zu spät war. Was sollte ich tun? Sie anrufen und ihr sagen, dass es mir leidtat, dass ich mich aus einem lächerlichen Grund von ihr getrennt hatte und dass ich jetzt, nachdem ich mit einer anderen rumgemacht hatte, plötzlich wusste, dass wir zusammengehören?

Der Klang meines Namens reißt mich aus meinen Gedanken, und ich drehe mich um. Ammy ist ein paar Meter hinter mir stehen geblieben. Das Licht der Straßenlaterne fällt auf ihren lila Wollmantel, ihre rote Strickmütze und die rote Tasche, die einzigen Farben vor dem weißen Schnee und dem dunklen Himmel. Ich würde am liebsten ein Foto machen – *Ammy im Schnee bei Sonnenuntergang* –, es auf meinen Schreibtisch stellen und jeden Tag anschauen.

»Alles in Ordnung?«, frage ich und gehe zu ihr zurück, wobei ich einer vereisten Fläche ausweiche.

Sie zuckt die Schultern. »Ich glaub schon. Meine Füße sind nur klatschnass, und ich fühle meine Zehen nicht mehr. Ist das schlimm?«

Ich gehe näher zu ihr und mustere ihre Stiefel. Ihre Jeans ist nass bis weit über die Knöchel.

Mein Herz schlägt schneller. Als ich mit dem Snowboarden anfing, hat meine Mom mir erzählt, wie ihre Schwester und sie sich einmal eine Erfrierung ersten Grades zugezogen haben. Aber obwohl wir jetzt schon seit Stunden unterwegs sind, ist das unwahrscheinlich. Dazu muss man schon deutlich länger der Kälte ausgesetzt sein. Trotzdem gefällt mir ihr nasser Fuß nicht.

Außerdem – so viel ist sicher –, wenn ihr irgendetwas passiert, ist es ganz allein meine Schuld. Ich weiß nicht, was ich dann machen würde.

Ich verschränke die Arme. »Wie genau meinst du das? Kannst du sie wirklich nicht mehr fühlen? Oder nur im übertragenen Sinne?«

Sie kräuselt die Lippen, sodass ihr kleiner Mund noch kleiner wird. »Ich weiß nicht. Schwer zu sagen.«

Tante Ardens Finger kribbeln noch heute von der Erfrierung, ganze zwanzig Jahre später. Das will ich Ammy nicht antun, die jetzt warm im Zug säße, wenn ich nicht wäre. Ich schaue noch einmal auf meinem Handy nach der Entfernung.

»Immer noch eine halbe Meile«, sage ich. »Bei unserem Tempo brauchen wir mindestens noch eine halbe Stunde. Verdammt.«

Sie stampft abwechselnd mit den Füßen auf. »Es wird schon alles in Ordnung sein«, sagt sie. Dann geht sie an mir vorbei und übernimmt die Führung.

Ich zoome ein Stück aus der Karte. »Warte mal kurz. Hier war ich schon mal«, sage ich.

Sie bleibt stehen und stemmt eine Hand in die Hüfte. »Du meinst, auf dieser verlassenen Landstraße?«, fragt sie.

»Nein«, erwidere ich. Ich zeige ihr mein Handy. »Im Atwood. Das ist ein Museum. Da haben wir mit der Schule mal einen Ausflug hin gemacht.«

Sie starrt mich perplex an.

Dann: »Du weißt aber schon, dass wir hier nicht in *Ferris macht blau* sind, ja?«

»Häh?«

»Vergiss es«, sagt sie. »Warum um alles in der Welt willst du jetzt ins Museum? Bist du jetzt völlig durchgedreht?«

Sie klingt gereizt, aber das ist mir egal. Ich gehe einen Schritt auf sie zu. »Ich mache mir nur Sorgen«, erkläre ich. »Meine Tante hat sich beim Skifahren eine Erfrierung ersten Grades geholt. Das ist nicht so schlimm wie eine richtige Erfrierung, ihre Finger sind nicht abgestorben, aber sie spürt immer noch das Kribbeln, obwohl es Jahre her ist. Ich will wirklich nicht, dass dir meinetwegen so was passiert. Wir sollten uns aufwärmen.«

Sie schnaubt. »Du würdest doch nie erfahren, was mit meinen Füßen passiert ist.«

Ich schüttele den Kopf. »Das ist zynisch.«

Sie presst die Lippen zusammen. Ich will, dass sie wieder lächelt, so wie vorhin. Es ist wirklich komisch, wie sehr ich mir das wünsche. Ich will ihr die rote Strickmütze tiefer ins Gesicht ziehen und ihr die Hände auf die Wangen legen. Ich will sie eine Weile da liegen lassen, bis sie mich anschaut und lächelt. Bis sich unsere Blicke in der Dämmerung treffen. Bis wir das einzige sichtbare Licht sind.

Rina, ermahne ich mich. Denk an Rina.

»Ich bin eben gerade in einer zynischen Stimmung«, sagt Ammy schließlich, und ihre Stimme geht am Ende des Satzes ein kleines bisschen nach oben.

Sie ist wütend, und plötzlich habe ich Angst, alles zu vermasseln. Mir fällt ein, wie ich Rina einmal vorgeschlagen habe, etwas beim Thailänder zu holen, und wie sie mich angeschrien hat, dass sie mir schon hundertmal gesagt habe, dass sie thailändisches Essen hasst, weil sie einmal mit zehn eine Lebensmittelvergiftung davon bekommen hat. Und dass ich mir nie merken würde, was sie mir erzählt. Und wie ich daraufhin ins Auto stieg und wegfuhr und sie nicht abnahm, als ich versuchte, sie anzurufen. Siebeneinhalb Stunden haben wir nicht miteinander gesprochen, und ich hockte in meinem Zimmer und fürchtete, dass meine große Liebe mich wegen ein paar gebratener Nudeln abservierte. Rina verlangte immer, dass ich nicht zu viel nachdenken und nicht ewig die möglichen Folgen analysieren sollte. Aber andererseits konnte sie es einfach nicht ertragen, wenn ich einen Fehler machte.

Ammy hingegen reitet nicht darauf herum. Ammy verschränkt nur die Arme und wartet ab, was ich als Nächstes sage.

Ich strecke den Finger aus. »Ich glaube, es ist gleich da vorne. Lass uns reingehen und uns aufwärmen. Wer weiß, vielleicht kann uns sogar jemand das letzte Stück fahren. So weit ist es ja nicht.«

Sie starrt mich an, und ohne nachzudenken, gehe ich zu ihr, lege ihr die Hände auf die Arme und reibe sie auf und ab, um sie zu wärmen.

Ihr Blick begegnet meinem – alarmiert, aber nicht abweisend.

Schnell lasse ich die Arme wieder sinken und weiche zurück. »Komm. Das Museum wird dich besser aufwärmen als ich.« Ich lache gezwungen.

Sie verdreht die Augen, aber mit einem ganz kleinen Lächeln, und als ich weitergehe, folgt sie mir.

AMMY
17:01

Der Typ am Ticketschalter mustert uns wie zwei Verrückte.

Ich sehe mein Spiegelbild in den hypermodernen reflektierenden Glaswänden, die den Eingangsbereich von der Garderobe trennen. Meine Haare sind total zerzaust. Meine Nase ist rot, meine Lippen sind aufgesprungen, einzelne Strähnen liegen quer über meiner Stirn, als wären sie mit Kleister da festgeklebt. Und meine Mütze sitzt schief.

So wie ich aussehe, fühle ich mich auch. Es war kein Witz, als ich gesagt habe, dass ich meine Füße nicht mehr spüren kann.

Vielleicht habe ich deshalb nicht widersprochen, als Noah diesen bescheuerten Vorschlag gemacht hat. So gerne ich halbwegs pünktlich nach Hudson kommen würde, ich kann mir wirklich nicht vorstellen, mich noch ein paar Schritte weiter durch diesen Schneesturm zu kämpfen, geschweige denn eine halbe Meile.

Der Gedanke, wieder da rauszugehen – nach dreißig Sekunden hier drin –, ist die Hölle.

»Haben Sie noch geöffnet?«, fragt Noah.

Der Typ, etwa Mitte zwanzig, mit einer dicken Nerdbrille und leicht fettigen Haaren, die ihm in die Stirn fallen, lacht nur.

»Ist das ein Ja?«, fragt Noah.

Er scheint zu merken, dass wir es ernst meinen, denn er

räuspert sich, stellt sich aufrechter hin und spricht nun mit angemessener Museumsstimme. »Ja, die Ausstellung ist noch 45 Minuten geöffnet. Zwei Personen?«

Noah studiert die Preistafel. »Zwei Studenten«, präzisiert er. »Bitte.«

Der Typ nimmt Noahs Karte und druckt zwei Tickets aus. Er hält uns einen Flyer hin, doch Noah steuert bereits auf den ersten Ausstellungsraum zu.

»Danke«, sage ich und nehme den Flyer, der augenblicklich vom Schnee auf meinem Handschuh aufweicht.

Ich folge Noah durch den ersten und den zweiten Raum. In der Mitte des dritten Raums steht eine Bank, vor der er stehen bleibt. Sie ist riesig, mit glänzenden Edelstahlbeinen und schwarzen Lederpolstern. Sie sieht sehr gemütlich aus.

Ich lehne meinen Koffer an die Bank und lasse mich neben Noah plumpsen, der den Rucksack abgelegt und die Handschuhe ausgezogen hat und sich mit den Händen aufstützt.

Ich ziehe ebenfalls die Handschuhe aus und streife die Stiefel ab, ohne sie aufzuschnüren. Ich halte diese Kälte nicht mehr aus.

Ja, ich weiß, es ist sonderbar, sich mitten in einem Museum die nassen, dreckigen Winterstiefel auszuziehen, aber es ist niemand da – bis auf Noah –, und außerdem ist es mir egal.

Meine Socken, knallpink mit einem Pudelmuster, die ich mir letzten Sommer von Kat geliehen und nie zurückgegeben habe, sind nass. Ich ziehe sie aus, knülle sie zusammen und stecke sie in die Seitentasche meines Koffers.

Noah sieht mich mit hochgezogenen Augenbrauen an. »Was ist?«, frage ich.

Er schüttelt schnell den Kopf, aber er hat einen komischen Gesichtsausdruck, seine Augen sind zusammengekniffen, die Lippen schmal. Ich kann ihn nicht richtig deuten.

»Nichts«, sagt er.

Ich zucke die Schultern. »Nicht gerade appetitlich, ich weiß, aber du solltest dir auch trockene Socken anziehen. Dann werden die Füße wärmer.«

Er streckt stolz die Beine aus. »Meine Schuhe sind wasserdicht!«

Ich betrachte sie. Knöchelhohe Wanderstiefel. Ganz ähnliche habe ich auch, die ich früher immer beim Wandern mit meinem Dad getragen habe. Die Betonung liegt auf *früher*. »Du trägst Wanderstiefel im Zug? Hast du etwa *geplant*, durch die Wildnis zu stapfen?«

Er lacht. »Ich finde sie einfach bequem.«

»Nerd«, sage ich und hole ein frisches Paar Strümpfe aus dem Koffer, die wärmsten, die ich habe, Wandersocken aus Merinowolle, das letzte Weihnachtsgeschenk von Dad, bevor er uns verlassen hat.

»Lass mich mal deine Füße sehen«, sagt Noah, als ich die Strümpfe anziehen will.

»Sicher?«, frage ich.

»Komm schon«, erwidert er.

Zögernd strecke ich sie aus. Sie sind nass und schrumpelig, meine Zehennägel sind nicht lackiert, und das Ganze fühlt sich viel zu intim an.

»Zufrieden?«, frage ich.

Er streckt die Hand aus und kneift mich in den großen Zeh. »Au!«, rufe ich und ziehe den Fuß zurück. »Hast du einen Fußfetisch, oder was?«

Er lacht. »Nein, aber wenigstens muss ich mir jetzt keine Sorgen mehr machen, dich für den Rest deines Lebens geschädigt zu haben. Deinen Füßen gehts gut. Wenn du das gespürt hast, ist alles in Ordnung. Noch dazu mit diesen Strümpfen.«

»Na toll«, brumme ich.

»Es tut mir wirklich leid«, sagt er. »Und es tut mir leid, dass ich mich im Café so aufgeregt habe.«

Schulterzuckend ziehe ich die Strümpfe hoch und schlüpfe wieder in die Schuhe. Es ist ja ganz nett, dass er alles in Ordnung bringen will, aber seine ständigen Entschuldigungen gehen mir so langsam auf die Nerven. »Ich will keine Entschuldigungen«, stelle ich klar. »Ich will eine Lösung.«

Noah schaut auf seine Füße. »Du hast selbst gesagt, dass dich niemand zum Mitkommen gezwungen hat.«

Er hat recht. Das habe ich wirklich gesagt. Niemand hat mich gezwungen.

Trotzdem – es ist schwer, nicht daran zu denken, wo ich jetzt wäre, wenn ich nicht auf ihn gehört hätte.

Doch wenn ich tief in mich hineinhorche, muss ich zugeben, dass ich es wahrscheinlich wieder so machen würde, wenn ich mich noch einmal entscheiden müsste.

Ich schüttele den Kopf, versuche, den Gedanken wegzuschieben, und schaue nun auch auf meine Füße. Auf die blöden Merinostrümpfe, Relikt einer Zeit, in der wir noch eine Familie waren.

Ich weiß, dass wir zu dem Zeitpunkt wahrscheinlich nicht mehr glücklich waren. Aber trotzdem. Meine Grandma war zu Besuch, und wir haben zu viert einen Neun-Kilo-Truthahn verputzt und *Ist das Leben nicht schön?* und *Schöne Bescherung* geschaut, in dieser Reihenfolge – wie immer.

Es war nicht alles perfekt, bei Weitem nicht. Es befand sich noch immer eine leicht übersehbare, doch schwer ignorierbare Macke in der Wand neben der Haustür. Ich hatte mir angewöhnt, ganz flach zu atmen, wenn ich daran vorbeiging. Meine panischen Anrufe bei Dara waren nach meinem siebzehnten Geburtstag etwas häufiger geworden.

Aber damals waren wir noch eine Familie. Alles andere war nicht so wichtig. Es war immer noch *vorher.*

Noah wirkt nach wie vor bedrückt, deshalb sage ich: »Es ist ja auch in Ordnung. Es war meine Entscheidung. Es ist wirklich nicht deine Schuld – das war ernst gemeint. Ich frage mich nur …«, mir bleibt kurz die Stimme weg, »… was wir jetzt machen.«

Er seufzt, lehnt sich auf die Ellbogen zurück und starrt an die Decke. »Glaubst du, wir können wieder nach draußen, sobald wir uns ein bisschen aufgewärmt haben? Glaubst du, wir schaffen es bis zur Autovermietung?«

Ich schaue mich um, überall weiße Wände und scharfe Kanten. Es sieht aus wie in einem Museum im Fernsehen, kalt und modern. Aber die Luft ist warm. Die Heizung strömt diese dampfende Hitze aus, die es nur im Nordosten gibt. Mein Dad hat immer davon geschwärmt, wie gut die Heizsysteme hier sind, als würde mich das interessieren. Aber ich muss zugeben, es ist warm hier. Sehr warm. Und es ist schwer vorstellbar, diesen Ort gegen einen einzutauschen, der auch nur kälter ist als ein Auto, dessen Heizung schon zehn Minuten läuft.

Ich ziehe eine Augenbraue hoch. »Glaubst *du* es denn?«

Er zeigt auf meinen Koffer. »Vielleicht, wenn du den Murakami hierlässt.«

Ich lache nur schwach, weil ich nicht wirklich zu Scherzen aufgelegt bin.

Eine Minute lang sind wir beide still. Schließlich hebt Noah die Hand und zeigt auf das Bild vor uns. »Was meinst du? Auf einer Skala von eins bis zehn?«

»Noah, ich habe jetzt wirklich keine Lust, über Kunst zu reden!«

»Komm schon«, beharrt er und stellt ein bemühtes Grinsen zur Schau. »Wir müssen uns ein bisschen aufwärmen, bevor wir auch nur daran denken können, wieder nach draußen zu gehen.«

Ich verdrehe die Augen, aber ich spiele mit, weil ich selbst nicht weiß, was ich sonst tun soll. »Das ist ein Pollock, oder?«, frage ich. Ich bin ziemlich sicher. Bea liebt Pollock.

Noah grinst wieder, diesmal aufrichtig. Er springt auf und läuft zu der kleinen weißen Karte an der großen weißen Wand. Er dreht sich zu mir um. »Selbstverständlich ist es ein Pollock«, sagt er. »*Nummer 13*, um genau zu sein. Komm, wir schauen es uns an.«

»Im Ernst?«

»Komm schon.« Er winkt mich zu sich.

»Bist du sicher, dass du *Ferris macht blau* nicht doch gesehen hast?«

Er runzelt die Stirn, er kennt den Film anscheinend wirklich nicht. Ich stehe trotzdem auf und merke erst jetzt, wie sehr meine Knochen schmerzen, von der Kälte, von der Enttäuschung usw., usw. Noah steht dicht vor dem Gemälde, so dicht, als wolle er jeden Farbspritzer studieren, direkt ins Bild hineinkriechen. Ich stelle mich neben ihn.

»Ganz ehrlich, was denkst du?«

Ich verschränke die Arme und mustere das Bild. »Ich denke, wenn ich eine Million Dollar dafür bekäme, dass ich eine Menge Farbe auf eine Leinwand gespritzt habe, wäre ich ein echter Glückspilz.«

Er lacht. »Du glaubst, du könntest das auch?«

Ich zucke die Schultern. »Kann das nicht jeder? Ich weiß, ich weiß, er war der *Erste*, der auf die Idee gekommen ist, aber trotzdem.«

Er zeigt auf das Gemälde und geht von einer Seite zur anderen, als würden wir eine perfekte Landschaft betrachten oder so. »Die Farben. Die Textur. Und die Balance zwischen Chaos und Harmonie. Ich bin mir ziemlich sicher, dass *ich* das nicht könnte.«

Mein Blick folgt seiner Hand. Okay, er hat nicht unrecht, aber berauschend finde ich es trotzdem nicht. Ich sehe eher Chaos als Harmonie.

Und Chaos kann ich nicht ausstehen.

»Wer will schon Chaos in der Kunst?«, frage ich. »Gibt es davon nicht schon genug in der realen Welt? Ich will schöne Landschaften sehen. Einen Monet oder van Gogh. Etwas, das gute Laune macht.«

Er dreht sich grinsend zu mir um. »Du liest aber auch nicht gerade die fröhlichsten Bücher.«

»Das ist etwas anderes«, sage ich.

»Ach ja? Ist das nicht beides Kunst?«

»Ich finde, Gemälde sollen schön sein«, erkläre ich. »Sie sollen uns zum Staunen bringen. Bücher sollen uns daran erinnern, dass das Leben für alle hart ist. Dass andere es noch schwerer haben. Ich weiß, dass du das weißt, weil du genau so gerne liest wie ich.«

Er lächelt leicht. »Ich hätte meine Ex nie dazu bringen können, ein Buch zu lesen, abgesehen von *Panem*, noch nicht mal, wenn ihr Leben davon abgehangen hätte.«

Ich grinse zurück. »Ich dachte, du magst *Panem.*«

Er legt den Kopf schief. »Mag ich ja auch. Aber das ist nicht das Gleiche. Auch wenn ich vor ein paar Stunden was anderes behauptet habe. Das weißt du.«

Ich spüre eine Hitzewelle von den Füßen bis in mein Gesicht steigen, die mit dem guten Heizsystem nichts zu tun hat.

»Ich weiß«, sage ich, ohne seinem Blick auszuweichen.

Seine Augen halten meinen stand, und ich muss unbedingt etwas sagen – egal was –, um das zu beenden. Ich weiß nicht, was da gerade passiert, aber es gefällt mir nicht.

»Warum willst du mir nicht sagen, warum du nach Hudson fährst?«

Das reicht. Der Moment ist kaputt.

»Weil ich dich gar nicht kenne.«

»Glaubst du das wirklich?«, fragt er. Er sieht so verletzt aus, als wäre das, was wir hier machen, eine Übung zur Festigung unserer Beziehung – und nicht das, was es wirklich ist: zwei Leute auf Abwegen, die einfach nur versuchen, nach Hause zu kommen.

Ich sitze hier fest, und ich kann nirgendwohin. Ich kann weder meinen Dad noch Kat oder Bea um Hilfe bitten. Die Hochzeit beginnt in weniger als einer Stunde. Ich kann Mom nicht anrufen, weil ich ihr vorgeflunkert habe, ich sei schon bei Dad. Ich kann nicht mal Dara anrufen, die sich wahrscheinlich gerade in der Harry-Potter-World ein Butterbier reinkippt. Oder Simone, die sich, soweit ich weiß, gerade für ihr drittes Date mit Nora fertig macht.

Und selbst wenn ich sie anriefe, was könnten sie schon tun? Es fahren keine Taxis, es sind kaum Autos unterwegs. Selbst wenn wir ein Hotelzimmer finden würden oder so, wie sollten wir da hinkommen?

Ich habe nur diesen Typen hier, einen Fremden. Und der will lieber über Kunst reden, statt einen Plan zu machen, wie wir hier wegkommen.

Es geht mir gar nicht mehr darum, pünktlich zur Hochzeit zu kommen. Mittlerweile geht es mir nur darum, überhaupt noch irgendwo hinzukommen.

Noah sieht mich immer noch gekränkt an, aber ich habe jetzt keine Zeit, mich um seine Gefühle zu kümmern. Ich habe keine Zeit, Gemälde zu bewundern und ihm meine Lebensgeschichte zu erzählen und so zu tun, als wäre das alles ein großer Spaß. Ich bin nicht hier, um meine erste Liebe von der

Highschool zurückzuerobern. Ich bin wegen meiner Familie hier und muss zu einem Ereignis, das ich nicht verpassen darf.

»Ja.« Ich bekräftige meine Aussage mit einem Nicken und schaue zu Boden. »Ja, das tue ich.«

NOAH
17:21

Es ist komisch, wie sehr mich ihre Worte kränken.

Ich weiß ja selbst, dass wir uns erst seit ein paar Stunden kennen. Aber irgendwie kommt es mir nicht so vor.

Ammy geht wieder zur Bank zurück. Sie setzt sich, fummelt am Reißverschluss ihres Koffers herum und weicht meinem Blick aus.

Ich verlagere das Gewicht von einem Fuß auf den anderen. Der Raum ist groß und offen, aber plötzlich fühlt es sich an, als wäre er zu klein für uns beide. »Ich bin gleich wieder da«, sage ich und lasse meinen Rucksack bei ihr stehen.

Sie blickt nicht einmal auf.

Ich gehe durch die Ausstellungsräume zum Empfang. Meine Gedanken wirbeln durcheinander. Warum weist sie mich so zurück? Warum tut sie so, als wären wir komplette Fremde?

Und warum stört mich das so?

Als ich mich der Eingangshalle nähere, spielt der Typ von vorhin gerade auf seinem Handy herum. Ich zögere, bleibe auf der Türschwelle stehen. Ich weiß nicht, was ich sagen soll. Wie ich um eine Mitfahrgelegenheit bitten kann, ohne total verrückt zu klingen.

Ich höre Rinas Stimme in meinem Kopf.

Denk nicht so viel nach. Mach einfach.

Wer will schon mit einem Typen zusammen sein, der die ganze Zeit Angst hat und sich um alles Sorgen macht?

Und schon bin ich wieder auf der Klippe am See, weiche vor der Kante zurück, sehe, wie Bryson mit Leichtigkeit losrennt und springt, und spüre den Schmerz in meinem Bauch über die Beiläufigkeit, mit der Rina mich runtergemacht hat.

Anstatt mir den Rücken zu stärken.

Ich wäre jetzt nicht hier, wenn ich von der Klippe gesprungen wäre.

Oder wenn ich Bryson nicht erzählt hätte, was sie gesagt hat. Wenn er mich nicht dazu gedrängt hätte, sie zur Rede zu stellen.

Oder wenn ich an unserem letzten Abend am Lake George nicht ausgerastet wäre – und jede einzelne negative Sache aufgezählt hätte, die sie während unserer Beziehung gesagt oder getan hat.

Ich wäre nicht hier, wenn ich nicht wegen des Sprungs von einer verdammten Klippe mit ihr Schluss gemacht hätte.

Wenn ich das alles anders gemacht hätte, wäre die ganze Sache nicht so eine Vollkatastrophe.

Allerdings hätte ich dann Ammy nicht kennengelernt.

Ich schüttele den Kopf. Was soll dieser Gedanke? Darum geht es doch jetzt gar nicht. Jetzt geht es nur darum, wie ich unsere missliche Lage wieder in Ordnung bringen kann.

Ich hole tief Luft und überwinde mich. Nicht, weil Rina es so will. Sondern weil *ich* weiß, dass es sein muss.

»Entschuldigen Sie«, sage ich und bemühe mich darum, meine Stimme zuversichtlich klingen zu lassen.

»Ja bitte?«, fragt er höflich. Sein Blick wirkt jedoch distanziert. Er passt nicht zu seiner Stimme.

Ich komme langsam näher. »Ich bräuchte Ihre Hilfe. Gibt es hier in der Nähe ein Taxiunternehmen?«, frage ich.

Die Antwort kenne ich bereits, aber das scheint mir der beste Einstieg ins Gespräch zu sein.

Er runzelt die Stirn und schüttelt den Kopf. »Leider nicht.

Und ich glaube auch nicht, dass bei dem Wetter viele Leute unterwegs sind.«

»Und was ist mit Uber oder Lyft oder so?«

»Na ja, wir sind hier nicht in New York City.« Er verzieht den Mund, als würde ihm meine Frage nicht schmecken. »Seid ihr nicht mit dem Auto gekommen?«

Ich schüttele feierlich den Kopf. »Wir sind von der Haltestelle vom Hudson-Express hergelaufen. Wir haben den letzten Bus verpasst. Wir sind auf dem Weg zu einer Autovermietung etwa eine halbe Meile von hier, aber ich hatte Angst, dass meine Freundin sich die Zehen erfriert, deshalb haben wir hier einen Stopp gemacht.«

Puh, denke ich. Ziemlich dick aufgetragen.

»O verdammt«, sagt der Typ, und seine glatte Museumsstimme weicht einer informelleren. Er klingt, als käme er vom Land, vielleicht aus der Gegend nördlich von Hudson. Je weiter von der Stadt entfernt, desto stärker der Akzent. »Ist alles in Ordnung?«, fragt er. »Soll ich im Krankenhaus anrufen oder so?«

Mist. Zu dick aufgetragen, stelle ich fest. Eindeutig.

»Nein, nein, sie hat sich trockene Strümpfe angezogen, es geht ihr schon wieder besser. Es ist nur so … also … wir wissen nicht so recht, wie wir weiterkommen sollen, vor allem jetzt im Dunkeln.«

Sein Ton wird eine Spur abwehrender. »Ihr braucht jemanden, der euch fährt, geht es darum?«

»Na ja …«

Der Typ seufzt. »Ich bin gar nicht mit dem Auto da. In zwanzig Minuten mache ich hier zu und gehe zu Fuß nach Hause. Ich wohne gleich hinterm Parkplatz. Deshalb habe ich den Job ja überhaupt angenommen, obwohl er so mies bezahlt ist für jemanden mit einem Universitätsabschluss – weil die Wohnung dazugehört.«

Ich mache ein enttäuschtes Gesicht. Verdammt. Mist. Kacke. Scheiße. Verdammte mistige Kackscheiße.

»Okay, trotzdem danke«, sage ich niedergeschlagen und drehe mich um. Ich spüre das mir bereits bekannte Gefühl des Scheiterns.

Ich laufe zurück Richtung Ausstellung und zermartere mir das Gehirn, was ich Ammy sagen soll. Vielleicht nicht gerade: *He, weißt du noch, wie du vor ein paar Minuten deine Zehen nicht mehr spüren konntest? Mach dich bereit für die nächste Runde!*

Ich bleibe stehen, hole tief Luft und balle die Fäuste.

Es ist hoffnungslos. Wir werden unser Ziel nie erreichen.

Rina wird mir nicht verzeihen.

Mein Plan ist so hinüber wie die Blumen, die jetzt irgendwo in einem verschneiten Mülleimer liegen.

»Warte mal«, höre ich hinter mir.

Ich drehe mich auf dem Absatz um. »Was?« Mit drei langen Schritten bin ich wieder am Empfang.

»Ich will euch nicht zurück in den Sturm schicken«, sagt er. »Bist du sicher, dass es nur eine halbe Meile ist? Du unter-übertreibst auch nicht? Oder, du weißt schon, was auch immer das Gegenteil von übertreiben ist …«

Ammy würde jetzt innerlich mit mir lachen, wenn sie das gehört hätte.

Aber ich lasse mir nichts anmerken. Das würde mir im Augenblick nicht weiterhelfen. *Uns.*

Ich nicke eifrig. »Versprochen. Es ist wirklich nur eine halbe Meile.«

Er atmet tief ein. »Dann hol deine Freundin. Ich rufe meine Frau an. Sie müsste bald von der Arbeit kommen.«

»O mein Gott, wirklich?«, frage ich.

Er nickt und verscheucht mich mit der linken Hand, während er mit der rechten nach seinem Handy greift. »Aber schnell, bevor ich es mir anders überlege. Für diese Bitte riskiere ich eine Nacht auf dem Sofa.«

Ich drehe mich um und flitze zu Ammy. Sie sitzt auf der Bank und liest in ihrem Murakami.

Wenn ich nicht wüsste, was ich weiß, wenn ich nicht die letzten Stunden mit ihr zusammen unterwegs gewesen wäre, wenn ich sie einfach so dasitzen sähe, dann würde ich denken, sie hätte den Nachmittag im Museum verbracht und machte eine Pause, um ein bisschen zu lesen.

Ich würde denken, dass sie schön ist, wie sie da sitzt, mit den verschränkten Füßen, dem gesenkten Kopf und den Ponyfransen in der Stirn. Wie sie behutsam die Seiten umblättert.

Ich würde sie ansprechen wollen, ganz sicher.

Ich würde mich lange mit ihr unterhalten wollen.

Ich gehe auf sie zu und räuspere mich.

Sie blickt auf und klappt das Buch zu, ohne sich die Seite zu merken.

»Du wirst es mir nicht glauben«, sage ich, »aber ich habe gute Neuigkeiten.«

AMMY
17:34

Wir stehen draußen vor dem Museum in der Eiseskälte, es ist noch kälter, als es den ganzen Tag schon war, und starren auf den verlassenen Parkplatz. Jetzt ist es richtig dunkel, das einzige Licht kommt von drei traurigen Straßenlaternen, deren fahle Lichtkegel uns daran erinnern, dass es immer noch schneit.

»Bist du dir sicher, dass sie kommt?«, frage ich zum x-ten Mal.

»Ganz sicher«, sagt Noah und reibt sich die Hände.

»Vielleicht hat der Typ das nur gesagt hat, um uns loszuwerden, damit er früher schließen kann. Er sah nicht so aus, als würde sein Job ihm Spaß machen, wenn du mich fragst.«

»Ich bin mir sicher«, wiederholt er.

Ich muss mir den Kommentar verkneifen, dass er sich auch schon bei anderen Dingen sicher war, die nicht zutreffend waren, aber dann kommt er näher, legt mir den Arm um die Schultern und reibt meinen Arm, so wie vorhin. Nur dass ich jetzt seinen ganzen Körper neben meinem spüre. Mein Herz schlägt so laut, dass er es durch meinen Wollmantel hören muss.

»Siehst du?«, sagt er und zeigt über den Parkplatz, auf den in diesem Moment ein Kastenwagen biegt, der direkt auf uns zukommt und uns mit seinen Scheinwerfern blendet.

Augenblicklich lässt Noah den Arm sinken und macht einen Schritt zur Seite. Als hätte das Auto ihn wachgerüttelt. Als hätte es ihn daran erinnert, dass dieses kleine Abenteuer nur ein Boxenstopp auf dem Weg ins echte Leben ist.

Ich gebe es nur ungern zu, aber ich wünschte, wir hätten noch eine Minute Zeit gehabt.

Ich wünschte, sein Arm läge noch um meine Schulter.

Das Auto hält neben dem Bürgersteig, auf dem wir stehen, und Noah öffnet die Beifahrertür.

Zuerst fallen mir die roten Haare auf, dann der missmutige Gesichtsausdruck.

»Hätte ich mir ja denken können, dass ihr das seid.«

Überraschenderweise – oder auch nicht, so winzig, wie dieses Kaff hier ist, dessen Namen ich nicht mal kenne – ist es niemand anderes als die Kellnerin vom Hauptstraßencafé.

Noah grinst. »Tut uns wirklich leid ... Hast du uns schon vermisst?«

Ich lächele und bemühe mich, höflich zu sein. »Vielen Dank, das ist wirklich sehr nett.«

Der missmutige Blick verschwindet. »Kein Problem«, sagt sie. »Und jetzt steigt schon ein, bevor ihr euch den Arsch abfriert.«

Noah setzt sich auf den Rücksitz und lässt mich nach vorne. Ich bin mir nicht sicher, ob er galant sein will oder ob er sich den typischen Geschlechterrollen widersetzt, indem er mich vorne sitzen lässt.

Der Wagen ist ein alter waldgrüner Mercedes mit brauner Lederausstattung und einem Wackel-Jack-Russell-Terrier auf dem Armaturenbrett. Unsere Fahrerin drückt sich durch die Radiosender und bleibt bei einer Art Hip-Hop hängen.

Ich ziehe meinen Sitz so weit nach vorn, dass ich gerade noch bequem sitzen kann.

»Hast du genug Platz?«, frage ich Noah.

»Du bist die Beste«, erwidert er.

Mein Herz flattert, und ich verfluche mich selbst, dass ich so verdammt anfällig für dumme Sprüche bin.

»Wohin wollt ihr?«, fragt die Kellnerin. »Bobby meinte, es dauert nur fünf Minuten.«

Noah beugt sich vor und übernimmt die Rolle des Sprechers. »Enterprise Autovermietung, einfach ein Stück die Straße hoch.«

»Kenne ich«, erwidert sie und nickt. Sie stellt die Musik ein bisschen lauter und verlässt langsam den Parkplatz. »Ich bin übrigens Selena.«

»Ich bin Ammy«, sage ich.

»Amy?«, fragt sie.

»Wie Sammy, nur ohne S. Meine Eltern sind etwas speziell.«

Noah lacht.

»Das ist Noah«, füge ich hinzu.

Selena nickt und sieht nicht mehr ganz so mürrisch aus wie im Café, ohne Schürze und mit offenen Haaren. »Und warum um alles in der Welt seid ihr zwei hier draußen in der Kälte unterwegs und rennt von einem miesen Café in ein versnobtes Museum?«

Ich drehe mich zu Noah um. Er grinst verlegen. Dann drehe ich mich wieder zu Selena. »Das ist eine lange Geschichte«, sage ich.

»Na, ein paar Minuten habt ihr«, erwidert sie. »Ich bin gespannt.«

Wir erzählen abwechselnd, was passiert ist, und sie lacht und lacht und lacht noch mehr. Kein nervöses, hysterisches Lachen wie das, was mich an der Bushaltestelle überkam. Sie lacht schlicht und einfach, weil das alles so absurd ist. Dass wir vom Zug gesprungen sind. Dass der Verrückte im Wald auf uns geschossen hat. Dass uns der Zug vor der Nase weggefahren ist. Und dann auch noch der Bus. Dass wir hauptsächlich im

Café waren, um unsere Handys aufzuladen. Dass wir ins Museum gegangen sind, weil wir Panik hatten, mir könnten die Füße abfrieren.

Sie fragt, woher wir uns kennen, und die Antwort bringt sie noch mehr zum Lachen.

»Das hättet ihr mir vorhin im Café erzählen müssen«, sagt sie. »Das ist ja wie in diesem Film.«

»Welcher Film?«, frage ich.

»*Es geschah in einer Nacht*«, erwidert sie. »Mit dem Schauspieler mit dem Schlafzimmerblick und der Frau mit den großen Augen.«

»Claudette Colbert«, sage ich.

Selena lacht und zieht die Augenbrauen hoch. »Bei der Geschichte hätte ich auf jeden Fall bessere Laune bekommen. Ich hätte euch bestimmt angeboten, euch zu fahren.«

Ich beiße mir auf die Lippe. »Oh, na ja, wir, äh ...«

»Ihr wolltet nicht fragen, weil ich mein Zickengesicht gemacht habe?«, fragt sie.

»Nein, ich meine ...« Ich ringe nach Worten.

Sie winkt ab. »Ist schon in Ordnung. Ihr könnt euch nicht vorstellen, wie viele eklige Typen da reinkommen, um mit mir zu flirten – oder mir an den Hintern zu grapschen und so zu tun, als hätten sie in der Bar an der Ecke ein paar Bier zu viel getrunken. Das prägt. Ich habe Bio studiert und Bobby Kunstgeschichte. Die Leute sehen mich, sehen eine rothaarige Kellnerin, und ich schwöre, sie denken, dass ich nicht mal lesen kann. Einmal hat mich so ein alter Knacker gefragt – kein Witz –, ob ich wüsste, wie man subtrahiert. Daher das Zickengesicht. Außerdem war ich mir ziemlich sicher, dass ihr kein Trinkgeld geben würdet.«

Ich lache und bin froh, dass ich großzügig war. Nicht, dass ich es sonst nicht wäre.

»Ich habe euch nicht für Arschlöcher gehalten oder so«, fügt sie hinzu, »nur weil ihr jung seid. Also«, sagt sie dann und fährt sich mit der Hand durch die Haare. »Wohin wollt ihr? Sobald ihr ein Auto habt?« Sie hält vor einer Ampel.

»Hudson«, sagt Noah. »Also, sie zumindest. Ich nach Lorenz Park.«

Selena grinst. »Vielleicht wäre ein gemeinsames Ziel besser.«

Noah lacht verlegen, und die Ampel wird grün. »Sie will mir ja nicht mal verraten, warum sie nach Hudson fährt.«

»Ach, wirklich nicht?« Selena schaut mich teils neugierig, teils spielerisch an, als würden wir ihr etwas verheimlichen.

Ich zucke die Schultern. »Er muss ja nicht alles wissen. Außerdem will er seine Ex zurückerobern. Meine Probleme gehen ihn also gar nichts an.«

Selena wirkt kurz überrascht, doch dann wird ihr Lächeln noch breiter. Abwechselnd schaut sie mich und Noah im Rückspiegel an. »Wisst ihr, Bobby und ich haben ganze zwei Jahre gebraucht, bis wir uns gestanden haben, dass wir uns mögen. Damals auf dem College. Wir haben uns im ersten Jahr kennengelernt, aber wir sind erst im dritten Jahr zusammengekommen.«

»Na, aber es hat ja schließlich geklappt, oder nicht?«, sage ich.

Sie antwortet nicht, biegt auf einen Parkplatz und hält vor der Autovermietung. »Da wären wir.«

»Vielen, vielen Dank«, sage ich.

»Ganz ehrlich, du hast uns gerettet«, fügt Noah hinzu.

»Keine Ursache«, erwidert sie. »Hat mich gefreut. Und seid vorsichtig. Fahrt langsam und haltet an, wenn es sein muss. Passt auf euch auf.«

»Machen wir«, verspricht Noah, und ich weiß, dass er es ernst meint.

Ich kenne ihn zwar erst seit ein paar Stunden, aber ich weiß bereits, dass er niemals etwas tun würde, was mich – oder sonst jemanden – in Gefahr bringen könnte.

Noah greift nach meinem Koffer auf dem Rücksitz, und ich öffne die Tür.

»Oh, und du hast recht, das mit Bobby und mir hat geklappt«, sagt Selena. »Aber wenn ich noch mal die Chance hätte, würde ich bestimmt nicht wieder zwei Jahre vertrödeln.«

NOAH
17:45

Wir gehen auf die Autovermietung zu, und ich bete zu den Göttern des Karmas um ein bisschen Glück. Oder lieber gleich eine ganze Glückssträhne. Dass wir ein Auto bekommen und ich Ammy zu einer halbwegs vernünftigen Zeit an ihrem Ziel abliefern kann und nicht erst um Mitternacht. Dass von jetzt an alles für sie glattläuft.

Was nicht heißen muss, dass es auch für mich glattläuft. Das ist mir klar. Die Reservierung ist schon in einer Stunde, die kann ich vergessen. Mein Plan wird nicht aufgehen, jedenfalls nicht so, wie ich es mir vorgestellt habe.

Trotzdem kommt mir der absurde Gedanke, dass ich das, was ich heute erlebt habe, nicht rückgängig machen würde, selbst wenn ich es könnte. Diese wenigen gemeinsamen Stunden mit Ammy waren etwas Besonderes. Ein Abenteuer, von dem ich eines Tages meinen Kindern erzählen werde.

Etwas, das ich nicht wieder hergeben will.

Das heißt nicht, dass ich nicht mit Rina zusammen sein möchte. Oder dass ich sie heute Abend nicht mehr besuchen werde, wenn es nicht zu spät wird.

Aber ich bin eben auch kein gefühlloser Roboter.

Wir gehen durch den Eingang, und ich fange Ammys Blick auf. Er ist hoffnungsvoll und ein kleines bisschen glücklich.

Ein Roboter würde nicht merken, wie schön sie ist. Würde sich nicht fragen, was passiert ist, worüber sie nicht sprechen will. Oder sich um ihre eisigen Füße kümmern oder darum, wie sie aussah, als sie im Museum ihren Murakami las.

In der Autovermietung sieht es genau so aus, wie man es sich vorstellt: grelle Leuchtstoffröhren und Linoleumboden, ein Gebäude, das vermutlich in den Achtzigern aus dem Boden gestampft wurde. Hinter einem schäbigen Empfangstresen sitzen zwei Männer.

Wir stellen uns an. Vor uns sind nur zwei Personen, ein älteres Ehepaar. Der Typ hinterm Tresen tippt auf seinem Computer. Das heißt doch, dass sie noch Autos haben, oder? Das müssen sie einfach!

Sonst weiß ich nicht mehr, was wir machen sollen.

Aber irgendwie weiß ich, dass, was auch immer passiert, wir es gemeinsam durchstehen werden.

Ich bemühe mich um ein zuversichtliches Lächeln.

»Glaubst du, sie haben noch freie Wagen?«, fragt Ammy, als hätte sie meine Gedanken gelesen.

»Klar«, versichere ich. »Nach dem Tag, den wir hatten, müssen sie einfach noch welche haben.«

Sie lächelt schwach. Ungefähr so, wie Rina gelächelt hat, als sie an jenem Abend am Lake George zu mir ins Zimmer kam. Als sie fragte, was los sei. Warum ich den ganzen Abend so still gewesen sei. Anfangs habe ich mich noch zusammengerissen.

Nichts. Alles in Ordnung.

Der ältere Herr legt seiner Frau den Arm um die Taille, während sie auf die Papiere warten. Beide tragen rote Daunenjacken. Als sie sich an ihn lehnt, sieht man, wie gut sie zusammenpassen. So sehen meine Eltern auch manchmal aus, nicht immer, aber manchmal.

Ob Rina und ich auch mal so sein werden? Möglich. Meine Eltern haben sich auch schon auf der Highschool kennengelernt, einer katholischen Schule in Bay Ridge in Brooklyn. Ihr fünfzehnter Hochzeitstag fiel mit ihrem zwanzigjährigen Jahrgangstreffen zusammen. Klar, es gab auch schwierige Zeiten. Mein Dad musste sich erst bei dem bescheuerten Dachdeckerjob, den er angenommen hatte, als er keine Lehraufträge mehr bekam, den Rücken verletzen, und meine Mom musste ihre Drohung wahr machen und ihn verlassen, als er selbst dann nicht bereit war, seine fixe Idee eines einfachen Handwerkerlebens aufzugeben. Aber alles in allem passen sie ziemlich gut zusammen. Sie würden nicht so viel Zeit miteinander verbringen, wenn dem nicht so wäre.

Ich werfe Ammy einen Seitenblick zu. Sie tippt eine Nachricht auf dem Handy. Ich frage mich, an wen.

Sie hat irgendetwas an sich, das bewirkt, dass ich alles über sie wissen will.

Doch etwas in ihrem Gesicht, in ihren Augen signalisiert *ABSTAND HALTEN*, wie die Schilder im Garten dieses Verrückten im Wald. Sie hat vielleicht keinen ganzen Waffenschrank, um sich zu schützen, aber sie hat ihre eigenen Mittel.

»Ich hoffe, du weißt, dass ich kein schlechter Mensch bin«, rutscht es mir heraus. Ziemlich seltsame Aussage, stelle ich fest, kaum dass ich die Worte gesagt habe.

Ich bin mir eigentlich sicher, dass sie mich nicht für einen schlechten Menschen hält, und doch ist es mir wichtig, es aus ihrem Mund zu hören.

Sie blickt von ihrem Handy auf. »Was?«

»Ich meine nur, vorhin im Café, als ich mich so aufgeregt habe und rausgegangen bin …«

Sie schüttelt den Kopf. »Noah, ist schon okay.«

»Aber …«

»Wirklich«, sagt sie. »Lass uns einfach ein Auto mieten. Du musst mir nichts erklären.«

Ich nicke nur.

Ich weiß nicht, warum es mir so wichtig ist, die Sache aufzuklären.

Ammy schaut wieder auf ihr Handy.

Das Ehepaar vor uns geht nach draußen und steuert zielstrebig auf eine mittelgroße Limousine zu.

»Auf gehts«, flüstert Ammy. »Ich drück die Daumen.«

Ich trete an den Schalter und setze mein bestes Lächeln auf, genau wie vorhin im Museum. Ich fühle mich zwar schrecklich unbeholfen, aber ich tue mein Bestes, es mir nicht anmerken zu lassen.

»Wir würden gerne ein Auto mieten«, erkläre ich.

Der Typ räuspert sich. Er sieht bemerkenswert heiter aus dafür, dass er während eines Schneesturms hier arbeiten muss.

»Haben Sie eine Reservierung?«, fragt er forsch.

Ammy schnappt besorgt nach Luft, während der zweite Typ hinterm Tresen den Kopf schüttelt, als wäre er empört, dass wir es wagen, ohne Reservierung hier aufzulaufen.

Ich bekomme ebenfalls Panik, aber ich zwinge mich, ruhig zu bleiben. Ammy zuliebe. »Keine Angst«, flüstere ich ihr zu. »Es wird schon klappen.«

Ich drehe mich wieder zum Schalter. »Leider nicht«, sage ich. »Ist das ein Problem?«

Glücklicherweise haben wir den Netteren der beiden erwischt. Er lacht vergnügt. »Wir sind im Augenblick weitgehend ausgebucht, aber es müsste schon gehen. Einen Augenblick, bitte.« Er beginnt zu tippen.

Ich drehe mich zu Ammy um und stecke die Hände in die Taschen. Es kommt mir so vor, als würde alles von diesem Augenblick abhängen. Falls wir kein Auto bekommen, weiß ich echt nicht, was wir machen sollen. Wir haben den Zug und den Bus verpasst, wir sind durch die Kälte gelaufen und haben wohl alle Orte abgeklappert, an denen man sich hier aufwärmen kann.

Bald werden nicht mal mehr die Geschäfte geöffnet haben. Wir haben keine Alternative …

Ich stelle mir vor, wie Ammy und ich uns draußen vor der Autovermietung unter dem Vordach zusammenkauern und verzweifelt versuchen, uns warm zu halten.

Genau deshalb tue ich nie etwas, ohne vorher nachzudenken.

Ganz.

Genau.

Deshalb.

Der Typ tippt weiter. Wenn es keine Autos mehr gäbe, hätte er es bestimmt schon gesagt. Das rede ich mir zumindest ein.

»Mach dir keine Sorgen«, flüstere ich wieder, doch ihre Augen … tja, zu sagen, dass sie *besorgt* aussehen, wäre wohl die Untertreibung des Jahres.

Sie vertraut mir. Sie vertraut auf das, was ich gesagt habe.

Dass es schon klappen wird.

Aber wird es das? Selbst wenn wir ein Auto bekommen?

Werden unsere Pläne aufgehen?

Werde ich Rina zurückbekommen?

Wird Ammy bekommen, was auch immer sie will?

»Limousinen und Coupés haben wir leider keine mehr«, erklärt der Typ. Das Herz rutscht mir in die Hose, und mir wird am ganzen Körper eiskalt. Alles tut weh, ich fühle mich verloren. Ich habe nicht den Mut, Ammy anzusehen, deshalb nehme ich ihre Hand und drücke sie ganz leicht. Und lasse sie nicht mehr los.

»Aber«, fährt er fort, »Sie haben Glück. Einen Wagen haben wir noch.«

AMMY
17:53

Plötzlich geht alles ganz schnell.

Wir fragen gar nicht erst nach dem Preis oder anderen lächerlichen Details. Wir sehen uns nur an, und in dem Moment ist es, als wären wir die einzigen Menschen auf der Welt. Ich jubele und kreische los, und er auch, so laut, dass sich unsere Schreie vermischen. Meine Hand liegt immer noch in seiner, aber dann lässt er sie los und breitet die Arme aus, ich schlinge die Arme um seinen Hals, und er hebt mich hoch und dreht mich im Kreis.

Die hässliche Einrichtung verschwimmt vor meinen Augen, während er mich herumwirbelt, und ich fühle mich so leicht, so wohl, so *richtig* in seinen Armen.

Er hält an, und ich bin wie betrunken, als sich unsere Blicke treffen.

Unsere Gesichter sind sich so nahe, dass ich die winzigen Stoppeln an seinem Kinn sehen kann, die Farbe seiner Wangen nach dem stundenlangen Abenteuer im Schnee, für das wir uns nie freiwillig gemeldet haben.

Ich rieche einen Hauch Kaffee in seinem Atem und den leichten Geruch nach Weichspüler an seinem T-Shirt, genau die gleiche Sorte, die meine Mom immer nimmt. Ich spüre die Wärme, die von seinem Körper ausgeht, wir zwei sind eine Heizung in dieser großen eisigen Welt.

Und eine Sekunde lang weiß ich nicht, was passieren wird.

Denn eine Sekunde lang, während wir uns immer noch in die Augen sehen, bin ich mir sicher, dass alles passieren kann.

Und noch einer anderen Sache bin ich mir sicher.

Es ist mir egal, wie chaotisch das alles ist, es ist mir egal, dass ich geschworen habe, nichts mit einem Typen anzufangen, und auch die Folgen sind mir egal.

Ich *will*, dass es passiert.

Ich will *ihn*.

Doch dann räuspert sich der Mann hinterm Tresen und holt uns zurück in die Wirklichkeit.

Wir drehen die Köpfe, Noah stellt mich wieder auf den Boden, und wir fangen an zu kichern.

Kaum hat er mich losgelassen, wünsche ich mir, er hätte es nicht getan.

»Möchten Sie wissen, was für ein Auto es ist?«, fragt der Typ.

Noah nickt, während ich mich bemühe, ruhig zu atmen und die Hitze aus meinem Gesicht zu vertreiben. Mir ins Gedächtnis rufe, dass unsere Lage verzwickt genug ist und eine Liebesgeschichte das Letzte, was ich jetzt brauchen kann, schon gar nicht mit einem Typen, der seine Ex zurückwill.

Ich versuche mir zu sagen, dass die ganzen verrückten Gefühle, die mir jetzt durch den Kopf schießen, einfach an der Erleichterung liegen, dass ich endlich dahin komme, wo ich hinmuss.

Denn etwas anderes kann es, *darf* es nicht sein.

»Ein Ford Mustang Cabrio, kirschrot«, sagt der Typ.

Wir müssen schon wieder lachen.

»Hundert Dollar am Tag, plus Aufschlag, weil Sie unter fünfundzwanzig sind.«

Ich sehe Noah an, doch der fegt mit einem Kopfschütteln meine Bedenken beiseite und zückt seine Kreditkarte.

Ich will meine Karte aus dem Portemonnaie ziehen, aber er winkt ab. »Das regeln wir später.«

Dann sieht er den Mann an.

»Egal was er kostet, wir nehmen ihn.«

NOAH
18:05

Ich drehe die Heizung voll auf und reibe mir die Hände, während ich darauf warte, dass es warm wird.

Ich stelle die Seitenspiegel und den Rückspiegel ein. Mein Gesicht ist knallrot.

Wegen der Kälte? Vielleicht.

Wegen Ammy? Wahrscheinlich.

Zumindest teilweise.

Ich habe gar nicht nachgedacht, als ich sie hochgehoben habe. Ich fühlte mich plötzlich so lebendig, alles um mich herum verschwand, ich nahm nur noch meinen Herzschlag wahr, meine Atmung, das Gefühl, das Blut in meinen Adern zu spüren. Das Gefühl, *sie* in meinen Armen zu spüren.

Ich räuspere mich. Meine Gedanken sind mir peinlich, auch wenn sie sie gar nicht hören kann. »Äh, kümmerst du dich um die Musik?«, frage ich.

Ich lege den Rückwärtsgang ein und setze zurück, während sie auf ihrem Handy herumtippt. Das Auto macht einen Satz.

»Sorry.« Ich drehe mich kurz zu ihr. »Ich bin es nicht gewohnt, so einen Schlitten zu fahren.«

Sie lacht, dann wird sie wieder still.

Fühlt sie sich jetzt komisch wegen der Umarmung? Will sie mich so schnell wie möglich loswerden?

Aber sie hat meine Umarmung schließlich erwidert und die Arme um meinen Hals gelegt.

Andererseits hat sie kurz davor noch so getan, als ob wir Fremde wären.

Langsam verlasse ich den Parkplatz. Ich muss mich erst an das Auto gewöhnen.

»Fahren Sie auf die US 9 Richtung Norden«, ertönt eine Frauenstimme aus ihrem Handy. Das kommt ein bisschen spät, aber ich folge ihr trotzdem. Ich lausche so aufmerksam wie noch nie in meinem Leben, denn wir haben noch immer 80 Meilen vor uns, und es sieht nicht so aus, als würde es bald aufhören zu schneien. Ich habe absolut keine Lust, mich zu verfahren.

Es ist dunkel, die Scheibenwischer laufen auf Hochtouren. Ich vergewissere mich, dass kein Eis auf der Strecke ist – zumindest kann ich keins sehen oder fühlen. Aber Schnee ist auf der Straße. Jede Menge. Ich muss vorsichtig sein.

Ich lege das Handy in den Getränkehalter, wo ich es gut hören kann. Als wir auf dem Highway sind, verkündet die Frauenstimme, dass wir um 19:35 Uhr ankommen.

Ammy muss ihren Termin verpasst haben, aber ich könnte heute Abend tatsächlich noch zu Rina fahren. Zwar ist die Reservierung schon verfallen, aber ich könnte neue Blumen besorgen und sie irgendwohin ausführen. Ich könnte ihr immer noch all das sagen, was ich auf dem Herzen habe.

Es könnte doch noch was werden.

Vielleicht.

»Wie funktioniert das, wenn man Musik vom Handy abspielen möchte?«, fragt Ammy und drückt erfolglos auf ein paar Knöpfen am Armaturenbrett herum.

»Über Bluetooth, glaube ich«, sage ich.

»Oooooh!«, macht sie. »Wie extravagant.«

Ich lache. Das Auto ist auf jeden Fall extravaganter als der alte Volvo, den ich mir manchmal von Dad leihe. »Für dich nur das Beste, meine Liebe.« Kaum habe ich es gesagt, komme ich mir bescheuert vor.

Aber sie lacht. Ein Lachen, das ich so schnell nicht vergessen werde.

»Soll ich Musik von deinem Handy nehmen, damit das Navi weiterläuft?«, fragt sie.

Ich nicke. »Das wäre perfekt.«

Natürlich macht Ammy sich über die Hälfte der Songs auf meinem Handy lustig. Ich gebe es zu: Ich habe nichts gegen Pop. Ich lese *Panem*, und ich höre gern Taylor Swift. Das war nicht immer so. Ehrlich gesagt war ich früher ein ganz schöner Snob. Aber Rina hat mich eines Besseren belehrt. Rina mochte alles: Hochkultur, Popkultur, was auch immer. Das habe ich an ihr lieben gelernt, sosehr ich meinen eigenen Standpunkt am Anfang verteidigt habe.

Und das ist etwas, das ich noch immer an ihr liebe.

Oder? Irgendwie kommen mir wieder Zweifel.

Ammy wählt ein Synthie-Pop-Album aus, das Bryson vor der Fahrt zum Lake George auf mein Handy geladen hat. Ich zucke zusammen, aber ich versuche, die bittere Erinnerung an den Trip, auf dem alles schiefging, zu verdrängen.

»Ist die Musik in Ordnung?«, fragt Ammy.

Ich sehe sie an und muss wieder an unsere Umarmung vor wenigen Minuten denken. Hat sie sich in meine Arme geworfen, oder habe ich sie hochgehoben? Einen Moment lang war ich wie ferngesteuert.

Dieses Gefühl. Es war so …

Ich schiebe den Gedanken beiseite. Es war nur eine Umarmung.

»Bestens«, erwidere ich.

Sie dreht sich zu mir. »Ist es wirklich okay für dich, bei dem Wetter zu fahren?«, fragt sie.

»Haben wir eine Wahl?« Ich lache, um die Stimmung aufzulockern. Aber wir kennen beide die Antwort.

Sie schüttelt den Kopf. »Nicht wirklich.«

Wir schweigen, während die Windschutzscheibe mit jedem Schwung der Scheibenwischer weiß und dann wieder durchsichtig wird. Während der Sänger der Indieband vor sich hin jault. Während wir über die Kuppe eines Hügels und ins nächste verschneite Tal rollen.

»Spielen wir das Fragespiel weiter?«, fragt Ammy schließlich.

Ich sehe sie an. Sie lächelt und wirkt entspannter, als ich sie bisher erlebt habe. Ich schaue wieder auf die Straße und spüre dabei, dass das Auto ganz leicht unter mir schlingert. Also doch Glatteis. Nicht so schlimm, sage ich mir. Bald sind wir zu Hause. Na ja, ich zumindest. Und sie ... wer weiß, wo.

Ammy legt die Füße aufs Armaturenbrett und wippt mit den Zehen zur Musik. Sie ist schon voll und ganz der Ausstrahlung des roten Mustang erlegen, obwohl wir erst seit wenigen Minuten im Auto sitzen und obwohl sie erfrieren würde, wenn wir es wagen würden, das Verdeck zu öffnen. »Diese Musik ist perfekt zum Autofahren«, sagt sie. »Ich habe sie immer gehört, wenn wir zu Lacrossespielen gefahren sind.«

»Du spielst Lacrosse?«, frage ich. Es gibt so vieles über dieses Mädchen zu erfahren. Und ich will alles wissen, will sie lesen wie einen ihrer dicken Murakamis, Wort für Wort, Satz für Satz, jede einzelne Ammy-Seite.

Eins der wenigen Autos, die unterwegs sind, überholt uns.

Ich würde auch gerne schneller fahren, aber ich habe Angst.

»Ich *habe* gespielt«, korrigiert sie mich nach einem Augenblick entschieden, scheint es jedoch nicht weiter ausführen zu wollen. »Also, zurück zur Frage des Tages ... Warum hast du mit Rina Schluss gemacht?«

Meine Hände umklammern das Lenkrad.

»Na?«, hakt sie nach.

»Ich weiß es nicht«, sage ich.

Sie verschränkt die Arme. »Du musst doch irgendeinen Grund gehabt haben.«

Ich trommele mit den Fingern aufs Lenkrad. Plötzlich habe ich ein schlechtes Gewissen, dass ich hier sitze und an die Umarmung in der Autovermietung denke, wenn ich in Gedanken doch eigentlich bei Rina sein sollte.

Ammy scheint mein Unbehagen zu spüren, denn sie lacht gezwungen. »Entspann dich«, sagt sie. »Du musst mir nichts erzählen, wenn du nicht willst. Ich sollte dich nicht so drängen. Du schuldest mir gar nichts.«

Sie hat recht.

Ich schulde ihr nichts.

Aber irgendwie …

Wünschte ich, es wäre anders.

Ich schüttele den Kopf. Dieser Gedanke macht mir Angst.

Oder besser gesagt, er *sollte* mir Angst machen.

Aber auf gewisse Weise –

Reizt er mich auch.

Das ist das Problem an Abenteuern. Sie öffnen mehr Türen, mehr Möglichkeiten, als einem lieb ist.

AMMY
18:19

Ich schäle mich aus meinem Mantel, weil die Heizung jetzt auf Hochtouren läuft und es schön warm ist in unserem gemütlichen fahrbaren Nest, auch bekannt als Ford Mustang.

Es schneit immer noch, aber ich kann nur die Flocken im Scheinwerferlicht und auf der Windschutzscheibe sehen – überall sonst ist es dunkel.

Ich streiche mir die Haare aus dem Gesicht und spüre die Feuchtigkeit vom Schnee. Ich muss immer noch total zerzaust aussehen, aber so, wie Noah mich anschaut, spielt das irgendwie keine Rolle.

Meine letzte Frage scheint Noah verstört zu haben, und ich beschließe, ihn etwas Einfaches zu fragen, da er offensichtlich nicht über seine Ex reden will.

Kann es sein, dass er meinetwegen nicht über sie reden will? Oder liegt es daran, dass seine Pläne genauso ins Wasser gefallen sind wie meine?

»Was ist deine liebste Kindheitserinnerung?«, frage ich.

Noah braucht eine Weile, bevor er antwortet. Das Auto schlittert zweimal über Eisflächen – ich merke, dass er es auch fühlt, weil er jedes Mal das Lenkrad fester umklammert. Aber wir rutschen immer nur kurz, kaum merklich. Wir sind sicher. Hoffe ich.

Dann erzählt Noah mir von einer Familienfeier zu Thanksgiving, als er neun oder zehn war. Sein Onkel und seine Tante aus North Carolina waren mit seinen Cousins und Cousinen zu Besuch gekommen und hatten eine gigantische Fritteuse für den Truthahn mitgebracht. Seine Mom und sein Dad hatten beschlossen, dass er der »offizielle Truthahnmeister« sein sollte. Es war das erste Mal in seinem Leben, dass er so viel Verantwortung trug. Er hatte ein altes Handy ohne Empfang von seiner Mom, auf dem er Spiele spielen durfte, und dessen Timer nutzte er nun dafür, alle Zeiten zu überwachen – das Marinieren, das Durchziehen, die minutengenaue Backzeit in der Fritteuse. Er berechnete sogar die genaue Garzeit mittels einer Formel, die seine Mom im Internet gefunden hatte.

Nachdem sein Onkel ein paar Bier getrunken hatte, äußerte er Bedenken, Noah könnte es vermasseln, doch seine Eltern bestanden darauf – Noah hatte die Verantwortung und würde es schaffen. Er erzählt mir, dass er an diesem Tag zum ersten Mal richtig begriff, dass seine Eltern an ihn glaubten. Sie hatten es ihm zwar schon sein Leben lang versichert, aber seit diesem Tag glaubte er es ihnen wirklich.

Während er erzählt, schaue ich auf meine Hände und knibbele an der mitgenommenen Nagelhaut herum, mein blöder alter Tick. Ich spüre etwas in mir aufsteigen, was mir dumm und mies und kleinlich vorkommt, was ich aber trotzdem nicht unterdrücken kann: Neid.

Ich bekomme ein Stückchen Haut zwischen Daumen und Zeigefinger und ziehe daran, bis es ab ist. Ein Thanksgiving, an dem man sich nur darum sorgen muss, dass der Truthahn nicht trocken wird, erscheint mir so wunderbar.

»Wie schön«, sage ich leise, als er fertig ist.

Er lacht. »War es auch, abgesehen von meinem betrunkenen Onkel.«

»Sogar der klingt irgendwie nett«, erwidere ich.

»Wie meinst du das?«, fragt er, ohne den Blick von der Straße abzuwenden.

Ich zucke die Schultern. »Es klingt so normal.«

»Wie war Thanksgiving denn bei dir früher?«, fragt er.

»Schön«, versichere ich schnell.

Ich will ihm nicht von dem Thanksgiving erzählen, als ich elf war, eins der wenigen Male, an denen der Feiertag mit meinem Geburtstag zusammenfiel. Wie meine Mom ausrastete, weil sie meinte, der Yams würde nicht reichen, meinen Dad anschrie und sich für den Rest des Tages ins Bett legte. Wie mein Dad und ich allein aßen und der Yams natürlich reichte, weil es nicht sonderlich schwer ist, genug Yams für drei Personen dazuhaben. Wie mein Stück Pumkin Pie mit der Kerze darin plötzlich armselig aussah, als mein Dad ganz allein »Happy Birthday« für mich sang.

Ich will ihm nicht erzählen, dass ich selbst an guten Feiertagen immer Angst hatte, irgendetwas könnte meine Mutter aus dem Konzept bringen. Meistens waren es Kleinigkeiten. Der Druck. Feiertage waren schon immer schlimm gewesen. Und selbst wenn alles einigermaßen glattging, hing ein Schatten über allem. Die Anspannung in der Luft, dass irgendetwas schiefgehen könnte. Thanksgiving war bei uns immer ein einziger Eiertanz.

Manchmal denke ich, dass es kein Wunder ist, dass Dad abgehauen ist. Auch wenn ich mich für diesen Gedanken hasse.

Aber es war nicht immer so schlimm. Nur manchmal.

Und *manchmal schlimm* ist mir auf jeden Fall lieber als *für immer getrennt*.

Noah dreht die Musik leiser. »Alles okay?«

»Hm?«, mache ich verwirrt. Ich drehe mich zu ihm. Er hat sich die Daunenjacke ausgezogen, und ich merke, dass ich sein schreckliches Steelers-Trikot schon richtig lieb gewonnen habe.

Er hat immer noch das leichte Lächeln, das sich bei dem Bericht über seine Familie auf sein Gesicht gestohlen hat. Man kann sehen, wie sehr er sie mag.

Warum muss er immer noch in seine Ex verliebt sein?

»Hab ich irgendwas Blödes gesagt?«, fragt er und schaut kurz zu mir rüber. Seine grünbraunen Augen sehen in der Dunkelheit, im Licht des Armaturenbretts und im Glanz des fallenden Schnees beinahe grau aus.

»Nein«, sage ich.

Wieder gerät der Wagen ins Schlittern. Glatteis, kein Zweifel. Ich sehe, dass Noahs Schultern sich verspannen und er das Lenkrad fester umfasst. Nach einer Millisekunde ist es vorbei und wir fahren wieder sicher.

Nur ein kleines Stück. Alles in Ordnung, beruhige ich mich. Bald sind wir da. Die Zeremonie hat mittlerweile schon begonnen und wird vorbei sein, ehe ich ankomme, aber vielleicht schaffe ich es zumindest ins Restaurant, bevor die Feier vorbei ist.

Vielleicht bekomme ich doch noch die Chance, heute bei meinem Dad und Bea und Kat zu sein.

Vielleicht wird es doch noch eine harmonische Woche.

Wer weiß? Vielleicht bleibe ich ja auch länger. Vielleicht wollen sie, dass ich nie wieder abreise.

So oder so wird dieses verrückte kleine Abenteuer bald vorbei sein.

Es wird zu einer Geschichte werden, die ich meinen Enkelkindern erzählen kann, wie Noah gesagt hat. *Damals, als Grandma sich mit einem hübschen Fremden im Schneesturm verirrt hat.* Ich werde bei seinem Aussehen ein bisschen übertreiben. Die schiefen Zähne werde ich unterschlagen. Vielleicht bausche ich den Moment in der Autovermietung ein bisschen auf und erfinde noch einen Kuss dazu.

Denn es ist nur eine Geschichte, und in Geschichten darf man das.

»Und was ist deine liebste Kindheitserinnerung?«, fragt Noah. »Ich warte.«

Das ist nicht schwer. Ich spiele das Spiel (oder Nicht-Spiel, wie Noah es nennt) ja nicht zum ersten Mal. Dara hat erzählt, wie sie das erste Mal in Orlando war und auf dem Free-Fall-Tower kotzen musste, aber trotzdem den größten Spaß ihres Lebens hatte. Simone hat erzählt, wie sie und ihr Bruder eine Plastikschlange in den Werkzeugkasten ihres Vaters gelegt hatten und er so panisch kreischte, dass sie gelacht haben, bis sie Seitenstechen bekamen.

Und ich habe meine liebste Erinnerung zum Besten gegeben. Natürlich war es damals leichter, bevor allein der Gedanke an meinen Vater mir die Kehle zuschnürte.

»Das erste Mal, als ich mit meinem Dad wandern war«, sage ich, schnappe mir Noahs Handy und springe zum nächsten Song, meinem liebsten.

»Wandern und Lacrosse«, sagt er. »Du bist ja eine richtige Sportskanone.«

»Du klingst wie ein Macho, wenn du so redest«, erwidere ich.

»Wirklich?« Er schaut kurz zu mir rüber.

»Zu einem Typen, der eine Sportart betreibt und ab und zu mal wandern geht, würdest du das nie sagen.«

Er lacht. »Okay, okay. Du hast recht. Ehrlich gesagt bin ich überrascht, dass ich überhaupt deinen Koffer tragen durfte.«

»Na ja, du hast ihn mir ja regelrecht aus der Hand gerissen«, gebe ich zurück und muss nun auch lachen.

»Da hast du schon wieder recht«, sagt er.

»Wie gesagt, ich spiele gar nicht mehr Lacrosse, also bin ich auch keine Sportskanone mehr.«

»Warum nicht?«, fragt er.

Tja. Weil eine Scheidung teuer ist und Lacrosse auch. Weil auch das zu den Dingen gehört, die mein Dad mir genommen hat, als er uns verließ. Weil ich es im ersten Monat nach der Trennung einfach nicht über mich brachte, zum Training zu gehen und so zu tun, als wäre alles in Ordnung, als interessierte es mich, mit einem blöden Netz an einem Stock Bälle zu fangen. Niemand hat das verstanden, nicht mal Dara und Simone.

»Unwichtig«, sage ich kurz. »Also, meine liebste Kindheitserinnerung … Als ich acht war, schlug mein Dad vor, zusammen wandern zu gehen. Er war richtig scharf drauf, weil er viel gewandert war, bevor er meine Mom kennengelernt hat, aber sie wollte nie mit ihm gehen. Meine Mom war unterwegs, um sich irgendeine Antiquität anzusehen, und mein Dad sagte, er habe ein Geschenk für mich. Er hat mir meine ersten Wanderstiefel geschenkt, knallpink, weil ich damals nur Pink getragen habe …«

»*Du?* Unglaublich.«

»Es war nur eine Phase«, entgegne ich schnippisch. »Kurz, aber intensiv. Also, wir sind zu einem Wanderweg im Shenandoah Valley gefahren und haben auf der ganzen Fahrt die Beach Boys gehört. Mein Dad liebt die Musik, aber meine Mom findet sie kitschig, deshalb haben wir sie immer nur gehört, wenn wir allein waren. Wir sind die ganzen sechs Meilen wie die totalen Profis gewandert. Ohne schlappzumachen. Am Aussichtspunkt haben wir eine Menge Selfies geknipst. Von dem Tag an war Wandern unsere gemeinsame Leidenschaft.«

Eine Leidenschaft, die ihn schließlich mit Sophie zusammengebracht hat, denke ich, sage es aber nicht. Irgendwann wurde seine Liebe zum Wandern größer als seine Liebe zu mir. Irgendwann begann er mit einwöchigen geführten Wandertouren, auf die ich nicht mitkommen konnte, weil ich in die Schule musste.

Dara hat mich mal gefragt, ob ich es nicht komisch fände, dass er ohne uns Urlaub macht. Aber ich habe ihn verteidigt und gesagt, meine Familie sei eben anders als die anderen.

Darauf war ich stolz – damals.

Bevor alles daran zerbrach.

»Gehst du immer noch mit ihm wandern?«, fragt Noah. Das Auto schlittert über eine weitere vereiste Fläche.

Ich warte, bis Noah wieder ruhig aussieht, bis sich die Räder unter uns wieder sicher anfühlen, bevor ich antworte.

»Nein«, sage ich. »Jetzt nicht mehr.«

NOAH
18:31

Ich kann Ammy ansehen, dass ihr die vereiste Straße Angst macht. Sie beißt sich auf die Lippe, und ihr Gesicht wird blass.

Ehrlich gesagt mache ich mir auch Sorgen, obwohl ich versuche, es mir nicht anmerken zu lassen. Nur noch 60 Meilen. Solange ich mich konzentriere und ruhig bleibe, wird schon alles gut gehen. Aber es ist gar nicht so leicht, ruhig zu bleiben, wenn sie eine Andeutung macht, hinter der sich eine lange Geschichte verbirgt. Oder wenn ihr übersprudelndes Lachen das Auto füllt wie Champagner ein Glas.

»Okay«, sage ich. »Nächste Frage, bitte.«

Sie dreht sich zu mir. »Ist es wirklich in Ordnung für dich, zu fahren?«

»Alles bestens«, versichere ich. Sie soll sich keine Sorgen machen.

»Okay«, sagt sie zögernd, stellt aber keine Frage. Sie schaut nervös aus dem Fenster.

Nach ein paar Minuten, der letzte nervige Song wurde vom nächsten nervigen Song abgelöst, räuspere ich mich. Ich will wissen, was sie auf dem Herzen hat, und das ist wahrscheinlich unsere letzte Gelegenheit. Ich weiß nicht, warum ich alles über dieses Mädchen erfahren will, das ich nie wiedersehen werde, aber so ist es nun mal. Ich beschließe, auf einen Rat meines Dads zu hören: *Bitte nicht um etwas, wenn du nicht bereit bist, etwas dafür zu geben.*

»Ich biete dir einen Handel an«, sage ich.

Sie wendet den Kopf. »Was soll das heißen?«

Ich halte den Blick auf die Straße gerichtet, auf die paar Meter, die ich im Scheinwerferlicht sehen kann. »Ich erzähle dir, was mit Rina passiert ist, was *wirklich* passiert ist, wenn du mir sagst, warum du hier bist.«

Sie schweigt, und ich fürchte schon, dass ich sie wieder vor den Kopf gestoßen habe. Doch dann fragt sie: »Wer fängt an?«

Ich lege die Hände fester ums Lenkrad und mache mich auf weitere vereiste Stellen gefasst. Als uns ein Wagen entgegenkommt, richte ich den Blick auf die gelben Striche vor mir und blende das Fernlicht ab. »Ich. Als Beweis meines Vertrauens.« Ich lächele sie an.

Sie nickt und sieht nicht weg. Schließlich muss ich gewaltsam den Blick abwenden und wieder auf die Straße schauen.

Ich beschließe, ihr die Wahrheit zu sagen. Obwohl es mir peinlich ist. Obwohl ich mir lächerlich vorkomme. Obwohl ich, wenn ich nicht drei Tage später was mit Brysons Cousine gehabt hätte, vermutlich gar nicht hier wäre.

Ich bin nach dem Vorfall an der Klippe geradewegs in mein Zimmer gegangen, ohne mit Rina zu sprechen. Zum Abendessen bin ich zwar rausgekommen, habe aber kaum etwas gesagt. Rina hat gespürt, dass etwas nicht stimmte. Nach dem Essen ist sie zu mir gekommen und hat gefragt, was los sei. Es war unser letzter Abend, wir hätten Spaß haben sollen – sie hätte ihren ganz sicher gehabt, wenn ich nicht gewesen wäre.

Nachdem ich Bryson erzählt hatte, was sie zu Cassie gesagt hat, hat er mich dazu überredet, ihr das nicht einfach durchgehen zu lassen. *Sie wird diese Scheiße immer weiter durchziehen, wenn du dich nicht wehrst*, hatte er gesagt. In gewisser Weise war er wie Rina, immer drängte er mich dazu, mutiger zu sein.

Nur eben auf eine andere Art. Nicht abenteuerlustig, sondern selbstsicher. Manchmal sogar fordernd.

Zuerst habe ich behauptet, es sei alles in Ordnung, doch sie hat immer weiter nachgebohrt, bis ich mich nicht mehr zurückhalten konnte. Alles kam raus, alles auf einmal. Wie das Feuerwerk, das wir ein paar Tage zuvor über dem See gesehen hatten. Explosiv.

Ich listete alle Äußerungen auf, mit denen sie mich im Laufe unserer Beziehung unglücklich gemacht hatte. Sie fing zu weinen an, weil ich laut geworden war, fragte, wie um alles in der Welt ich wegen so einer Kleinigkeit so wütend werden konnte. Ich stürmte aus dem Zimmer und verbrachte die Nacht auf dem Sofa.

Den ganzen nächsten Tag haben wir nicht miteinander geredet. Wir sind schweigend zurück nach Hudson gefahren.

Abends kam sie zu mir nach Hause. Wir standen im Garten meiner Eltern und schrien uns an. Sie sagte, es sei total daneben von mir gewesen, an unserem letzten Abend aus dem Nichts heraus einen solchen Streit vom Zaun zu brechen und sie so zu »überrumpeln«.

Ich erwiderte, es sei die letzten zweieinhalb Jahre total daneben von ihr gewesen, mich ständig verändern zu wollen. Jemanden aus mir machen zu wollen, der ich nicht war.

Ich warf ihr ihre eigenen Worte an den Kopf. »Wer will schon mit einem Typen zusammen sein, der die ganze Zeit Angst hat und sich um alles Sorgen macht?«

»So wie du dich gerade aufführst, will ich jedenfalls nicht mit dir zusammen sein!«, schrie sie.

»Gut!«, schrie ich zurück. »Dann wäre das ja geklärt!«

Ihr wütendes Gesicht wurde augenblicklich traurig. Geschockt.

Wie kannst du so etwas Blödes sagen?

Das kann doch nicht dein Ernst sein. Das ist nicht dein Ernst.

Hat Bryson dir das eingetrichtert?

Geh jetzt nicht weg, Noah. Lass mich nicht so stehen.

Warte!

Aber ich habe nicht gewartet. Ich bin ins Haus gegangen und habe sie weinend im Garten stehen lassen.

Ich erzähle Ammy auch, dass es zu dem Zeitpunkt vielleicht noch nicht vorbei war. Dass ich vielleicht noch einen Rückzieher gemacht hätte. Dass ich dann aber drei Tage später mit einem anderen Mädchen rumgemacht habe.

Außer mit Rina hatte ich noch nie was mit einer anderen gehabt.

Ich gestehe ihr, wie schlecht ich mich danach gefühlt habe, dass ich mich nicht mehr getraut habe, mich noch mal bei Rina zu melden.

»Puh«, sagt Ammy, als ich fertig bin.

»Ich weiß«, sage ich. »Die ganze Sache war so dumm. So lächerlich.«

Ich rücke die Hände auf dem Lenkrad zurecht und weiß bereits, was sie sagen wird. *Du hast mit deiner großen Liebe Schluss gemacht, nur weil sie sich ein bisschen darüber lustig gemacht hat, dass du nicht von einer Klippe gesprungen bist?*

Deshalb *hast du sie verlassen?*

Sie schweigt und schaut nach vorne.

Sie verurteilt mich, ich weiß es.

Zu Recht. Es war schrecklich von mir, so mit Rina Schluss zu machen. Sie so zu stehen zu lassen. Sofort mit einer anderen rumzumachen, sodass es kein Zurück mehr gab.

Doch als Ammy mich ansieht, ist ihr Blick nicht verurteilend. Er ist beinahe… verständnisvoll?

»Ich verstehe das nicht«, sagt sie schließlich.

Ich schüttele den Kopf und schaue wieder auf die Straße, die endlich mal geradeaus führt. »Was verstehst du nicht?«

Ich schaue kurz zur Seite und sehe, dass Ammy die Schultern zuckt und sich die Ärmel ihres Pullovers über die Hände zieht. Sie hält den Blick gesenkt, während sie spricht. »Na ja … wenn sie dich immer so schlecht behandelt hat, warum willst du dann trotzdem wieder mit ihr zusammen sein?«

Es klingt hart, wie sie es formuliert. Aber irgendwie hat sie auch recht. So habe ich es noch nie gesehen … Ich habe immer nur gedacht, dass ich alles vermasselt habe. Aber …

Aber …

Ich spüre eine weitere Eisfläche und umklammere das Lenkrad fester.

Ich stelle fest, dass ich keine Antwort auf ihre Frage habe.

AMMY
18:38

Ich ziehe den Saum meines Pullis nach unten und zupfe an einem losen Faden.

Ich bin selbst überrascht, dass ich so deutlich war.

Aber noch mehr überrascht mich – oder auch nicht, da sich unsere Gefühle mit jeder Minute zu verändern scheinen –, dass er keine Antwort auf meine Frage hat.

Und erst jetzt, während das Schweigen dicht und schwer zwischen uns hängt, merke ich, wie sehr ich mir eine Antwort gewünscht habe.

Ich zupfe weiter an dem Faden, und zwei Maschen ribbeln sich auf. Es ist verrückt, wie leicht man etwas auflösen kann, das mühsam gestrickt wurde, wenn man nur an der richtigen Stelle zieht.

Die ganze letzte Stunde habe ich mir eingeredet, dass das alles nur in meinem Kopf passiert. Ich weiß, was die Liebe mit Menschen anrichtet. Und dass es sowieso egal ist, weil ja von Anfang an klar war, dass er eine andere liebt.

Daran wird sich wohl auch nichts ändern.

Und trotzdem hat er noch nicht geantwortet.

Mir geht einfach nicht aus dem Kopf, wie er mich in der Autovermietung hochgehoben und herumgewirbelt hat und wie ich in diesem kurzen, wunderbaren Moment dachte, vielleicht, ganz vielleicht, will er ja gar nicht sie, sondern mich.

Ich hatte es gehofft.

Eine winzige Hoffnung, so klein wie die Schneeflocken um uns herum.

Aber er will einer anderen sagen, wie sehr er sie mag und dass er sich wünscht, sie wären immer noch zusammen. Das würde mich zu ihrer Rivalin machen. Und das könnte ich nicht ertragen.

Obwohl das hier natürlich etwas anderes ist – Noah ist nicht verheiratet, und dieses Mädchen weiß nicht mal, dass er sie heute Abend überraschen will, wir sind Teenager, keine Erwachsenen mit Familien und so weiter, auch wenn er gesagt hat, dass sie die Richtige für ihn ist.

Aber eigentlich will ich, dass *ich* die Richtige für ihn bin.

Sosehr ich versucht habe, mir das Gegenteil einzureden, sosehr ich mich an meinen Schwur erinnere – wenn ich ihn mir jetzt in diesem Auto ansehe, fällt es mir schwer, auf etwas anderes zu hören als auf mein Herz.

Und er hat immer noch nicht geantwortet.

Ich weiß nicht, wie ich das alles in Worte fassen soll.

Entscheide dich nicht für sie! Entscheide dich für mich!

Es ist lacherlich. Und kitschig. Alles, was mir zuwider ist.

Also starre ich geradeaus. Und reibe an dem letzten Nagellackrest auf meinem Daumen herum.

Plötzlich spüre ich das bereits vertraute Gefühl von Eis unterm Wagen, sehe, dass Noah das Lenkrad umklammert, während wir schlittern und er sagt: »Ich weiß nicht, wie ich darauf antworten soll.«

Ich würde gerne fragen, was das bitte heißen soll?

Ich will, dass er es ausspricht. Dass er mir sagt, was da ganz tief in seinem Herzen los ist. Aber ich komme gar nicht dazu. Alles geht auf einmal so schnell. Wir schlittern immer noch.

»Verdammt«, keucht Noah und dreht das Lenkrad, aber das

Auto macht, was es will. Ich spüre einen Ruck, und mein Körper wird zur Seite gedrückt. Das Auto kommt von der Fahrbahn ab und schlittert immer weiter.

Ich drehe mich zu Noah. Seine Hände umklammern das Lenkrad, sein Gesicht ist panisch, wir bewegen uns immer weiter, rutschen am Straßenrand auf den Seitenstreifen zu, das Eis trägt uns, wohin es will. Ich stütze mich am Armaturenbrett ab, Noah flucht und tritt auf die Bremse, und dann …

Wirbeln wir herum.

Einmal, zweimal, dreimal. Ich kann es nicht sagen.

Die Welt, die Dunkelheit, der Sturm sind überall um uns herum, wir drehen uns wie verrückt, mein Blut rauscht und mein Atem geht so schnell, dass ich denke, ich kriege eine Panikattacke wie meine Mom. Weiß Gott, was jetzt passiert. Ob ich je wieder nach Hause komme. Ob ich meinen Dad oder meine Mom oder Kat oder Bea oder Dara oder Simone oder sogar Sophie je wiedersehe – oder auch nur einen von ihnen. Plötzlich erscheint mir alles so unwichtig. Meine Wut spielt keine Rolle mehr. Thanksgiving spielt keine Rolle mehr. Es spielt keine Rolle mehr, dass mein Dad uns verlassen und eine neue Familie gegründet hat. Es spielt keine Rolle mehr, ob es meine Schuld war oder seine oder die Schuld meiner Mom oder wessen Schuld auch immer.

Ich will sie einfach nur sehen. Sie alle.

Ich will nur noch eine Chance, mit ihnen zusammen zu sein.

Ich will eine Chance, mir zu verzeihen, ihnen allen zu verzeihen.

Noahs Hände umklammern verzweifelt das Lenkrad, und ich lege eine Hand auf seinen Oberschenkel und halte mich mit der anderen am Türgriff fest.

Dann – endlich – drehen wir uns langsamer.

Wir können wieder etwas sehen. Die Straße und die Bäume und die flimmernden Lichter am Straßenrand.

Und dann bleiben wir endlich stehen.

NOAH
18:40

Ich kann es nicht glauben.

Ich kann es einfach nicht glauben.

Mein Herz schlägt rasend schnell, aber da draußen ist alles ganz friedlich, als wäre nichts passiert. Der Schnee fällt, die Schilder auf der anderen Straßenseite leuchten, und der Wind pfeift ums Auto.

Das Auto steht im Gras neben dem Seitenstreifen mit dem Heck nach vorn, als hätte ein Kind sein Spielzeug fallen gelassen.

Ammys Hand liegt in meiner. Ich habe sie unwillkürlich gepackt, als das Auto stehen geblieben ist. Ich spüre ihren Puls. Er ist schnell und wild. So wie das Auto gerade noch.

Ich drehe mich zu ihr. Sie sitzt ganz steif da und starrt nach vorn. Geschockt.

Ich finde meine Stimme als Erster wieder. »Ist alles in Ordnung?«, frage ich.

Sie antwortet nicht, atmet nur ein und aus, ein und aus, ihr Atem ist schwer … flach, aber schwer.

Ihre Hand umklammert meine. Ich ziehe sie nicht weg.

Ich drücke sie und frage noch einmal: »Alles in Ordnung?«

Sie schreckt auf und dreht sich zu mir, ihre Augen sind riesig wie die eines Rehs und erinnern mich an ein verlorenes Tier im Wald, wie in den Märchen, die meine Großmutter mir immer vorgelesen hat, als ich klein war.

»Ich glaube schon«, sagt sie schließlich.

Ich bin entsetzt, wenn ich darüber nachdenke, was alles hätte passieren können.

Verdammtes Abenteuer. Wir hätten uns ernsthaft verletzen können. Noch schlimmer, wir hätten ...

Ich will es mir gar nicht vorstellen. Der Gedanke ist unerträglich.

Ich will sie beschützen. Um jeden Preis.

Ich will dafür sorgen, dass ihr niemals etwas geschieht.

»Und du?«, fragt sie mit zitternder Stimme.

»Alles okay, glaube ich.«

Sie erwidert den Druck meiner Hand. Dann starrt sie weiter aus dem Fenster. »Lass uns einfach kurz so sitzen bleiben, ja? Nicht reden. Mir gehts gut.«

Ich mustere mich von oben bis unten, dann sie. Kein Blut. Keine Verletzungen. Nichts. Meine Schultern tun ein bisschen weh, weil ich gegen den Sitz geschleudert wurde, aber im Großen und Ganzen sind wir beide unversehrt. Niemand außer uns wird je wissen, wie es sich angefühlt hat.

Aber es geht uns gut.

Wir sind mit einem Riesenschrecken davongekommen.

»Ich bin die letzten zwei Winter hier durch die Gegend gefahren, aber so was habe ich noch nie erlebt«, sage ich.

»Ich hab doch gesagt, nicht reden«, murmelt Ammy, aber sie drückt meine Hand dabei.

Sie starrt immer noch nach vorn.

»Es tut mir so leid. Ich hätte nie damit gerechnet, dass so was passiert. Ich wäre nie gefahren, wenn ich das gewusst hätte ... Es tut mir wirklich schrecklich leid. Ich würde nie drüber wegkommen, wenn dir wegen mir was passiert wäre.«

Meine Augen sind feucht. Ich wische die Tränen mit dem linken Handrücken weg und hoffe, dass sie es nicht merkt.

Aber ich weiß, es würde sie nicht stören. Sie ist nicht so. Sie urteilt nicht.

»Du kannst einfach nicht die Klappe halten, was?«, sagt sie.

Ich lache, und weitere Tränen kommen. Ich wische sie weg. »Ich weiß.«

Sie lässt meine Hand los und dreht sich zu mir. Sie beugt sich vor und fährt mit dem Daumen unter meinen Augenlidern entlang.

Ich spüre ein Kribbeln am ganzen Körper. Als wäre ich aus einem langen Traum erwacht.

Ich sehe Ammy an und will unbedingt etwas tun, wovon ich genau weiß, dass ich es nicht tun sollte.

Doch dann lässt sie die Hand sinken und lehnt sich zurück.

Erleichterung. Oder ist es vielleicht auch Enttäuschung?

»Wir können so nicht weiterfahren«, stellt sie fest.

»Ich weiß«, sage ich. Obwohl wir erst 25 Meilen hinter uns und noch 55 vor uns haben.

Sie zeigt durchs Fenster auf die Neonlichter auf der anderen Seite des Highways.

Ich kann nur nicken.

Es ist ein Super 8 Motel. Vermutlich die grässlichste aller Motelketten. Eine schäbige Absteige für uns und uns allein.

Ich kann nicht anders ... der Gedanke macht mich ganz kribbelig.

Vorsichtig gebe ich Gas, Kies und Schnee knirschen unter den Reifen.

Wieder beginnt mein Herz wild zu schlagen.

Wir brauchen eine Viertelstunde, bis wir da sind. Wir müssen zurück auf die Straße, die Ausfahrt nehmen und den Highway überqueren. Ich bin so nervös – weil ich Angst habe, den Wagen zu Schrott zu fahren oder die Nacht mit ihr zu verbringen? –, dass ich nicht schneller als 15 Meilen pro Stunde fahre.

Endlich erreichen wir den Parkplatz, der fast leer ist. Das heißt, dass sie freie Zimmer haben müssen.

Ich parke so nah wie möglich am Eingang.

»Ich geh rein und frage«, erkläre ich.

Ammy legt mir die Hand auf die Schulter und schnallt sich ab. »Warte. Ich komme mit.«

Wir treten unter das Vordach und kommen an eine große Glastür, die offensichtlich länger nicht geputzt worden ist. Die Tür öffnet sich, und zuerst sieht es so aus, als wäre niemand da. Ich bekomme schon Angst, doch Ammy geht zur Rezeption und drückt forsch auf die Klingel.

Während wir warten, stelle ich mir vor, wie wir beide unser Lager auf dem abgewetzten Sofa in der Lobby aufschlagen, falls niemand kommt. Irgendwie bin ich überzeugt, dass niemand da ist, obwohl es noch nicht mal sieben Uhr ist. Es würde zum Rest des Tages passen.

Aber schließlich erscheint ein Typ in unserem Alter.

»Wie kann ich euch helfen?«, fragt er. Er hat Locken, einen Dreitagebart und ein fliehendes Kinn.

Ich hole tief Luft. Ammy hat die Hausregeln von Super 8 Motel während der Schlitterpartie hierher auf dem Handy nachgelesen. Die meisten Motels vermieten an Gäste über achtzehn. Manche allerdings erst ab einundzwanzig. Ich bete darum, dass Ersteres der Fall ist. »Wir hätten gerne ein Zimmer für heute Nacht.«

Der Typ tippt auf seinem Computer. Ich seufze erleichtert.

»Ein Doppelbett oder zwei Einzelbetten?«, fragt er.

»Zwei!«, sagt Ammy, bevor ich antworten kann.

»Also zwei Betten«, sagt er. »Den Ausweis?«

Ich ziehe mein Portemonnaie aus der Tasche und schiebe ihm meinen Ausweis rüber.

Der Moment der Wahrheit …

Er nimmt ihn in die Hand und studiert ihn.

»Also, es ist so …«, beginnt er.

Mist. Verdammt. Scheiße.

Ammy hebt alarmiert den Kopf. Sie denkt dasselbe wie ich.

»He, ich bin auch aus Hudson! Ich war auf der Hudson High. Du auch?«

Mein Herz macht vor Erleichterung einen Satz. Wahrscheinlich will er in Erinnerungen schwelgen. Er sieht aus wie einer, für den die Highschool die beste Zeit seines Lebens war.

»Nee«, flunkere ich. »Ich war auf einer Privatschule.«

»Och, Mann«, sagt er. »Ich denke so gern an die guten alten Zeiten zurück.«

Bingo.

»Frühstück ab sieben, Check-out bis elf. Angenehmen Aufenthalt!«

Er gibt mir den Schlüssel, und ich drehe mich zu Ammy. In ihren Augen spiegelt sich alles Mögliche. Erschöpfung und Erleichterung natürlich. Aber da ist noch etwas anderes. Aufregung?

Als ich heute Morgen aufgebrochen bin, hatte ich keine Ahnung, dass ich die Nacht mit diesem Mädchen verbringen würde.

Und noch weniger hätte ich damit gerechnet, wie sehr mich das freuen würde.

AMMY
19:18

Sobald wir in unserem Zimmer sind, beginnt mein Puls zu rasen.

Mein Blick springt zu den beiden Betten mit den scheußlichen lila geblümten Tagesdecken, die vom Hinterhofflohmarkt einer alten Dame stammen könnten, aber dafür stehen sie schön dicht nebeneinander.

Nur ein Schritt zwischen ihm und mir.

Das stört mich nicht.

Im Gegenteil.

Eine Sekunde lang wünsche ich mir sogar, es wäre kein Zimmer mit zwei Betten mehr frei gewesen.

Ich bin verrückt. Schluss jetzt. Ich hole tief Luft.

Noah schließt die Tür hinter uns, und ich spüre einen winzigen Stromschlag, als mir so richtig bewusst wird, dass ich hier in einem Motelzimmer bin. Mit einem Typen. Den ich erst vor acht Stunden kennengelernt habe. Und der mir jetzt schon so unter die Haut geht, dass ich nicht weiß, wie ich das wieder ändern soll.

»Welches Bett willst du?«, frage ich betont locker.

Noah stellt sich neben mich, und ich kann seine Gegenwart am ganzen Körper spüren. Sie füllt das ganze Zimmer aus. Er klopft mir auf den Rücken, und meine Haut kribbelt unter seiner Berührung. »Sie haben die Wahl, Mrs Adler.«

Ich drehe mich zu ihm und bemühe mich, ruhig zu bleiben.

Cool. Er grinst. »Ich würde nie den Namen eines Mannes annehmen«, stelle ich klar. »Nie! Ich bleibe mein Leben lang Ammy West.«

Meine zusammengezogenen Augenbrauen weichen nicht von der Stelle. Er wirft die Hände in die Luft. »Schon gut, schon gut – dann eben nicht.« Er zwinkert. »Würde ich auch nicht, wenn ich so einen coolen Namen hätte.«

Mir wird klar, dass ich ihm noch gar nicht meinen vollen Namen genannt hatte. Jetzt kann er mich theoretisch auf Facebook finden, mich kontaktieren, mit mir chatten, mir alle seine Geheimnisse anvertrauen, noch lange nach heute Nacht.

Vielleicht denkt er ja gerade das Gleiche, sagt aber nichts. »Du willst also nicht so tun, als wären wir verheiratet?«

Ich schüttele den Kopf und spüre, dass mein Gesicht ganz heiß wird. Ich hoffe, ich werde nicht rot. »Tut mir leid.«

Um mich seinem Blick zu entziehen, wende ich mich ab und stelle meinen Koffer vor das Bett am Fenster. Ich streife die Handschuhe ab, werfe sie auf den Koffer und setze mich. Die Tagesdecke ist so kratzig, wie sie hässlich ist, und fühlt sich unter meinen Händen an wie Sandpapier. Das Bett quietscht, als ich darauf wippe, um dem Klischee des billigen Motels vollends gerecht zu werden.

»Ich nehme das hier«, sage ich und hoffe, dass sich meine Gesichtsfarbe wieder normalisiert hat.

Er stellt seinen Rucksack ab und streckt sich auf dem anderen Bett aus. »Dann ist das hier für mich.« Er grinst. Unser kleines Theater macht ihm Spaß.

Mir auch.

Ich schaue mich um. Der zerschlissene, kotzbraune Vorhang ist zugezogen, und der Teppich hat eine auffällige petrolblaue Farbe, die ich bisher nur von Wachsmalstiften kannte. An der Wand hängt der billige Druck eines schlechten Gemäldes von einem See, über einem Flachbildfernseher, der die einzige Modernisierung seit Jahrzehnten zu sein scheint. Die Wände haben das Weiß von vergorener Milch, das Licht ist irgendwie zu hell und gleichzeitig nicht hell genug, und einer der Lampenschirme sitzt schief, als hätte ein Betrunkener ihn angeschraubt.

Noah beugt sich vor, legt die Hände auf die Knie und schaut mich an. »Na ja, es ist nicht gerade eine romantische Berghütte, aber es wird schon gehen.«

Ich grinse. »Und ich dachte, die Catskills wären so bezaubernd. Das hat mein Dad jedenfalls behauptet.«

»Wir sind hier nicht in den Catskills«, erwidert er lachend. »Hudson liegt an den Berkshires.«

Mein Dad hat immer vom Zauber der Catskills geschwärmt, wo er mal mit Sophie wandern war. Ich muss sie verwechselt haben. »Ist ja auch egal«, sage ich.

Noah setzt sich aufrechter hin. »Musst du vielleicht … äh … irgendjemandem Bescheid sagen, dass du hier bist?«

Ich schaue alarmiert zu meiner Tasche. »Oh, Mist!«

»Vergessen?«

Ich springe vom Bett und hole hastig mein Handy aus der Tasche. Ich habe drei Nachrichten von Kat.

Hey, was ist los? Ich mach mir Sorgen!
Wirst du es später noch zur Feier schaffen?
Gib mir bitte Bescheid, dass es dir gut geht, ja?

Ich tippe, so schnell ich kann.

Laaaaaange Geschichte. Der Typ und ich haben ein Auto gemietet, aber die Straßen sind zu glatt. Sind jetzt in einem Motel.

Sie antwortet nicht, deshalb schicke ich noch eine Nachricht hinterher.

Tut mir total leid, dass ich alles verpasse! Mach dir keine Sorgen, morgen bin ich hoffentlich bei euch.

Dann kann ich nicht anders, ich öffne den stumm geschalteten Chat mit meiner Mom.

Ist es vorbei?
Wie war es?
Redest du nicht mehr mit mir?

Ich schließe die Konversation wieder, weil ich nichts zu sagen habe.

Als ich das Handy weglege, stelle ich fest, dass Noah mich anstarrt. Er stützt sich auf den Ellbogen und grinst.

Sein Lächeln schiebt den ganzen Mist mit meiner Mom dahin, wo er hingehört: weit weg. Sein Lächeln bringt mein Herz schon wieder zum Rasen. Es löst in mir den Wunsch aus, auf der Stelle mit ihm in dieses Bett zu springen.

»Verrätst du es mir immer noch nicht?«, fragt er.

»Was?« Ich setze mich wieder aufs Bett. *Mein* Bett. Die Sicherheitszone. Die Zone, in der mich die Frage nicht verrückt macht, ob er mich noch mal berührt.

»Warum du hier bist. Wir hatten doch eine Abmachung. Was auch immer es ist, es ist bestimmt nicht deine Schuld. Anders als bei mir, ich habe mir den ganzen Ärger ja selber eingebrockt, weil ich es nicht geschafft habe, von einer blöden Klippe zu springen …« Er verstummt.

Ich bemühe mich zu lachen, um die Stimmung ein bisschen aufzulockern. Aber innerlich bin ich stinksauer. Auf diese blöde Tussi, die ihm das Gefühl gegeben hat, ein anderer sein zu müssen, als er ist. Die Tag für Tag, Jahr für Jahr auf ihm herumgehackt hat und dann empört war, als er ausgerastet ist.

Plötzlich kommt mir ein schrecklicher Gedanke.

Hat mein Dad nach unserem letzten gemeinsamen Thanksgiving das Gleiche gedacht?

War es einfach zu viel?

Hatte er recht?

Ich muss aufstehen, weil mir der Gedanke die Kehle zuschnürt, das Zimmer ist zu klein, und Noah ist einfach zu … *nah*, und ich habe Angst, etwas Verrücktes zu tun.

Zum Beispiel die Arme um ihn zu schlingen und ihm zu sagen, dass ich mich nie über ihn lustig machen würde, weil er nicht von einer Klippe springt, und dass Klippenspringen sowieso verrückt und idiotisch ist.

Oder ihn zu fragen, ob er mich auch verlassen würde, wenn ich irgendwann so schlimm bin wie meine Mom und ihn wegstoße, wie sie es mit Dad getan hat.

Mann, Ammy, reiß dich zusammen.

»Ich besorge uns ein paar Eiswürfel«, erkläre ich hastig. »Und, äh … ein paar Snacks.«

Noah steht auf. »Soll ich mitkommen?«

Ich schüttele den Kopf, krame in meiner Tasche und ziehe die ersten zerknitterten Scheine heraus, die mir in die Finger kommen. Ohne ihn noch einmal anzusehen, stürme ich zur Tür.

Laut Lageplan befindet sich der Eiswürfelspender auf der anderen Seite des Motels. Ich folge dem verlassenen Außengang bis zum Ende. Der Highway ist still, und die fehlende Geräuschkulisse macht umso deutlicher, dass es wirklich *eiskalt* ist – ich hätte mir den Mantel überziehen sollen.

Es schneit immer noch – vielleicht nicht mehr ganz so stark, aber das ist in der Dunkelheit schwer zu sagen –, und ich lehne mich über die Brüstung und halte nach unserem Mustang Ausschau. Er ist bereits von einer weißen Schicht bedeckt. Ich kann nur hoffen, dass wir hier morgen zu einer vernünftigen Zeit loskommen.

Gleichzeitig hoffe ich es aber auch nicht.

Ich lasse den Anblick auf mich wirken, das konfettihafte Wirbeln der Flocken, die Dunkelheit und die Stille auf dem Highway. Wir sind in einer Schneekugel – Noah und ich in diesem Motel –, und vielleicht ist es verrückt, aber ich will hier nicht weg. Ich will hier bleiben.

Ich stelle mir vor, wie es wäre, wenn ich nicht zu meinem Dad fahren und auf dem schmalen Grat balancieren müsste, ein Teil seiner Familie sein und gleichzeitig nichts mit seinem neuen Leben zu tun haben zu wollen. Wenn ich nicht irgendwann zu meiner Mom zurückfahren und mich damit auseinandersetzen müsste, dass ich sie so verletzt habe.

Wenn ich nichts anderes zu tun hätte, als mich mit Noah einzukuscheln und im Warmen zu bleiben.

Ich gehe weiter, vorbei an Zimmer 203, 204, 205, 206.

Vielleicht hat dieses Gefühl aber auch gar nichts mit meiner Mom, meinem Dad oder Sophie zu tun. Vielleicht ist der Gedanke, mich wochenlang mit Noah in einem miesen Motelzimmer zu verkriechen, ganz einfach das Beste, was ich mir gerade vorstellen kann.

Vielleicht ist es genau das, was ich will.

Vielleicht ist es genau das, was ich brauche.

Die Eismaschine sieht älter aus als ich – wesentlich älter. Ich hebe den Deckel und fülle den schwarzen Plastikeimer, den ich aus unserem Zimmer mitgebracht habe. Ich weiß nicht, warum ich überhaupt Eis brauche – es ist schon kalt genug, Wasser in Zimmertemperatur wäre nicht das Schlechteste, aber seit ich klein war, ist es das Erste, was ich mache, wenn ich im Hotel bin. Eis holen. Das war immer meine Aufgabe, so wie Noah der Truthahnmeister war.

Früher sind wir ein- oder zweimal im Jahr nach Asheville in North Carolina gefahren. Wir haben dort im Sheraton in der Innenstadt gewohnt, in einem Zimmer mit zwei großen Doppelbetten, von denen ich das eine ganz für mich allein hatte – einer der Vorteile des Einzelkinddaseins. Im Winter sind wir immer nach Biltmore gefahren, um die Weihnachtsdekoration zu bewundern, nach der meine Mom so verrückt war. Diese Reisen waren magisch, und meine Mom war für die Planung zuständig – ohne sie hätten sie nie stattgefunden. Wir haben jedes Mal ein paar Weihnachtskugeln aus der Sonderedition gekauft, und unser Baum wurde mit jedem Jahr schwerer. Im Sommer frühstückten wir spät, schlenderten durch die Straßen und durchstöberten die Kunstgeschäfte. Und wann immer wir ankamen, ging ich als Erstes zur Eismaschine und erledigte meine Pflicht. Meine Mom stellte feierlich eine Flasche Weißwein in den Eiskübel, obwohl der typische Motel-Eisbehälter kaum groß genug für Eiswürfel und eine Weinflasche ist.

Als ich klein war, organisierten meine Eltern immer einen Babysitter für den Samstagabend. Sie machten sich schick und gingen in ein feines Restaurant, während die Babysitterin und ich etwas beim Zimmerservice bestellten. Später, so mit zwölf, blieb ich allein, lieh mir eine DVD aus und orderte eine Menge Essen aufs Zimmer.

Mir wird plötzlich klar, dass wir das nie wieder gemeinsam tun werden. Ich könnte vielleicht mal wieder nur mit meiner Mom hinfahren, oder vielleicht habe ich irgendwann selbst Kinder und nehme sie mit, aber ehrlich gesagt glaube ich nicht, dass das passieren wird. Die Erinnerung ist verdorben. Wie eine schmerzende Narbe, von der man besser die Finger lässt.

Ich schließe die Klappe und gehe zum Snackautomaten. Ich habe acht Dollar und 75 Cent. Ich entscheide mich für drei Tüten Cheetos – Cheetos kann man nie genug haben, schon gar nicht, wenn das ganze Abendessen daraus besteht –, zwei Tüten Brezeln, zwei Cola und ein Päckchen Skittles. Meine Finger sind nahezu taub von der Kälte, als ich den ersten zerknitterten Schein hineinschiebe, aber immerhin schluckt die Maschine jeden einzelnen Dollar, und der manchmal hinterhältige Greifer klaut mir keinen der angeforderten Snacks. Ich ziehe meinen Pullover zu einem Korb nach vorn, lade meine Beute hinein und gehe zurück zu unserem Zimmer.

Vielleicht wird ja wirklich alles gut.

Vielleicht wird mein Dad gerührt sein, dass ich versucht habe, zu seiner falschen Hochzeit zu kommen. Vielleicht haben wir eine wunderbare Woche, alle fünf, wie eine richtige Familie. Vielleicht kann ich Mom anrufen und mich entschuldigen, und wir machen irgendeine typische Mutter-Tochter-Aktion, wenn ich zurückkomme, zusammen zur Pediküre gehen oder so.

Oder vielleicht bleibe ich auch länger. Vielleicht wird aus der Woche ein Monat, und meine falsche Familie wird zu meiner richtigen.

Vielleicht werden Kat und ich beste Freundinnen und verbringen die nächsten Monate damit, Bea zur Probe zu fahren, auf Sophies Kosten zu brunchen und unten an der Claverack Creek mit Jungs zu flirten.

Vielleicht wird sogar aus dem süßen Fremden, mit dem ich, wo auch immer wir jetzt sind, eine Nacht verbracht habe, mehr.

Vielleicht wird aus *uns* mehr.

Ich weiß nicht, was morgen ist – ich weiß nicht, ob irgendetwas davon wahr wird. Ich weiß nicht, was Noah denkt.

Aber eins weiß ich – wenigstens haben wir diese Nacht.

NOAH
19:33

Ammys Wangen sind leuchtend pink, als sie zurückkommt. Sie hat den ganzen Pulli voller Tüten, den Eiskübel unterm Arm, und ihre Hände sind vor Kälte ganz weiß.

»Das hat ja ewig gedauert«, sage ich. »Ich hab mir schon Sorgen gemacht.« Ich nehme ihr den Eisbehälter ab. »Ein Glück, dass wir nach dem Tag wenigstens Eis haben!«

Sie zieht eine Augenbraue hoch.

»Sorry – schlechter Witz. Danke, dass du alles geholt hast.«

Sie lässt die Snacks aufs Bett fallen. »Das ist so eine Gewohnheit von mir«, erklärt sie und schenkt mir den Anflug eines Ammy-Lächelns. »Außerdem dauert es ewig, zerknitterte Dollarscheine in einen klapprigen Snackautomaten zu schieben. Dafür sollte wirklich mal eine App erfunden werden.«

»Eine App, die zerknitterte Geldscheine glättet?«, frage ich.

Sie stemmt eine Hand in die Hüfte. »Nein, eine App, bei der man einfach nur das Handy vor den Automaten hält und alles rauskommt, was man will, ohne dass man bar bezahlen muss.«

»Die App heißt iMieseMotelSnacks. Soll schon bald auf den Markt kommen.«

Sie lacht tatsächlich über meinen schlechten Witz. Mir wird ganz warm.

Dann zeigt sie auf die Sachen auf dem Bett. »Hab ich doch gut gemacht, oder?«

Aber die Snacks interessieren mich im Augenblick nicht. »Du hättest dir den Mantel anziehen sollen.«

»Vielen Dank, Captain Obvious.«

Mir gefällt die Vorstellung nicht, dass ihr kalt ist. Ich habe mich noch nicht von der Angst erholt, dass ihre Füße hätten erfrieren können. Ich schlage die Tagesdecke auf meinem Bett zurück und ziehe an der weichen Wolldecke darunter. Nach längerem Zerren kommt sie heraus.

Ammy schaut mich skeptisch an. »Muss das sein?«

Ich antworte nicht. Ich schiebe die übrigen Laken zu einem Haufen zusammen, gehe zu ihr und lege ihr die Decke um die Schultern.

»Ist das mein Umhang?«, fragt sie.

»Captain Obvious wäre nichts ohne seine Kollegin Miss Scharfzunge.«

Ammy verdreht die Augen, aber ihr Blick ist freundlich, und ich glaube, sie findet es zumindest ein bisschen lustig.

Sie schiebt die Hände unter die Decke und zieht sie sich bis ans Kinn. Ich reibe ihr die Arme. »Besser?«

Ihr Mund öffnet sich zu einem schiefen Lächeln, und eine Strähne fällt ihr ins Gesicht.

»Ja«, sagt sie und sieht mir in die Augen. Meine Hände halten inne und verweilen ganz kurz auf ihren Schultern.

Sie weicht meinem Blick nicht aus.

Wie es wohl wäre, sie zu küssen?

Wie wäre es, dieses süße Grinsen zu küssen?

Das ist zu viel. Ich lasse die Hände sinken und weiche zurück. Räuspere mich, um den Hals frei zu kriegen. Und den Kopf.

»Willst du Karten spielen?«, frage ich schnell.

Sie lacht. Ein bisschen gezwungen, oder bilde ich mir das ein?

»Du hast ein Kartenspiel dabei?« Sie zieht die Decke enger um sich und setzt sich aufs Bett.

»Klar«, erwidere ich. »Ich verlasse nie ohne mein Kartenspiel das Haus!«

Ich merke, dass ich gerade nur Blödsinn rede, und werde rot. Ich gehe zu meinem Bett und öffne das vordere Fach meiner Umhängetasche, um ihrem Blick zu entkommen. Ich wühle zwischen den Kaugummis, Kassenzetteln und dem zusammengefalteten Blatt Papier, auf das ich das Gedicht für Rina gekritzelt habe.

Rina.

Was zur Hölle mache ich hier eigentlich gerade? Ich schüttele den Kopf und greife in die Seitentasche.

Unser Abenteuer bringt mich ganz durcheinander. Wir sind seit wer weiß wie vielen Stunden zusammen unterwegs, quasi einmal in die Hölle und zurück, wir haben geredet und geredet und mussten uns aufeinander verlassen ... ist ja klar, dass ich diese ganzen Gefühle habe. Genau das hat Rinas kleine Schwester früher immer zu mir gesagt, wenn ich mal wieder zu viel über etwas nachdachte.

Das alles ist nicht real. Ich habe einfach zu viele romantische Komödien mit Rina geschaut. Es liegt nur an der Situation. Ich kenne dieses Mädchen gar nicht. Sie will mir nicht mal sagen, warum sie hier ist.

Aber dann gibt es da noch dieses andere Gefühl. Dass ich mir unsicher bin, ob das mit Rina wirklich eine so gute Idee ist. Es gibt so viele Dinge, die Rina nicht an mir mochte. Meine Witze zum Beispiel, bis ich irgendwann aufgehört habe, welche zu machen.

Ammys Worte schrillen in meinem Kopf:

Warum willst du dann wieder mit ihr zusammen sein?

Das kann ich im Moment einfach nicht beantworten. Also

suche ich nach den verdammten Karten, als ginge es um mein Leben.

Endlich bekomme ich sie in die Finger, als Ammy sich gerade über die erste Snacktüte hermacht. Ich hole sie heraus: ein zerfleddertes Kartendeck, das meine Eltern mir in Atlantic City geschenkt haben. Meine Grandma Jen war wahnsinnig gut in Blackjack, meistens kam sie tatsächlich mit mehr Geld zurück, als sie auf der Hinfahrt gehabt hatte.

Mir ist egal, was wir spielen, ich brauche nur eine Ablenkung. Zeit, um meine Gedanken zu ordnen.

Nach allem, was wir heute zusammen durchgemacht haben, ist Ammy mir ans Herz gewachsen. Ich darf sie nicht benutzen, um herauszufinden, ob ich mit Rina zusammen sein will oder nicht.

Ich drehe mich um, gehe zum Bett und setze mich neben sie.

Ich mische die Karten, während ich die Snacktüten in Augenschein nehme: Brezeln, Skittles, Cola und …

»*Drei* Tüten Cheetos?«, frage ich.

Sie beißt sich auf die Lippe, rutscht ein Stück zurück und lehnt sich ans Kopfteil, noch immer in die Decke gewickelt. »Zu viel?«

»Nein«, sage ich. »Es ist nur …«

»Oh, Mist, du hast doch keine Glutenallergie, oder? Wenn du eine Glutenallergie hast, ist es natürlich schlecht. Aber du hast heute schon einen Wrap und einen Burger gegessen, ich habs gesehen!«

Ich lache. »Es ist nichts.«

Sie legt den Kopf auf ihre eigene Art schief, dass ich alles andere vergesse und ihr nur noch erzählen will, was mich beschäftigt. »Komm schon«, sagt sie. »Was ist?«

»Ach, ich habe mich nur gerade an diese blöde Geschichte

erinnert, die mir meine Mom über Cheetos erzählt hat, das ist alles«, sage ich.

Sie steckt sich einen Cheeto in den Mund. »Ich höre.«

Ich zögere und komme mir albern vor. Es ist keine wirklich spannende Geschichte.

Ammy schüttelt die Tüte wie eine Rassel. Sie lehnt sich zurück und stößt mit dem Kopf an den Bilderrahmen über ihrem Bett. Sie rutscht ein Stück nach unten, und ihre kurzen Haare breiten sich auf der Rückwand aus, sodass sie wie eine dunkle Muschel aussehen.

»Erzähl schon«, sagt sie, ohne zu wissen, dass ich gerade in Gedanken ein Gedicht über ihre Haare verfasse. »Ich will sie hören.«

Ich hole tief Luft. Obwohl alles noch mal gut gegangen ist, fällt es mir schwer, darüber zu reden. »Also, meine Eltern haben sich letztes Jahr getrennt …«

Ammy hält im Kauen inne und setzt sich aufrechter hin, wobei sie darauf achtet, sich nicht wieder den Kopf zu stoßen. »Ich wusste nicht, dass deine Eltern getrennt sind. Hast du nicht gesagt, dass sie …«

»Sind sie auch nicht mehr«, erkläre ich schnell. »Warte – deine?«

Sie schaut nach unten und starrt in die Chipstüte, als läge die Antwort darin. Das sagt alles.

»Also jedenfalls«, fahre ich fort, und sie blickt wieder auf. »Ich habe doch erzählt, dass sie gerade eine ›Liebeskreuzfahrt‹ machen?«

Sie lacht und scheint sich zu entspannen, da der Fokus nicht mehr auf ihr liegt. »Ich dachte, das läge einfach daran, dass sie alt sind.«

Ich lache auch. »Her mit den Cheetos«, sage ich. Sie gibt sie mir. Ich stecke mir einen in den Mund und klopfe mir die orangefarbenen Krümel von der Jeans. »Sie haben sich getrennt, weil mein Dad als Professor keine Aufträge mehr bekommen hat. Er hatte eigentlich Aussicht auf einen Posten auf Lebenszeit, aber dann ging irgendwas mit seinem Institutsleiter schief. Egal, also, er nahm einen Job an, der überhaupt nicht gut für seinen Rücken war und eher was für einen Teenager gewesen wäre. Ich weiß nicht, ob es nur das war, aber als er sich dann tatsächlich bei der Arbeit verletzt hat, war für meine Mom das Maß voll. Meine Eltern haben ein komisches Verhältnis zu Geld – wenn sie welches haben, geben sie es mit vollen Händen aus, wie für diese Kreuzfahrt, oder sie haben eben keins. Mein Dad bekam ein Stellenangebot von einem Community College, aber er meinte, ein ehemaliger Universitätsprofessor würde nie an einem Community College unterrichten – also blieb er bei seinem Dachdeckerjob. Meine Mom war stinksauer, dass er sein Leben riskierte, nur um seinen Stolz zu retten.«

Ammy nickt. »Kann ich irgendwie verstehen.«

»Mein Dad ist nicht gerade in Bestform«, füge ich hinzu. »Wenn du ihn auf dem Dach gesehen hättest, würdest du mir zustimmen. Also, vor ein paar Monaten hat meine Mom mir erzählt, dass er den Job endlich aufgegeben und am Community College angefangen hat und dass sie wieder zusammen sind. Darüber bin ich froh, wirklich, aber, ich weiß nicht … ihre Trennung hat mich ganz schön mitgenommen, und ich hatte Angst, dass sie nur für mich wieder zusammengekommen sind. Meine Eltern sind so, deshalb habe ich sie gefragt, ob es wirklich das ist, was sie will.«

Ammy nickt, beugt sich etwas vor und legt die Tüte aufs Bett.

Was ist *deine* Geschichte?, würde ich sie gern fragen. Ich will viel lieber wissen, was sie beschäftigt.

»Und was hat sie gesagt?«, fragt Ammy.

Ich lächele. »Sie hat mir erzählt, wie sie einmal an einem

Abend, als sie sich gerade erst kennengelernt hatten, in einem schicken Restaurant in Hudson essen gehen wollten. Irgendwas war mit der Reservierung schiefgegangen, und sie bekamen keinen Platz mehr, und es war schon zu spät, um noch ein anderes Restaurant zu suchen. Also gingen sie in einen Kiosk und kauften sich eine Riesentüte Cheetos und zwei Limos, und dann hockten sie im Auto meines Dads am Bahnhof – meine Mom war für die Verabredung extra aus der Stadt gekommen –, aßen Cheetos und warteten auf den Elf-Uhr-Zug, damit sie nach Hause fahren konnte.«

»Und?«, fragt Ammy. »Was dann?«

Ich lächele wieder. »Meine Mom meinte, sie sei sehr unglücklich gewesen, dass mein Dad sich so idiotisch mit seinem Job angestellt hatte, aber sie sagte, bis zu diesem Tag gebe es niemanden auf der Welt, mit dem sie lieber in einem alten Auto vor dem Bahnhof sitzen und eine Tüte Cheetos teilen würde.«

Ammy schaut mich verwirrt an. »Was soll das heißen? Dass ich dich an deine Mom erinnere? Puh!«, sagt sie lachend.

»Nein, überhaupt nicht! Ich habe nur die Cheetos gesehen und musste an diese Geschichte denken und was sie gesagt hat, und ... ich weiß nicht, ich habe daran gedacht, wie viel Spaß ich heute mit dir hatte, obwohl der ganze Tag der reinste Albtraum war ...« Ich verstumme und schaue auf meine Hände.

»Ich weiß auch nicht«, sage ich schließlich mit noch immer gesenktem Blick. »Ich hab doch gesagt, es ist eine blöde Geschichte. Ich weiß selbst nicht, warum ich sie dir erzählt habe.«

Als ich aufblicke, sieht Ammy mich an. Ihr Lächeln ist alles.

Alles, was ich je wollte.

In einer Person.

In diesem Motelzimmer.

Direkt vor mir.

»Sie ist nicht blöd«, sagt sie. »Überhaupt nicht.«

AMMY

19:44

»Vielleicht sollten wir wirklich Karten spielen«, sage ich.

Noah starrt mich an. Irgendwie sitzen wir dichter nebeneinander als zu Beginn seiner Geschichte, das Einzige, was uns trennt, ist der schwindende Berg an Tütchen aus dem Snackautomaten. Mein Herz schlägt unglaublich laut und schnell. Wenn ich nicht sofort etwas tue, wird er spüren, wie es durch die Federn der alten Matratze dröhnt.

Er schiebt die Tüten beiseite und holt die Karten raus. Bilde ich mir das nur ein, oder zittern seine Hände ein bisschen?

Er beginnt zu mischen. Richtig fachmännisch, wie in einem Casino. Meine Mom wollte mir immer beibringen, wie man so mischt. Sie wollte mir auch immer alle möglichen Kartenspiele beibringen, aber ich habe mich nie sonderlich dafür interessiert. Ich war lieber mit Dad draußen. Wandern war einfach mehr mein Ding, als in der Bude zu hocken und Karten zu spielen oder ein Puzzle zu machen, wie sie es gern tat. Wenn sie etwas außer Haus unternahm, dann stöberte sie nach Antiquitäten, die sie in ihr Nest tragen konnte. Sie gab sich immer viel Mühe, unser Haus zu verschönern, aber mir war das ziemlich egal.

»Was spielen wir?«, fragt er. »Gin? Rommé? Strip-Poker?«

Ich verdrehe die Augen. »Also bitte.«

Er hebt die Hand. »War nur Spaß«, sagt er. Ich begegne seinem Blick. Er grinst, und ich kann seine schiefen Zähne sehen. Sie sind so perfekt unperfekt.

Puh. Ich muss damit aufhören.

»Wie wäre es mit Fischen?«, frage ich. Die erste Cheetos-Tüte ist geleert. Ich öffne die zweite.

Er zieht die Augenbrauen hoch, reibt sich mit den Händen die nackten Unterarme und zupft an seinem Trikot. »Ist dir kalt?«, frage ich. »Willst du meine Decke?«

Er übergeht die Frage. »Fischen ist ein Spiel für Fünfjährige«, sagt er. »Kennst du kein anderes?«

Ich seufze und muss daran denken, wie oft meine Mom versucht hat, mich zum Kartenspielen zu überreden. Warum war ich so dagegen? Es war wie ein ungeschriebenes Gesetz bei uns zu Hause – Mom tickte aus, und Dad und ich machten unser Ding. Natürlich liebten wir sie, aber – na ja, manchmal war es ohne sie eben einfacher. Die Wochenenden, die wir allein verbrachten, waren viel lustiger. Selbst das gemeinsame Stöbern nach Antiquitäten wurde zum Ende hin seltener, die eine Aktivität, die uns alle zusammengeführt hatte, ein kleiner Mix aus beiden Welten.

Vielleicht war mir die Entscheidung deshalb auf einmal so leichtgefallen, doch zur Hochzeit zu fahren. Dara zu bitten, mich zum Zug zu bringen, Kat Bescheid zu sagen, dass ich komme. Vielleicht bin ich schon lange nicht mehr auf Moms Seite.

»Ich glaube nicht, dass ich nach dem Tag noch die Energie habe, etwas Neues zu lernen«, sage ich und greife in die Cheetos-Tüte. »Na los, teil schon aus.«

Er widerspricht nicht und gibt jedem sieben Karten. Ich nehme meine und sortiere sie. Drei Königinnen, das ist doch schon mal nicht schlecht.

»Hast du eine Königin?«, frage ich.

Er grinst. »Ich weiß nicht, hab ich eine?«

»Haha«, sage ich und strecke die Hand aus. »Her damit.«

Draußen pfeift der Wind und lässt die Scheiben klappern.

Er hält mir seine Karte mit der Königin hin. »Wie gut, dass wir nicht weitergefahren sind«, sagt er.

Als ich danach greife, berühren sich unsere Fingerspitzen kurz. Spürt er das auch so deutlich wie ich?

Ich lege meine vier Königinnen ab. Trumpf.

»Hast du Zweien?«, frage ich.

Er schüttelt schadenfroh den Kopf. »Geh fischen.«

Ich fische eine Karte aus dem Teich und sortiere sie in meinen Fächer. »Du bist dran.«

Er legt sich die kratzige Tagesdecke um die Schultern, die dabei halb vom Bett rutscht. Er sieht albern aus, wie ein Kind, aber er ist kein Kind – und ich bin auch keins. Wir sind zwei Beinahe-Erwachsene in einem Motelzimmer. Allein. »Du hast mir immer noch nicht verraten, was du am meisten bereust«, sagt er.

Ich lege den Kopf zur Seite. »Ich glaube nicht, dass die Frage in diesem Spiel erlaubt ist.«

Er legt seine Karten ab. Draußen höre ich das Knacken eines brechenden Eiszapfens. »Nicht? Dann lass uns doch wieder Fragen spielen.«

»Du hast gesagt, das sei gar kein Spiel«, protestiere ich. »Außerdem wolltest *du* doch Karten spielen!«

Er rückt ein Stück näher. »Wir hatten eine Vereinbarung«, erinnert er mich. »Es ist nicht meine Schuld, dass wir fast gestorben wären, bevor du dran warst.« Er lächelt ironisch.

Ich rutsche zurück und stoße wieder gegen das Bild. Ich reibe mir den Hinterkopf. »Na schön, was willst du lieber wissen?«, frage ich schließlich. »Was ich am meisten bereue oder warum ich hier bin?«

Er zuckt die Schultern. »Ich habe das Gefühl, dass das eine mit dem anderen zusammenhängt, so hartnäckig, wie du die Antwort verweigerst.«

Ich hole tief Luft, doch in dem Moment vibriert mein Handy. Ich greife danach. Es ist Kat.

Was? Echt jetzt? Du lässt die Hochzeit sausen, um mit einem Typen rumzumachen? Das darf doch nicht wahr sein!

Ich schreibe zurück.

Ich weiß, es ist blöd, aber ich kann nichts dafür. Und so ist es gar nicht! Er ist ein netter Kerl. Geht aufs Hunter College. Wir sind einfach zusammen in diese komische Lage geraten. Du hast doch gesagt, ich soll abenteuerlustiger sein!

Ich sehe, dass sie etwas tippt, aber es wird nichts gesendet.

»Hast du Dreien?«, fragt Noah.

Da nichts mehr kommt, lege ich das Handy weg und nehme meine Karten wieder auf. »Leider nicht«, antworte ich.

Er sieht mich skeptisch an.

»Ehrlich«, versichere ich.

Er zieht eine Karte, und ich schaue zu, wie er sie einsortiert, sich die zerzausten Haare aus dem Gesicht streicht und sich tiefer in die Decke kuschelt. Ich sehe wieder aufs Handy, aber es kommt nichts mehr.

Ich lege meine Karten ab und bemühe mich, ruhig zu atmen.

Die Information, dass seine Eltern sich getrennt hatten, macht es mir irgendwie leichter. Denn genau das sieht man nie im Fernsehen oder im Film: die Grauzone. Im Film ist es den Kindern entweder scheißegal, oder sie rasten aus. Aber es gibt eben noch den ganzen Bereich dazwischen. Es ist so schwer, es laut auszusprechen: *Meine Eltern – die Menschen, die ich mehr liebe als alle anderen, die meine Familie sind – sind nicht mehr zusammen.*

Meine Familie ist keine Familie mehr.

Wenn man dann noch hinzufügt, dass mein Dad eine neue Familie hat und dass ich meine Mom am schlimmsten Tag ihres Lebens alleingelassen habe, um an seiner überstürzten Die-Scheidungspapiere-sind-noch-nicht-unterschrieben-Feier teilzunehmen – tja, dann klingt es, als wäre ich ein Monster.

Und genau so fühle ich mich auch.

Vielleicht liegt es daran, dass er weiß, wie schwer es ist. Dass er es zumindest teilweise selbst erlebt hat. Und nicht als Kind, sondern als fast Erwachsener.

Dara meinte, sie könne sich kaum noch an die Scheidung ihrer Eltern erinnern. »Mit der Zeit wird es sich nicht mehr nach einer solchen Katastrophe anfühlen«, hat sie mehrmals zu mir gesagt.

Aber es ist eine Katastrophe.

Vielleicht liegt es daran, dass ich jetzt weiß, dass er mich versteht.

Oder dass er zumindest versuchen wird, mich zu verstehen.

Ich hole noch einmal tief Luft, dann fange ich an.

»Meine Eltern haben sich auch getrennt«, sage ich. »Aber sie werden nicht mehr zusammenkommen.«

Noah lässt seine Karten sinken. »Das tut mir leid. Das ist echt hart.«

Ich schüttele den Kopf. »Das ist es eigentlich gar nicht. Oder vielleicht doch, ich weiß nicht. Es ist fast ein Jahr her. Ich habe es verarbeitet. Ich meine, ich habe mich daran gewöhnt. Aber … Also …« Mann, ist das schwer.

»Was?«, fragt er.

Ich schüttele den Kopf. »Es ist peinlich.«

Noah legt den Kopf schief. »Alles ist peinlich, wenn man drüber nachdenkt. Ist schon okay.«

»Mein Dad hat uns verlassen. Das Übliche, du weißt schon,

nur dass es keine Arbeitskollegin war oder so, sondern eine verdammte Yogalehrerin, die er auf einer Wanderung kennengelernt hat.«

Noah runzelt die Stirn.

»Was?«, frage ich. »Was ist?«

Er schüttelt schnell den Kopf. »Nichts. Erzähl weiter.«

Ich verschränke die Arme, ich will die Geschichte so schnell wie möglich hinter mich bringen. »Also, ich bin letzten Sommer für zehn Tage nach Hudson gekommen. Ich habe seine neue Familie kennengelernt. Irgendwie mochte ich sie sogar – na ja, bis auf meine Stiefmutter.«

Noah schüttelt die Decke ab und stützt sich auf den Händen auf.

Einen Augenblick lang sage ich nichts, und er rückt näher. »Und was ist dann passiert?«, fragt er.

Ich merke, dass ich unwillkürlich an meinen Nägeln geknibbelt habe, und zwinge mich, damit aufzuhören. »Ich weiß nicht, was passiert ist – ich weiß es wirklich nicht. Meine Mom war schon immer überempfindlich, weißt du. Aber … als mein Dad weg war, kam sie gar nicht mehr klar …«

Er nickt aufmunternd.

Ich sehe sie wieder vor mir, wie sie mich anschrie, als ich ihr vorschlug, sie solle ihren Facebook-Account mal für eine Weile schließen.

Willst du jetzt auch noch so tun, als wäre das alles nicht passiert, so wie dein Dad?

»Sie wurde richtig besessen von seinem neuen Leben. Hat alles über Facebook verfolgt. Sie hat sogar den Instagram-Account meiner Stiefschwester rausgefunden.«

Noah lacht schwach. »Na ja, wir haben doch alle irgendwann mal versucht, unsere Verflossenen zu stalken.«

Ich schüttele den Kopf. »Bei ihr war es richtig krankhaft.

Und sie wollte mich da auch mit reinziehen. Ich habe ihr gesagt, dass ich das nicht will, aber es hat nichts gebracht. Und als die Einladung zur Hochzeit kam …«

»Hochzeit?«

Ich seufze. »Die Neue von meinem Dad ist ziemlich esoterisch drauf und wollte ihre Beziehung vor irgendwelchen Geistern offiziell machen oder was auch immer, deshalb haben sie sich für eine Treuezeremonie entschieden. Eine richtige Hochzeit kann sie nicht haben, weil meine Eltern noch nicht geschieden sind.«

»Und deine Mom war bestimmt richtig begeistert, oder?«, fragt Noah sarkastisch.

Ich zucke die Schultern. »Allerdings. Das Spionieren auf Facebook wurde immer schlimmer. Sie hat nur noch darüber geredet – sie hat mich nicht mehr gefragt, wie es in der Schule war oder auf welches College ich gehen will oder so – der ganze Kram, der mich früher genervt hat und den ich mit der Zeit richtig vermisst habe. Sie hat sich nur noch im Kreis gedreht, immer die gleichen Themen. *Wie kann sie mir das antun? Weiß sie denn nicht, dass wir noch nicht mal geschieden sind? Wie kann er da mitmachen?* Und so weiter. Wann immer von der Hochzeit die Rede war, ist sie völlig ausgetickt. Allein im letzten Monat hatte sie vier Panikattacken. Und ich musste mich um sie kümmern. Aber wenn ich vorgeschlagen habe, sie solle mal eine Pause vom Internet machen, hat sie mich nur angeschrien.«

Noah schüttelt den Kopf. »Das war bestimmt hart.«

Mir steigen Tränen in die Augen. »Ja, war es. Ich wollte einfach, dass es aufhört. Es war wie eine Achterbahn. Ich habe immer auf ihren nächsten Ausraster gewartet. Für heute hatte sie extra einen Plan gemacht. Sie wollte, dass wir zusammen *Gilmore Girls* und eine Menge traurige Filme schauen und

›füreinander da sind‹, was heißen soll, dass wir über meinen Dad herziehen. Gestern Abend habe ich ihr gesagt, dass ich darauf keine Lust habe, und dann ist sie unglaublich wütend geworden. Irgendwie *wollte* ich dann plötzlich zu dieser blöden Zeremonie kommen. Ich wollte ein Teil dieser Familie sein, denn auch wenn sie alle Idioten sind, die kein Problem damit haben, eine Ehe kaputt zu machen, fühlt es sich wenigstens so an, als wären sie geistig einigermaßen zurechnungsfähig. Normal.« Ich spüre, wie die ersten Tränen über meine Wangen kullern und wische sie weg. »Aber jetzt habe ich das Gefühl, dass ich mich auf seine Seite gestellt habe. Dass ich sie auch noch verlassen habe. Und es war alles umsonst. Ich habe es gar nicht zur Hochzeit geschafft.«

Noah wartet ab, ob ich noch etwas sage. »Oh Mann«, sagt er dann. »Das tut mir echt leid. Das ist schrecklich. Es ist so traurig.«

»Wem sagst du das«, erwidere ich und versuche zu lachen, doch es kommt nur ein ersticktes Schluchzen heraus. Noah beugt sich näher zu mir, aber ich hebe die Hand. »Nein«, sage ich. »Alles okay. Ich brauche nur ein Taschentuch.«

Sofort steht er auf und geht zu dem klapprigen Waschtisch im Bad. Er zieht die ganze Taschentücherbox heraus, und der Metallbügel, der sie gehalten hat, landet mit einem Klirren auf dem Boden.

»Hier«, sagt er und reicht mir die Box. Ich nehme zwei Tücher und wische mir die Augen. Meine Wimperntusche hinterlässt schwarze Streifen darauf.

»Das bereust du also am meisten?«, fragt er. »Dass du deine Mom alleingelassen hast, um zu dieser Hochzeit zu fahren?«

Ich schüttele den Kopf. »Nein, das ist es nicht. Das ist es überhaupt nicht.«

Es war nicht das erste Mal, dass mein Geburtstag mit Thanksgiving zusammenfiel – es war das dritte Mal, um genau zu sein –, aber es war mein siebzehnter Geburtstag. Irgendwie fühlte es sich besonders an.

Und natürlich war es nicht das erste Mal, dass meine Mom an einem Feiertag ausflippte – aber auch das war diesmal etwas Besonderes.

Ich wünschte mir seit zwei Monaten einen E-Reader. Als begeisterte Leserin, die ich war, hatte ich den Geräten anfangs natürlich skeptisch gegenübergestanden – die Romantik des Papiers und so weiter –, doch dann erfuhr ich, dass man auch Bücher aus der Bücherei daraufladen konnte, und plötzlich wollte ich dieses kleine Spielzeug für Bücherwürmer mehr, als ich mir je irgendetwas gewünscht hatte.

Meine Eltern waren nie besonders spendabel gewesen. Nicht, dass sie knauserig waren oder so – sie lebten einfach eher sparsam. Die Geste zählte mehr als das Preisschild. Deshalb lag das Gerät mit über hundert Dollar weit außerhalb meiner Möglichkeiten.

Trotzdem startete ich meine Kampagne. Ich erklärte meinen Eltern, wie wichtig der Reader für meine Bildung sei und dass ich ihn in ein paar Jahren auch auf dem College nutzen könnte.

Ich erinnerte sie daran, dass es nicht nur mein Geburtstag war – es war noch dazu Thanksgiving.

Ich lieferte jede Menge stichhaltige Argumente. Und muss sie wirklich überzeugt haben, denn ich bekam meinen Willen.

Mein Dad sah an jenem Morgen sehr glücklich aus. Meine Mom auch. Ich war noch im Schlafanzug und schaute mir wie immer an Thanksgiving die Festtagsparade im Fernsehen an. Snoopy wandelte gerade die Sixth Avenue entlang, als meine Eltern hereinkamen.

»Bereit für die Geschenke?«, fragte meine Mom. Sie war

schon angezogen. Sie trug eine schwarze Caprihose und das beige Seidentop, das Dad von seinem Chef aus Paris hatte mitbringen lassen. Mein Dad machte immer solche Sachen. Dinge, die ihr das Gefühl gaben, etwas Besonderes zu sein. Sie hatte sich die Haare zu einem Knoten hochgesteckt, eigentlich, damit sie ihr beim Kochen nicht ins Gesicht fielen, was aber noch dazu verdammt schick aussah. Mein Dad war wie ich noch im Schlafanzug – eine Flanellhose und ein T-Shirt von den Carolina Panthers. So wie er sie in Momenten wie diesem anschaute, konnte man sehen, dass er sie liebte. Dass er sie sehr schön fand.

Aber natürlich war mir das damals völlig egal. Ich konzentrierte mich nur darauf, meine unvermeidliche Enttäuschung zu verbergen, wenn ich den E-Reader nicht bekam.

»Klar«, sagte ich, stellte die Lautstärke herunter und setzte mich im Schneidersitz aufrechter hin.

Meine Mom zog eine Schachtel hinterm Rücken hervor. »Das ist von uns beiden. Alles Gute zum Geburtstag!«, sagte sie.

Die Schachtel war klein und hatte die Form eines Buchs. Ich sah erst meine Mom an, dann meinen Dad, und streckte eifrig die Hände danach aus.

Als der Reader ausgepackt war und ich die Gesamtwerke von Jane Austen, Henry James und Thomas Hardy darauf gespeichert hatte, nahm Mom mich beiseite.

»Ich weiß, dass Feiertage bei uns nicht immer perfekt waren«, sagte sie zu mir. »Aber von jetzt an wird alles anders. Wir werden ein perfektes Thanksgiving und du einen perfekten Geburtstag haben. Das hast du verdient.«

Ich hätte erwidern sollen, dass nichts auf der Welt perfekt ist. Ich hätte ihr sagen sollen, dass Perfektion mir nicht wichtig ist. Vielleicht wäre dann alles anders gekommen.

Diesmal hatten wir genug Yams. Und meine Mom bemühte

sich. Wirklich. Der Truthahn war im Ofen – er war fast fertig –, und eine Menge Auflaufformen standen bereit, um hineingeschoben zu werden, sobald er draußen war. Grüne Bohnen (die liebe ich) und Marshmallows. Käsemakkaroni für meinen Dad. Wir würden noch tagelang von den Resten zehren können.

Der Truthahn sollte weitere zwanzig Minuten backen, und meine Mom bat mich, den Kartoffelbrei im Auge zu behalten, während sie nach oben ging und sich schminkte und mein Dad den Esszimmertisch deckte.

Ich sollte den Kartoffelbrei rühren, damit er nicht anbrannte.

Es war das erste Mal, dass sie den Kartoffelbrei selbst und nicht aus der Tüte zubereitet hatte, und deshalb war es ihr so wichtig.

Ich war allerdings mit meinem brandneuen E-Reader beschäftigt, auf den ich *Die Heimkehr* von Thomas Hardy geladen hatte, und – na ja – ich weiß nicht mehr, was genau passiert ist, aber plötzlich roch es verbrannt, und meine Mom kam in die Küche gestürzt, das eine Auge schon mit Eyeliner umrahmt, das andere noch nicht, und schrie.

»Wie kannst du so undankbar sein? Nach allem, was ich für dich getan habe? Nachdem dein Vater und ich dir dieses teure Ding gekauft haben? Ich bitte dich um *eine* Sache, damit unser Essen nicht ruiniert ist, und du kriegst nicht mal das hin!«

Mein Dad kam sofort in die Küche, aber er konnte sie nicht bremsen. Sie hatte Tränen in den Augen, und ihr Gesicht war knallrot.

»Ich will einfach nur einen verdammten Feiertag, an dem nicht alles schiefgeht. Ist das zu viel verlangt?«

»Es tut mir leid«, stammelte ich, knallte den Reader auf die Arbeitsplatte, drehte die Hitze runter und versuchte, die Kartoffeln zu retten. Ich spürte, dass auch mir die Tränen kamen. »Es tut mir leid. Ich war wohl so vertieft.«

Sie rannte an mir vorbei und nahm sich den Reader. Mein Dad schrie jetzt auch, aber sie hörte nicht auf ihn. »Du wünschst dir dieses teure Ding von uns, und *so* zeigst du uns deine Dankbarkeit. Ich gebe es wieder zurück!«

»Nein!«, schrie ich. »Das kannst du nicht machen. Er gehört mir!«

Ich versuchte, ihn ihr wegzunehmen.

Aber sie ließ nicht los. Sie riss daran, und ich riss daran, und ich weiß nicht, wie genau es passierte, wir müssen beide im selben Moment losgelassen haben, denn er flog ihr aus der Hand und knallte gegen die Wand. Er hinterließ eine kleine Macke im eierschalenfarbenen Putz.

Ich glaube, das war der Moment, in dem es für meinen Dad gelaufen war. In dem er offiziell aufgegeben hat. Am nächsten Tag meldete er sich für die Wanderung an. Zwei Wochen in Patagonien Anfang März. Ich hatte Schule, konnte also nicht mitfahren. Er bot meiner Mom halbherzig an, ihn zu begleiten, obwohl er genau wusste, dass sie niemals zwei Wochen mit dem Rucksack durch die Berge laufen würde. In den nächsten drei Monaten war er rund um die Uhr damit beschäftigt, diese Reise zu planen und mit den anderen Teilnehmern in der Facebook-Gruppe zu chatten. Er schien nicht einmal zu merken, wie sehr meine Mom sich bemühte, sich zu verändern. Ich glaube, es spielte keine Rolle mehr für ihn.

Ich versuche mir einzureden, dass es vielleicht nicht meine Schuld war, aber es lässt sich nicht leugnen: Wenn ich sie nicht so unter Druck gesetzt hätte – wenn ich mir nicht dieses dumme, sinnlose Geschenk gewünscht hätte –, dann hätte er vielleicht nicht diese Reise gemacht und vielleicht hätte er Sophie nie kennengelernt. Vielleicht wäre meine Familie dann noch meine Familie. Vielleicht wäre ich dann gar nicht hier.

NOAH
20:02

Wir sitzen uns so nah gegenüber, dass sich unsere Knie beinahe berühren. Nach allem, was sie mir gerade erzählt hat, muss ich mich stark zurückhalten, sie nicht einfach in den Arm zu nehmen.

Sie hatte recht. Es ist keine Tragödie. Kein Krebs. Kein Autounfall. Kein Kindesmissbrauch.

Aber ich spüre, dass es sie zerreißt.

Es würde mich auch zerreißen.

»Das ist es, was ich am meisten bereue«, sagt Ammy schließlich. »Okay?«

Ich sehe sie an und schüttele den Kopf. Ihre Augen sind nicht mehr feucht. Sie sind traurig, leer, verloren. Ich wünschte, sie hätte das nicht durchmachen müssen. Ich wünschte, das Leben hätte ihr ein paar andere Karten ausgeteilt.

Ich bekomme ja schon Schuldgefühle, wenn ich nur daran denke, dass Ammys Füße hätten erfrieren können. Dass ich mit Rina Schluss gemacht habe und was mit einem anderen Mädchen hatte. Aber zu glauben, man hätte die eigenen Eltern dazu gebracht, sich zu trennen, so irrational es auch sein mag – das muss schrecklich sein.

»Du weißt, dass es nicht deine Schuld ist, oder?«, frage ich sie.

Sie zuckt die Schultern und zieht die Decke höher, bis übers Kinn, sodass nur ihr kleiner Mund und ihre großen Augen zu sehen sind. »Das musst du ja sagen. Dass ich das Kind bin und sie die Mutter ist und so weiter. Dass ich Fehler machen darf, sie aber nicht. Aber wenn ich nicht so egoistisch gewesen wäre – wenn ich sie nicht so mit diesem Reader unter Druck gesetzt hätte oder wenn ich wenigstens auf die verdammten Kartoffeln aufgepasst hätte, wie ich sollte –, wäre das alles nicht passiert, und mein Dad wäre noch bei uns.«

»Das glaube ich nicht. Dann wäre eben etwas anderes passiert. Es war der –«

»Tropfen, der das Fass zum Überlaufen gebracht hat. Ich weiß. Ich bin ja nicht blöd. Ich kann auch Ratgeber im Internet lesen. Meine Stiefschwester hat das Gleiche gesagt. Aber trotzdem. Vielleicht wäre es mit ihr wieder besser geworden. Es ging ihr tatsächlich schon besser, bevor er uns verlassen hat. Nach Thanksgiving ist sie doppelt so oft zur Therapie gegangen und hat ein neues Antidepressivum ausprobiert. Aber da war er schon dabei, diesen blöden Trip zu planen, auf dem er seine Neue kennengelernt hat. Wenn das alles nicht genau zu der Zeit passiert wäre, hätten sie sich nie getroffen …«

»Aber es ist nicht deine Schuld«, wiederhole ich. »Wirklich nicht.«

Ihre Augen bohren sich in meine, scharf, fragend. »Und warum ist es dann passiert?«

Ich senke den Blick, reibe die Decke zwischen den Fingern und zupfe an einem losen Faden. »Vielleicht hat es einfach nicht mehr funktioniert. Vielleicht ist es schon lange darauf zugesteuert.«

Zum ersten Mal ist ihr Blick kühl. »Du hast gut reden, Mr Meine-Eltern-sind-auf-Liebeskreuzfahrt.«

Ich lache schwach und zupfe weiter an der Decke herum. Ich wünschte, ich könnte sie berühren. Sie in den Arm nehmen. Das alles verschwinden lassen.

Ich seufze. »Es tut mir leid. Wirklich.«

Endlich sieht sie mir wieder in die Augen. »Ich weiß, das sagen alle, aber ich sage es nicht nur so. Es tut mir leid, dass du das durchmachen musstest. Es tut mir leid, dass du dir die Schuld daran gibst, obwohl es nicht deine Schuld ist.«

Sie starrt mich an, langsam scheint sie mir zu glauben. »Danke«, sagt sie. »Es ist einfach alles so ein Mist. Und es ist Mist, dass ich sie ausgerechnet heute alleingelassen habe. Deshalb wollte ich es dir nicht sagen. Na ja, unter anderem. Ich fühle mich so mies, dass ich einfach in den Zug gestiegen bin, um die falsche Hochzeit von meinem Dad zu feiern, während meine Mom buchstäblich zusammenbricht.«

»Im übertragenen Sinne«, korrigiere ich automatisch.

Sie bringt ein kleines Lachen zustande. »Normalerweise stört mich das auch, aber im Augenblick ist mir das total egal.«

Ich sehe Ammy an. Ich weiß, dass ich sie nicht überzeugen kann. Nicht in einer Nacht. Oder mit ein paar Worten. Ich weiß, wie es sich anfühlt, das Was-wäre-wenn. Es ist immer da und lauert dir auf. Es ist nicht leicht, allein dagegen anzukommen.

Manchmal braucht es einen Fremden im Zug, um den Mut zu finden, sich nicht mehr zu fragen … *was wäre wenn.*

Ich verschränke die Arme und grinse. »Wenigstens weiß ich jetzt, woher dein Hass auf E-Reader kommt.«

Ammys Gesicht hellt sich auf, und sie lacht. »Jetzt bin ich wohl nicht mehr glaubwürdig, was?«

Ich zucke die Schultern. »Vergiss es.«

Sie nimmt sich einen Cheeto und nippt an ihrer Cola. »Weißt du, mein Dad hat mir noch am selben Abend einen neuen bestellt, aber ich habe ihn gebeten, ihn zurückzuschicken. Ich habe behauptet, dass ich es mir anders überlegt hätte, dass er doch nicht so sei, wie ich ihn mir vorgestellt habe. Ich habe so gut gelogen, dass ich mich selbst überzeugt habe.« Sie lächelt.

»Du kannst dir jederzeit meinen ausleihen«, sage ich.

Da erst wird mir so richtig klar, was ich bis jetzt verdrängt habe. Sie wohnt gar nicht hier. Nicht in Hudson. Nicht in New York. Nicht mal in der Nähe. Das habe ich zwar schon die ganze Zeit gewusst, aber jetzt bricht es mir plötzlich das Herz.

Wir haben so wenig Zeit zusammen.

Wir sollten das Beste daraus machen.

Sie schüttelt den Kopf. Ich frage mich, ob sie das Gleiche denkt wie ich. »Schon okay. Bücher sind mir sowieso lieber.«

»Dann muss ich dir eben ein Buch von *Die Tribute von Panem* schicken«, sage ich. »Und jedes andere kommerzielle Buch, über das du dich lustig machst, ohne es gelesen zu haben.«

»He!«, entgegnet sie. »Das war jetzt gemein.« Sie nimmt ihre Karten wieder auf. »Na schön. Ich bin dran. Hast du Buben?«

Ich gebe ihr meine Buben.

»Ich hatte im Zug einen verrückten Gedanken«, sagt sie dann. Unsere Finger berühren sich kurz.

»Und zwar?«, frage ich.

»Ich weiß nicht, ich dachte nur – was, wenn ich länger als eine Woche bleiben könnte, wenn ich nicht nach Virginia zurückmüsste? Was, wenn die Familie von meinem Dad meine neue Familie wird?«

Ich lege den Kopf schief und versuche, mein hämmerndes Herz zu beruhigen, locker zu bleiben. »Man kann nie wissen. Vielleicht sind wir irgendwann Nachbarn.«

Als sie aufblickt, lächelt sie. Besser gesagt, sie strahlt.

»Eins nach dem anderen«, sagt sie. »Und jetzt gib mir deine Vieren.«

AMMY
20:11

Das Spiel geht zu Ende, und seltsamerweise gewinnt Noah.

Es ist schon nach acht, die Nacht rückt näher. Ich glaube nicht, dass ich jemals so lange mit einem Typen allein war – erst recht nicht in einem Motelzimmer.

Plötzlich fällt mir ein, was Kat gesagt hat, als ich das zweite Mal zu Besuch war. Eines Abends war eine Party, auf die sie unbedingt gehen wollte. Wir mussten uns dafür rausschleichen, uns zu sechst in ein winziges Auto quetschen und Sophie und meinen Dad anlügen. Ich war gar nicht scharf darauf, zu trinken – Dad hat mir manchmal zum Essen ein Glas Wein eingeschenkt, ich wusste also, wie guter Wein schmeckt, und hatte nicht das Verlangen danach, irgendwo im Wald billiges Bier zu trinken –, aber schon die Rebellion an sich war zu viel für mich. So was hatte ich noch nie gemacht.

»Du bekommst diesen Abend nur einmal, Ammy«, sagte Kat. »Du bekommst ihn nie wieder. Glaubst du wirklich, du wirst es in fünfzig Jahren bereuen, dass du auf irgendeine Party im Wald gegangen bist? Unsere Eltern machen doch auch, was sie wollen, sie machen sogar Ehen kaputt – und wir? Mach dir nicht so viele Sorgen um andere. Manchmal muss man einfach etwas *tun.*«

Die Party war richtig gut. Kat hatte recht gehabt. Hundertprozentig.

Du bekommst diesen Abend nur einmal.

Und dieser Abend hier findet zufällig in einem Motelzimmer statt.

Der Gedanke ist elektrisierend und aufregend und beängstigend zugleich. Er bringt mein Herz zum Rasen und meine Handflächen ins Schwitzen und meine Lippen zum Zittern.

Ich sehe ihn an. Er versucht, die alten Karten wieder in die Schachtel zu schieben, und sitzt so dicht vor mir, dass ich seinen Atem spüren kann. Zwei heiße Körper in einem kalten Raum.

Einer kalten Welt.

Es schneit immer noch – das sehe ich durch den Fensterspalt, der nicht vom Vorhang bedeckt ist. Ich will mir gar nicht vorstellen, was hätte passieren können, wenn wir weitergefahren wären.

Ich hebe den Blick, und er fängt ihn auf. Er muss die Aufregung auch spüren, diese Spannung in der Luft.

»Ganz schön kalt hier, oder?«, sage ich.

Zu meiner Enttäuschung steht Noah auf, seine Knie verlassen meine, und er geht zur Heizung. »Angeblich steht die auf 27 Grad. Ich glaube, das ist eine Übertreibung.« Er tritt gegen den Heizkörper, der wackelt, als wäre er hundert Jahre alt. Dann zieht er den Vorhang zurück und schaut nach draußen. Es ist stockdunkel, aber die Lampen auf dem Parkplatz erleuchten eine glänzende weiße Decke, die über allem liegt, jeder Bewegung, jedem Schritt, jeder Spur. Es fühlt sich an wie ein Schutzschild, als könnte niemand uns sehen, als wären wir ganz allein hier.

Es ist schön.

Noah zieht den Vorhang wieder zu, kommt zum Bett zurück und setzt sich mir gegenüber. Seine Knie nehmen ihre ursprüngliche Position wieder ein, nur dass sie jetzt noch näher zu sein scheinen. Er blickt auf und fängt meinen Blick ein. Er schaut nicht weg.

Ich habe das Gefühl, dass ich nicht mehr atmen kann. Gleich explodiert mein Herz, und morgen steht in der Zeitung, dass eine Achtzehnjährige vor Aufregung gestorben ist, weil sie zum ersten Mal mit einem Typen eine Nacht im Motelzimmer verbracht hat.

»Möchtest du etwas von der Decke?«, frage ich.

Er schüttelt den Kopf. »Ich habe das hier.« Er zieht die Tagesdecke wieder hoch.

Ich halte ihm einen Zipfel hin. »Das ist keine Decke, das ist ein Kratzding.«

Er lacht, greift aber nicht nach dem Zipfel.

Mein Herzschlag nähert sich wieder dem bedenklichen Bereich, aber plötzlich packt mich der Mut. Ich denke daran, was ich ihm erzählt habe und dass sein Gesicht nicht den Hauch von Ablehnung gezeigt hat – keine Missbilligung, keine Verlegenheit, kein Unbehagen –, nur Mitgefühl.

»Komm schon«, sage ich.

Ich warte nicht, dass er sich bewegt. Ich tue es selbst. Vielleicht liegt es am Sturm oder daran, dass wir seit fast neun Stunden zusammen unterwegs sind. Vielleicht auch an seinem besorgten Blick, als ich ihm alles erzählt habe, als wäre es für ihn das Wichtigste auf der Welt, dass es mir gut geht.

Vielleicht ist es aber auch weniger kompliziert – vielleicht mag ich ihn einfach. Wer weiß? Vielleicht mag er mich auch.

Er muss, sage ich mir. Ich fühle es.

Vielleicht weiß er, dass seine Ex die Falsche für ihn ist. Vielleicht fühlt er, was ich fühle.

Vielleicht ist das alles im Moment auch völlig egal. Genau jetzt. Genau hier.

Ich strecke den Arm mit der Decke aus und hülle auch ihn darin ein.

Ganz kurz sieht er verblüfft aus, aber dann entspannen sich seine Schultern, und er zieht sie enger um sich – wir zwei, in unserem kleinen Kokon, geschützt vorm Wetter, vor Familien und Exfreundinnen, vor allem, was unwichtig ist, zumindest in diesem Augenblick.

Mein Herz hämmert. Mein Atem geht schnell. Aber nicht, weil ich Panik habe – oder es ist eine besondere Art der Panik, eine angenehme.

Er gibt den Versuch auf, die Karten in die Schachtel zu quetschen, und wirft sie einfach vom Bett. Sie fallen auf den Boden wie Schneeflocken.

Dann lehnt er sich näher zu mir, so nah, dass unsere Gesichter nur noch wenige Zentimeter voneinander entfernt sind.

»Hättest du heute Morgen damit gerechnet, dass du dir ein Zimmer mit einem Fremden teilen würdest?«, fragt er, während er die Hand hebt und mir eine Strähne hinters Ohr streicht.

»Ammy, süß und klar«, fügt er hinzu.

Meine Haut fühlt sich an, als würde sie brennen, heiß und kribbelig.

Mein Handy vibriert.

Wir schauen beide hinüber.

»Musst du da rangehen?«, murmelt er.

Ich schüttele den Kopf. »Das ist bestimmt nur Kat.«

Er weicht ein Stück zurück und lässt die Hand sinken. »Kat?«, fragt er.

»Meine Stiefschwester«, sage ich und lege die Hand an seine Wange, die rau und stoppelig und perfekt ist. Ich ziehe ihn zu mir. »Einfach ignorieren.«

NOAH
20:14

Sie sagt, ich soll den Anruf ignorieren, also ignoriere ich ihn.

Ich neige mich zu ihr, weil ich Angst habe, es sonst zu bereuen. Ich habe Angst, mir mein Leben lang zu wünschen, ich hätte anders gehandelt.

Meine Lippen berühren ihre, anfangs ganz sanft. Sie weicht nicht zurück. Ich beuge mich näher zu ihr und drücke mich an sie. Sie lehnt sich zurück, sodass ich auf ihr liege. Ich spüre jeden Kuss bis in die Zehenspitzen.

Ihr Körper ist weich und einladend. Er passt perfekt zu meinem.

Ihre Lippen, ihre Wangen, ihre Zunge sind warm. Wärmer als die Decke über uns.

Sie rollt sich auf mich, und meine Hände wandern an ihren Hinterkopf. Ich streiche ihr durch die Haare, fühle die seidenweiche Haut an ihrem Nacken und die Hitze unter ihrem Pullover.

Sie zu küssen fühlt sich an, wie zum Leben zu erwachen. Mächtig und kraftvoll. Heiß und wild.

Wir rollen uns wieder herum. Diesmal bin ich oben, und ihre Hände legen sich um meinen Nacken. Es ist aufregend, ergreifend, vertraut und doch anders als alles, was ich kenne.

Sie zieht mich sanft an den Haaren zu sich.

Alles fühlt sich so richtig an.

Anders als je zuvor. Echter.

Gegenwärtiger.

Ich will, dass dieser Moment immer und ewig währt. Ich will dieses Motelzimmer nie wieder verlassen. Der Sturm soll niemals enden.

Ich will einfach hierbleiben.

Ich hebe den Kopf, um Luft zu holen. Ihr Gesicht ist gerötet. Ihr Atem geht schwer.

Ich lächele. Ihr Blick ist ermunternd. Ihr kurzes Haar zerzaust. Sie ist so perfekt, eingekuschelt in ihre Decke.

Wir sind so perfekt.

Zusammen.

»Wow«, sagt sie.

Ich nicke. »Wow.«

Und die Wahrheit ist so klar. Klarer denn je.

Egal, was ich geglaubt habe oder warum ich hier bin oder was uns an diesen Ort geführt hat … Ich bin total, komplett, absolut verrückt nach ihr.

AMMY
20:32

Er schaut mich an, als wäre ich ein Filmstar, als wäre ich das Wunderbarste, was er je gesehen hat.

So hat mich noch nie jemand angeschaut.

Ich beuge mich vor und gebe ihm einen kleinen Kuss auf den Mund. »Damit hättest du nicht gerechnet, was?«

Ich entdecke winzige Sommersprossen um seine Augen. Einzelne rotblonde Härchen in den dunklen Augenbrauen. Sein Haaransatz ist kantig wie ein Gebirge, und seine Bartstoppeln sind kräftig. Seine Wimpern sind dichter als meine und seine Augen aus der Nähe beinahe grün.

Ich sehe, dass er mich mag.

»Nie«, erwidert er. »Aber ich bin froh, dass es so gekommen ist.«

Er legt die Lippen wieder auf meine, und schon beginnt die Achterbahn von Neuem.

Er ist drängend und stark und gleichzeitig geduldig und sanft.

So bin ich noch nie geküsst worden.

Ich will, dass dieser Kuss nie zu Ende geht.

Aber irgendwann taucht er aus unserer Umarmung auf, schaut mich an und sagt das Perfekteste, was man nur sagen kann, als hätte er ein Lehrbuch gelesen, Kapitel 11: *Wie man das Herz einer Leseratte gewinnt.*

»Du bist wie ein Buch, in dem ich ewig lesen möchte.«

Kitschig, ich weiß. Aber so ist er nun mal.

Und prompt zeigt mein Herz alle möglichen kitschigen Reaktionen, von denen ich gar nicht wusste, dass es dazu fähig ist. Flattern. Rasen. Fliegen. Endlich verstehe ich, was Simone damit meinte, als sie sagte, bei Noras Anblick habe sie Schmetterlinge im Bauch.

Minuten später – oder auch Stunden, es ist schwer zu sagen – taucht Noah wieder auf und sagt: »Weißt du, was? Wir hatten noch gar keinen Nachtisch.«

Ich schaue auf die Uhr und stelle fest, dass zwei Stunden vergangen sind. Wir lachen. Er küsst mich auf die Stirn und springt aus dem Bett. »Ich wage mich in die Kälte zum Snackautomaten, damit meine Angebetete ihr Dessert bekommt.«

Ich verdrehe die Augen. »Du übertreibst es echt!«

Er lacht und küsst mich wieder.

Als er zurück ist und wir unsere Zimtschnecken mampfen, den Fernseher einschalten und zwischen der Wettervorhersage und einem alten Film aus den Achtzigern, den ich schon mal mit meiner Mom gesehen habe, hin und her zappen, fühle ich mich so …

Geborgen.

Mir wird klar, dass ich mich seit richtig langer Zeit nicht mehr so sicher und behütet gefühlt habe.

Ich überlege, ob ich es ihm sagen soll, aber ich glaube, dass er es schon weiß.

Denn ich bin ziemlich sicher, dass es ihm genauso geht.

NOAH
4:57

Ich werde von einem Werbespot im Fernsehen wach. Ich habe keine Ahnung, wann wir eingepennt sind.

Das Erste, was ich sehe, ist Ammy. Sie liegt nur wenige Zentimeter von mir entfernt, ihre Augen sind geschlossen, ihr Gesicht ist friedlich. Sie schnarcht, aber ein winziges, niedliches Schnarchen.

Wir liegen in unseren Klamotten auf der Decke, zwischen uns die Folie von den Zimtschnecken. Die Nachttischlampe ist an, aber durch die Vorhänge dringt kein Licht. Es muss noch sehr früh sein.

Ich greife nach der Fernbedienung und schalte den Fernseher aus.

Ich muss dringend aufs Klo.

Ich setze mich auf. Sie scheint einen leichten Schlaf zu haben, denn sie wird unruhig.

Es gibt so vieles, was ich nicht von ihr weiß.

So vieles, was ich wissen will.

Sie öffnet blinzelnd die Augen. »Wie spät ist es?«, fragt sie.

Ich werfe einen Blick auf den Wecker auf dem Nachttisch. »Fünf. Schlaf weiter.«

Sie lächelt mit schweren Lidern. »Es ist komisch, aufzuwachen und dich zu sehen.«

»Schön, was?«

Sie nickt.

»Find ich auch, aber ich muss wirklich aufs Klo.«

Sie nickt wieder.

Ich beuge mich vor und gebe ihr einen Kuss, dann gehe ich ins Bad.

Das Licht über dem Spiegel ist grell. Mein Gesicht sieht blass aus, meine Augen rot. Könnte an der staubigen Tagesdecke liegen, die in Motels angeblich nie gereinigt werden.

Plötzlich erinnere ich mich an das, was Ammy kurz vor unserem ersten Kuss gesagt hat.

Das ist bestimmt nur Kat.

Das kann nicht sein, denke ich. Das wäre ein zu großer Zufall. Zu verrückt.

Meine Grandma behauptet zwar immer, die Welt sei klein, aber ich sehe das etwas logischer. Man nennt das Bestätigungstendenz. Sie ignoriert einfach die vielen Gelegenheiten, bei denen es *keine* Übereinstimmung gibt. Obwohl die Welt ihr ständig zeigt, dass sie nicht klein ist, wertet sie Zufälle, wie, dass neben ihrem Haus in Jersey meine alte Grundschullehrerin einzieht, als Beweis, dass die Welt eben doch klein ist.

Aber das ist sie nicht.

Nicht *so* klein.

Wir fahren beide in die gleiche Stadt.

Wir sind etwa gleich alt.

Und trotzdem. Das war ein langer Zug.

Das kann nicht sein.

Ich trockne mir die Hände ab, öffne die Tür und beschließe, es zu vergessen.

Es kann nicht sein. Unmöglich.

AMMY
5:03

Ich strecke mich auf dem Bett aus, rekele mich auf der steinharten Matratze und dem kratzigem Bettzeug und betrachte den körnigen Putz an der Decke. Ich bin ganz entspannt. Jeder Muskel meines Körpers fühlt sich lebendig und ruhig zugleich an.

Ich betaste meine Lippen, um mich zu vergewissern, dass das gestern Abend wirklich passiert ist.

Es ist alles wirklich passiert. Und mein blöder Schwur und alles, was ich mir bisher über die Liebe eingeredet habe, sind mir plötzlich völlig egal. Es interessiert mich nicht mehr, weil sich das hier gut anfühlt.

Ich überlege, was der Morgen wohl bringen wird. Wir werden weiterfahren, endlich unser Ziel erreichen, das jetzt ganz anders aussieht als zu dem Zeitpunkt, als wir losgefahren sind, und damit meine ich nicht nur die Reiseroute.

Wie viel Zeit bleibt uns noch zusammen?

Wird er mich wiedersehen wollen?

In dem Augenblick geht die Badezimmertür auf, und sein Lächeln beantwortet meine Frage. Er kommt mit schnellen Schritten durchs Zimmer, springt aufs Bett und beugt sich zu mir.

Ich lehne mich zurück und hebe eine Hand vors Gesicht.

»Hast du ein Pfefferminz oder so? Ich brauche erst mal einen frischen Atem.« Ich weiß, angeblich ist es romantisch, neben einem Jungen aufzuwachen, aber so richtig romantisch ist es dann doch nicht, wenn man noch die Cheetos vom Vorabend schmecken kann.

Er lächelt. »Das ist mir egal.«

Ich verziehe das Gesicht. »Mir aber nicht.«

»In meiner Tasche sind welche«, sagt er und zeigt auf seine Umhängetasche, die er an das andere Bett gelehnt hat.

Ich drehe mich auf den Bauch und strecke den Arm aus, und Noah gibt mir einen Klaps auf den Po.

»Mach schnell«, sagt er.

»Nicht so ungeduldig«, erwidere ich über die Schulter.

Ich stütze mich mit einer Hand am Boden ab, mit der anderen öffne ich den Reißverschluss der vorderen Tasche.

Ich stecke die Hand hinein und ertaste die glatte Dose mit den Altoid-Pfefferminzbonbons.

Doch als ich den Reißverschluss weiter öffne, vergesse ich die Bonbons, den frischen Atem und alles andere.

Denn zwischen Kassenbons und zusammengefalteten Papieren fällt mein Blick auf etwas… das nicht sein kann.

Mein Herz rast, ich kneife die Augen zusammen und öffne sie wieder und hoffe, dass es verschwindet, aber es ist immer noch da.

Sie ist immer noch da.

Ich setze auch die zweite Hand auf den Boden, klettere aus dem Bett, ziehe das Foto aus der Tasche und starre es an.

»Was ist?«, fragt Noah. »Stimmt was nicht?«

Da ist sie. Direkt vor mir. Auf einem glänzenden Polaroidstreifen, mit einer pinken Federboa um den Hals und einem Zylinder auf dem Kopf.

Lacht.

Grinst.

Albert herum.

Mit ihm.

Ist das irgendein kranker Scherz?

Ich starre sie an, als könnte ich sie zum Verschwinden bringen. Meine Hände beginnen zu zittern.

Ich wende mich langsam um, das Zimmer beginnt sich zu drehen, und ich habe das Gefühl, dass ich gleich umkippe oder mich übergeben muss, doch bei seinem Anblick verschwindet das Gefühl.

Stattdessen würde ich am liebsten schreien.

Er schaut mich an, und sein Lächeln verblasst, als er mein Gesicht sieht.

»Was ist?«, fragt er. »Ist alles in Ordnung?«

Dann fällt sein Blick auf den Fotostreifen in meiner Hand.

Und er weiß, was los ist.

NOAH
5:08

»Sag mal, willst du mich verarschen?«, fragt sie. Ihr Gesicht ist rot, und so, wie sie sich vor mir aufbaut, wirkt sie wie eine Riesin.

Ich fühle mich, wie ich mich immer gefühlt habe, wenn Rina mich runtergemacht hat. Klein. Hilflos.

Aber das ist nicht das Gleiche, das weiß ich. Das hier ist anders. Ammy hat recht.

Ich stehe auf und spüre die Angst im ganzen Körper, vom Kopf bis zu den Zehen.

Mein Blick fällt auf die Decke, die uns vor nicht allzu langer Zeit – jetzt scheint es ewig her zu sein – umhüllt hat und nun zusammengerollt auf dem Bett liegt.

»Was ist los?«, frage ich wieder.

Dabei weiß ich es schon. Ich will es nicht glauben, aber ich weiß es.

Sie kommt näher. Ihre Stimme ist laut. »Willst du mich verarschen?«, fragt sie wieder und hält mir den Fotostreifen hin.

Ihre Augen füllen sich mit Tränen. Verdammt.

»Nein«, sage ich, schüttele den Kopf und gehe ums Bett herum, um näher bei ihr zu sein.

Ich will sie in den Arm nehmen. Ich will ihr sagen, dass das alles ein Riesenmissverständnis ist.

Ich habe Angst, dass ich sie nie wieder in den Arm nehmen kann.

Sie weicht zurück.

»Ich hätte es wissen müssen«, sagt sie, mehr zu sich als zu mir. »Ich hätte wissen müssen, dass nichts Gutes dabei herauskommen kann.«

Ich schaue mich um, unser kleines Zimmer, unser Unterschlupf. Plötzlich fühlt es sich wie ein Gefängnis an.

»Was bist du, ein Verrückter? Ein Sadist? Ich kapiers nicht.«

Wieder gehe ich zu ihr und lege ihr eine Hand auf die Schulter. »Darf ich es dir erklären? Bitte?« Meine Stimme versagt.

Sie schüttelt meine Hand ab und hält mir den Fotostreifen unter die Nase.

Ich muss ihn nicht ansehen, um zu wissen, was darauf ist. Es ist das einzige Foto, das ich noch von Rina habe.

Nach unserer Trennung hat sie mir eine letzte Nachricht geschickt, in der sie schrieb, dass sie nichts mehr mit mir zu tun haben will und mich überall geblockt hat.

Sie hatte sich tatsächlich rundum abgeschottet. Sie wurde nicht mal mehr bei meinen Facebook-Kontakten angezeigt. Ihre Instagram-, Snapchat- und Twitter-Accounts waren nicht mehr öffentlich. Und sie hatte alle Fotos gelöscht – jeden Moment, den wir zusammen erlebt hatten.

Auch auf meinen eigenen Accounts, das war das Schlimmste. Alles weg.

Sie hatte so oft meinen Laptop benutzt, dass sie mein Passwort kannte: *rinarina0301*.

Mein Name für sie und das Datum unserer ersten Verabredung.

Es war ihr gelungen, jedes Foto, jede Statusmeldung, alles, was wir zusammen erlebt hatten, zu löschen. Sie hat uns vollständig ausradiert.

Als ich Bryson davon erzählte, meinte er, ihre Rachsucht sei der Beweis, dass sie nicht die Richtige für mich sei. Aber ich wusste es besser. Es war der Beweis, dass sie litt. Es war der Beweis, dass ich etwas Schreckliches getan hatte, indem ich ihr lange nicht gesagt habe, dass mich ihr Verhalten kränkte, sondern alles in mir aufgestaut habe, bis ich aus heiterem Himmel mit ihr Schluss gemacht und von einem Moment zum anderen alles weggeworfen habe.

Vielleicht ist das der Grund, warum ich hier bin.

Vielleicht habe ich gewusst, dass sie es nicht noch einmal mit mir versuchen würde.

Und dass es für keinen von uns gut wäre, wenn sie es täte.

Vielleicht muss ich mich einfach nur bei ihr entschuldigen, ihr sagen, wie viel sie mir bedeutet hat und wie leid es mir tut.

Ich betrachte die Fotos in Ammys Hand. Sie stammen vom fünfzigsten Geburtstag meines Dads, als ich in der elften Klasse war. Meine Eltern hatten richtig tief ins Portemonnaie gegriffen und für die Party einen alten Fotoautomaten besorgt.

Zwei Wochen nach unserer Trennung ist mir mein Handy ins Klo gefallen, und natürlich hatte ich kein Back-up gemacht. Diese Fotos sind das Einzige, was mir von unserer gemeinsamen Zeit geblieben ist.

Ammy scheint das alles an meinem Gesicht abzulesen. »Du hast es gewusst?«

Ich schüttele den Kopf. Ich habe es nicht gewusst. Bis vor einer Minute hätte ich es nicht für möglich gehalten.

»Nein«, sage ich. »Ich hatte keine Ahnung. Wirklich nicht.«

Es stimmt. Wie hätte ich wissen sollen, dass uns so etwas Abgedrehtes passieren würde? Wie hätte ich wissen sollen, dass die Welt tatsächlich klein ist? Selbst nach den Hinweisen – den Socken, der Information, dass ihre Stiefmutter Yogalehrerin ist, ihre Stiefschwester Kat heißt, selbst da … wie hätte ich wissen sollen, dass sie von *meiner* Katrina redete? Wie hoch standen die Chancen? Die meisten Kats sind Katherines. Und Yogalehrerinnen gibt es hier verdammt viele – das ist das Hudson Valley, verdammt.

Ammy schleudert den Fotostreifen auf den Boden. Rina blickt lächelnd zu uns auf.

Ammys Augen sind voller Wut.

»Bitte beruhig dich«, sage ich. »Ich habe es nicht gewusst. Wirklich nicht.«

»Erzähl mir nicht, dass ich mich beruhigen soll«, faucht sie. »Wenn sie nicht gerade deine Cousine ist, ist es mein gutes Recht, jetzt auszuticken.«

»Ammy …«

Sie schüttelt den Kopf und weicht vor mir zurück, als wäre ich Feuer oder Gift oder beides. Als hätte meine bloße Anwesenheit die Macht, sie zu zerstören.

Diesmal ist es kein technisches Problem, das sie so aus der Fassung bringt.

Auch nicht ihre verkorkste Familie.

Ich bin es.

»Komm mir nicht mit Ammy«, knurrt sie. »Woher kennst du meine Stiefschwester? Ich will die Wahrheit wissen. Spucks aus.«

Ich hole tief Luft. Ich will es nicht sagen, aber ich habe keine andere Wahl.

Ich kann es selbst kaum glauben.

»Sie ist meine Ex.«

AMMY
5:12

Ich lasse mich aufs Bett fallen, lande auf einer Folie von den Zimtschnecken, rücke ans Kopfende hoch und sehe Noah an.

Der Schwindel ist weg, jetzt ist nur noch Wut da – scharfe, spitze, glühende Wut. Noah setzt sich aufs andere Bett und starrt auf seine Füße.

Ich habe gewusst, dass Kat einen Ex hat, aber sie wollte nie über ihn reden. Und ich habe sie nicht gedrängt. Ich war gerade mal zehn Tage da. Wir sind uns in dieser Zeit nahegekommen, aber nicht *so* nahe.

»Wann habt ihr euch getrennt?«, frage ich.

»Letzten Sommer.«

»Ich meine, wann genau.«

»Am elften Juni«, erwidert Noah wie aus der Pistole geschossen. Er hat viel darüber nachgedacht. »Warum?«

»Mein Dad ist Ende Juni nach Hudson gezogen. Du hast ihr also das Herz gebrochen, kurz bevor der ganze Mist mit ihrer Mom und meinem Dad passiert ist. Wusstest du das überhaupt?«

Noah schüttelt den Kopf. »Ich hatte einen Sommerkurs, bevor das College losging. Ich war zu der Zeit kaum in der Stadt.«

»Und du hast nichts auf Facebook oder so mitbekommen?«

Wieder schüttelt er den Kopf. »Sie hat mich geblockt. Und alles andere hat sie nach unserer Trennung auf privat gesetzt.«

Er sagt die Wahrheit. Beas Accounts sind fast alle öffentlich – daher bekommt meine Mom ja den Großteil ihrer Informationen –, Kats aber nicht. Ich musste ihr für alles eine Anfrage schicken. Ich fand das irgendwie komisch für eine, die Schauspielerin werden will, aber ich dachte, das sei eben ihre Art. Kat ist einzigartig. Alles, was sie macht, wirkt irgendwie cool.

»Und wo warst du im August?«, frage ich. »Warst du da wieder in Hudson?«

Er blickt nachdenklich zur Decke und dann wieder zu mir. »In der ersten Augusthälfte. Warum?«

Es kommt mir verrückt vor, dass er zur selben Zeit in Hudson war wie ich. Wir hätten uns in der Stadt oder im Supermarkt über den Weg laufen können, Kat hätte mich beiseitenehmen und sagen können, »Das ist mein Ex« und »Der ist ein richtiges Arschloch« und »Er hat ohne jeden Grund mit mir Schluss gemacht und drei Tage später was mit einer anderen gehabt«, und ich hätte ihn dann gestern im Zug erkannt und gesagt, »Tut mir leid, der Platz ist besetzt«, und Kat geschrieben: *Du wirst nicht glauben, wen ich gerade gesehen habe …*

Aber nichts davon ist passiert. Keine Hinweise im Netz. Keine Anspielungen von Kat. Keine zufälligen Begegnungen. Der übliche Lauf der Dinge ist nicht eingetreten.

Und jetzt sind wir hier.

Ich weiß, dass es anders hätte kommen sollen. Ich weiß, dass es besser für Kat gewesen wäre – vermutlich für uns alle –, wenn ich Noahs Namen gekannt, sein Gesicht schon mal gesehen, überhaupt von ihm gewusst hätte.

Gleichzeitig bin ich irgendwie froh, dass ich es nicht wusste, so schrecklich das auch ist. Froh, dass ich gestern Abend hatte.

Plötzlich wird mir schlecht.

»Hast du es gestern Abend schon gewusst?«, frage ich. Meine Stimme ist nicht mehr laut. Mit einem Mal bin ich erschöpft. Ausgelaugt.

Er steht auf und kommt an mein Bett, aber ich schüttele den Kopf, um ihm klarzumachen, dass seine Nähe gerade nicht erwünscht ist. Nicht jetzt. Nicht nach allem, was ich weiß. Ich zeige auf sein Bett. Er setzt sich wieder.

»Ich habe es nicht gewusst«, sagt er. »Ich habe es erst verstanden, als ich dich mit diesem Foto gesehen habe.«

»Hm«, mache ich und sehe ihm in die Augen. »Und warum bist du dann nicht so geschockt wie ich?«

Noah senkt den Blick und presst seine Hände so fest auf die Knie, dass seine Knöchel ganz weiß werden. In einer anderen Welt würde ich ihm helfen wollen. Die Angst unter Kontrolle zu bringen, den Schmerz zu lindern. Aber in der Welt sind wir nicht mehr. Wir sind jetzt in dieser.

Ich würde alles dafür geben, um zurückzukönnen in die Welt von gestern Abend. So wie ich alles dafür geben würde, zurückzukönnen in die Welt, bevor mein Dad uns verlassen hat. Oder in jede andere Welt, die einfacher war als die, in der ich jetzt bin. In einem miesen Motelzimmer mit einem Typen, von dem ich glaubte, ich würde ihn gernhaben – einem Typen, den ich wirklich gernhatte, den ich aber nicht gernhaben sollte.

Er blickt auf und sieht mich an. »Woher hätte ich es denn wissen sollen?«, fragt er, und seine Stimme klingt traurig. »Und warum hast *du* nichts davon gewusst? Hat sie mich nie erwähnt? Unsere Trennung war ja noch ganz frisch, als du bei ihr warst.«

»Sie hat nur gesagt, dass sie einen Ex hat und nicht über ihn reden will«, sage ich. »Vielleicht hat sie mit Bea über dich gesprochen, ich weiß es nicht. Mit mir nicht.«

Ich kann ihm ansehen, dass er gehofft hat, selbst wenn sie

nicht *mit* ihm redete, würde sie wenigstens *über* ihn reden. Ich kann ihm ansehen, wie verletzt er ist, und fühle mich schlecht.

Ich schüttele heftig den Kopf. Er kann nicht beides haben. Er kann ihr nicht nachtrauern und gleichzeitig in mich verliebt sein.

»Du hast so ein komisches Gesicht gemacht, als ich gestern ihren Namen erwähnt habe«, sage ich und sehe ihn scharf an. »Du hast es gewusst. Du hast es gewusst und mich trotzdem geküsst. Du hast diese Nacht mit mir verbracht, obwohl du es wusstest.«

Er schüttelt den Kopf. »Ich dachte, es wäre Zufall.«

»Wirklich?«

»Allein bei uns im Jahrgang gab es noch zwei andere Kats«, sagt er. »Du hast nicht mal gesagt, wie alt sie ist.«

»Und wie viele Kats haben eine Mutter, die Yogalehrerin ist?«, frage ich.

»Ich dachte, es wäre Zufall«, wiederholt er. »Selbst wenn mir ganz kurz der Gedanke gekommen ist, dass es vielleicht doch kein Zufall ist, wollte ich es gar nicht so genau wissen. Ich bereue es nicht.«

»Ich schon«, fauche ich.

Noahs Gesicht ist bestürzt. Er schüttelt den Kopf.

Und dann wird mir klar, was mich schon die ganze Zeit irritiert hat. »Warum zur Hölle nennst du sie eigentlich Rina?«

NOAH
5:16

Ammy starrt mich an und wartet auf eine Antwort.

»Das war mein Spitzname für sie«, erkläre ich. »So habe nur ich sie genannt, sonst niemand.«

Sie seufzt, und ich ziehe mir die Tagesdecke um die Schultern. Meine Wolldecke, *unsere*, liegt auf ihrem Bett. Mein Blick fällt darauf, und ich wünschte, wir könnten wieder zurück unter die Decke.

»Du musst mir glauben«, sage ich. »Ich habe es nicht gewusst. Wirklich nicht.«

»Aber du hast es für möglich gehalten«, beharrt sie. »Ich habe es in deinen Augen gesehen. Und du hast mich trotzdem geküsst.«

Der Abstand zwischen unseren Betten ist jetzt wie eine Mauer. »Weil ich es wollte. Du nicht?«

Sie übergeht die Frage. »Genau wie du völlig grundlos mit Kat Schluss machen *wolltest*?«, faucht sie. »Genau wie du direkt danach mit irgendeinem Mädchen rummachen *wolltest*?«

Das tut weh.

»Du hast doch selbst gesagt, dass du nicht verstehen kannst, warum ich überhaupt wieder mit ihr zusammen sein will.«

Sie verschränkt die Arme. »Da wusste ich ja noch nicht, dass es Kat ist.«

Ich fange ihren Blick auf. »Was soll ich jetzt sagen?«

»Nichts.« Sie legt sich aufs Bett, als hätte sie plötzlich keine

Energie mehr. Starrt an die Decke, als wäre da oben die Antwort. Sie sieht erschöpft aus.

»Vielleicht solltest du versuchen, noch etwas zu schlafen«, sage ich. »Es ist sowieso zu früh, um weiterzufahren. Es ist noch nicht mal hell.«

Sie antwortet nicht. Sie knipst die Nachttischlampe aus, zieht die Decke über sich und rollt sich auf die Seite. Den Rücken zu mir.

Ich starre auch an die Decke, aber irgendwann beschließe ich, dass ich nicht in meiner Jeans schlafen kann, stehe auf und gehe zum Bad. Im Dunkeln trete ich versehentlich auf eine halb volle Cheetos-Tüte. Sie knistert laut. »Tut mir leid«, murmele ich.

Sie sagt noch immer nichts. Ich verfluche mich dafür, dass ich mich ausgerechnet in das einzige Mädchen auf der Welt verknallt habe, von dem ich wirklich lieber die Finger lassen sollte.

Ich nehme meinen Rucksack mit ins Bad und hole eine kurze Sporthose und ein weißes T-Shirt heraus. Ich ziehe mich um und spritze mir kaltes Wasser ins Gesicht.

Dann gehe ich wieder ins Bett und krieche unter die Decke.

Was wäre passiert, wenn ich ihr nicht die Minzbonbons angeboten hätte? Wie lange hätte es noch gedauert? Ich hätte weiter gedacht, dass es nur ein Zufall war. Ich wollte es nicht wahrhaben.

Ich wollte die Büchse der Pandora nicht öffnen.

Wahrscheinlich hätte ich sie bis vor Rinas Haus gefahren, nachdem wir noch den ganzen Morgen rumgeknutscht hätten. Ich hätte sie gebeten, mir ihre Nummer zu geben und den Rest der Woche mit mir zu verbringen. Und mein Herz hätte angefangen zu rasen, wenn ich mit dem roten Mustang in die Cortland Road eingebogen wäre. Ich hätte mir wohl auch dann noch eingeredet, dass das alles nur Zufall ist. Bis ich gesehen hätte, wie meine Ex aus der Tür kommt und das Mädchen umarmt, dem ich im Laufe eines einzigen Tages total verfallen bin.

Ich wünschte, wir könnten auf Pause drücken und zurückspulen. Zurück bis vor ein paar Minuten, bevor sie die Fotos gesehen hat, bis gestern Abend, bevor mein Blick mich verraten hat. Ich wünschte, wir hätten einfach nur wir selbst sein können. Ich wünschte, wir hätten herausfinden können, was dieses »Wir« bedeutet, bevor wir uns mit allem anderen auseinandersetzen müssen.

Es ist nicht fair. Es ist verdammt noch mal nicht fair.

Ich weiß, was ich tun sollte. Ich sollte Ammy morgen ein paar Straßen vor Rinas Haus absetzen, damit Rina und Bea und alle anderen mich nicht sehen.

Ich sollte ihr sagen, dass es toll war, sie kennenzulernen, dass wir aber aus offensichtlichen Gründen keinen Kontakt mehr haben sollten.

Ich sollte sie bitten, Rina nichts zu sagen, weil es sie nur noch mehr verletzen würde.

Ich weiß, dass ich das alles tun sollte.

Ich bin es dem Mädchen schuldig, das ich so lange geliebt habe. Dem Mädchen, dessen Herz ich gebrochen habe, ohne es zu wollen, auch wenn unsere Beziehung bei Weitem nicht perfekt war.

Und doch …

Will ich das alles nicht tun.

Ich will Ammy wieder küssen. Und noch mehr. Ich will ihr meinen Campus zeigen und einen Bagel mit ihr teilen. Ich will schlechte Filme mit ihr schauen. Ich will mit ihr in mein Lieblingscafé in Williamsburg gehen. Ich will mit ihr diskutieren, was schneller ist – die Subway oder die Citi Bikes –, und ich will mehr über ihr Leben erfahren. Ich will sie in Virginia besuchen, ihre Mom kennenlernen, ihre Freunde. Ich will sie fragen, warum sie nicht mehr Lacrosse spielt. Ich will wissen, ob sie Fernbedienung sagt, wie mein Dad, oder Knipser, wie meine Mom.

Ich will ihr sagen, dass das alles nicht so schlimm ist, dass wir einen Weg finden werden.

»Ammy«, sage ich.

Ich höre, wie ihr Atem aussetzt, als würde sie sich tot stellen. Sie schläft nicht. Natürlich nicht.

»Ammy«, sage ich wieder.

Nichts. Sie atmet weiter, sagt aber kein Wort.

AMMY
5:31

»Ammy«, sagt er zum dritten Mal.

Natürlich schlafe ich nicht. Wir haben erst vor zehn Minuten das Licht ausgemacht. Aber ich bin erschöpft.

Weil ich mir erlaubt habe, etwas zu fühlen. Meine eigenen Regeln zu brechen. Und das habe ich jetzt davon – ich habe meine Schwester betrogen.

Klar, ich habe es nicht absichtlich getan, aber das macht keinen Unterschied. Was, wenn sie es jemals herausfindet? Sie wäre so verletzt. Ich habe die Nacht mit dem Typen verbracht, der ihr so sehr das Herz gebrochen hat, dass sie ihn aus ihrem Leben gelöscht hat. Nie wieder mit ihm gesprochen hat.

Selbst wenn er ihr nicht absichtlich wehgetan hat.

Noah gehört ihr. Alles andere ist gegen den Stiefschwestern-Kodex.

Sogar gegen den Falsche-Stiefschwestern-Kodex.

Meine Freundschaft mit Kat ist das einzig Gute, was bei Dads Betrug herausgekommen ist.

Ich habe immer gesagt, dass Dara und Simone für mich wie Schwestern sind, aber mit Kat ist es anders.

An meinem zweiten Abend dort klopfte es an meiner Tür, als ich schon im Bett lag. Es war Kat. Sie kam rein, klagte, dass Bea schnarche – sie teilten sich Beas Zimmer, damit ich Kats Zimmer für mich allein haben konnte –, und fragte, ob sie nicht bei mir schlafen könne. Sie schnappte sich ein Kissen und machte es sich auf dem Sofa bequem. »Wollen wir ein paar alte Folgen *Friends* schauen?«

Eigentlich hasste ich *Friends*, aber ich schaltete trotzdem meinen Laptop ein, und wir suchten uns eine Folge bei Netflix aus. Sie kam zu mir ins Bett, und ich stellte den winzigen Bildschirm vor uns auf. Die Serie kam mir mit Kat viel witziger vor. Wenn sie sich kaputtlachte, waren Courteney Cox und Jennifer Aniston plötzlich nicht mehr ganz so nervig. Wir schauten insgesamt vier Folgen und schliefen erst gegen zwei Uhr ein.

Es ist nicht so, als wären wir beste Freundinnen geworden. Wir haben uns nicht alle unsere Geheimnisse anvertraut oder so. Aber als ich wieder zu Hause war, blieben wir in Kontakt. Schrieben uns alberne Nachrichten oder beschwerten uns über unsere Eltern. Das Übliche. Sie war nicht meine Schwester, nicht mal meine richtige Stiefschwester – ist sie immer noch nicht, weil Dads und Sophies bescheuerte Zeremonie keine offizielle Gültigkeit hat –, aber ich hatte das Gefühl, dass sie es sein könnte.

Und jetzt habe ich alles vermasselt.

Ganz kurz muss ich daran denken, wie es war, Noah zu küssen, wie intensiv und rauschhaft es sich angefühlt hat, meinen Körper an seinen zu drücken, Haut an Haut. Ich kann immer noch meine Hände in seinen Haaren spüren, auf seinem Kopf, wie ich ihn an mich ziehe. Bei der Erinnerung wird mir ganz heiß, meine Fingerspitzen kribbeln, mein Magen flattert. Mein Kopf kennt die Wahrheit, aber mein Körper ist noch nicht hinterhergekommen.

Plötzlich brennt meine Haut am ganzen Körper, und während ich auf seine Atemzüge lausche – natürlich schläft auch er nicht –, lechze ich förmlich nach ihm. Ein Teil von mir will zu ihm ins Bett kriechen, sich an ihn schmiegen, ihn festhalten, küssen, alles ausziehen, spüren, wie er sich unter seinem Steelers-Trikot anfühlt.

Ein Teil von mir denkt, dass das alles nicht fair ist. Dass Kat ihre Chance hatte und ihre Beziehung anscheinend nicht die beste war. Dass das hier meine Chance ist.

Dass es für alle anderen in Ordnung ist, Menschen wehzutun, um zu bekommen, was sie wollen.

Warum kann ich nicht auch so sein?

Ich schüttele den Kopf. Ich ziehe die Decke höher, als könnte mich diese Stoffschicht schützen, als könnte ich meinen Körper und seinen eigenen Willen darunter einsperren.

Ich konzentriere mich auf das Pfeifen des Windes vor den Fenstern, die Stille um uns herum.

»Ammy«, sagt er wieder, und seine Stimme klingt rau.

Aber ich kann nicht.

Denn wenn ich ihm auch nur ein winziges Stück entgegenkomme, wer weiß, was dann passiert?

Dann betrüge ich Kat vielleicht wirklich.

DRITTER TEIL
HEIMKEHR

NOAH
7:02

Das Licht sickert unterm Vorhang hindurch.

Es ist kurz nach sieben, und ich habe es immer noch nicht geschafft, wieder einzuschlafen.

Frustriert lege ich meinen E-Reader weg und drehe mich zu Ammy um.

Sie liegt auf der Seite, das Gesicht zu mir. Sie hat die Decken und Laken weggestrampelt, genau wie ich. Entweder funktioniert die Heizung jetzt besser, oder es ist nicht mehr ganz so kalt wie gestern Abend. Ihre Beine sind angezogen und ihr Körper zu einem kleinen Ball zusammengerollt. Eine Hand liegt unter dem Kissen, die andere hinter ihrem Kopf, als hätte jemand eine Puppe aufs Bett geworfen.

Sie muss gegen sechs eingeschlafen sein.

Ich sollte mich damit abfinden, dass ich heute nicht mehr einschlafen werde.

Ich schiebe die restlichen Laken weg und stehe auf. Mein Handyakku ist beinahe leer, und als ich ihr Handy antippe, bleibt das Display schwarz. Vor lauter Knutschen und Streiten sind wir nicht dazu gekommen, unsere Handys aufzuladen.

Ich krame in der Tasche nach meinem Ladegerät und dem Ersatzladegerät und schließe beide Handys an.

Dann öffne ich auf meinem Handy Google Maps. Es sind noch 55 Meilen bis nach Hudson, etwa eine Stunde Fahrzeit, wenn die Straßen einigermaßen frei sind.

Ich nehme meine Jacke, schleiche ohne Schuhe ans andere Ende des Zimmers, weil ich gerade keine Lust habe, mich in die Wanderstiefel zu zwängen, und drücke die Klinke herunter.

Durch die offene Tür fällt Licht ins Zimmer. Ich will Ammy nicht wecken, deshalb gehe ich schnell nach draußen. Blinzelnd stehe ich da und versuche, den eisigen Betonboden unter meinen nackten Füßen zu ignorieren.

Ich lehne die Tür an, damit die Kälte nicht ins Zimmer dringt, schließe sie aber nicht ganz, weil die Karte für die Tür in meinem Portemonnaie ist, das noch in meiner Jeans im Bad steckt. Ich will nicht wieder reingehen und sie aufwecken.

Ich blicke über die Brüstung des Außengangs. Den Highway kann ich nicht sehen, weil Bäume davor stehen, aber ich sehe die Straße, über die wir gekommen sind. Sie sieht schon viel besser aus. Am Straßenrand sind Schneewehen, aber auf der Straße selbst liegt nur ein wenig Schneematsch. Es schneit nicht mehr. Der Sturm ist vorbei.

Sieht so aus, als würden diese 55 Meilen nicht allzu schlimm werden.

Diese Gewissheit ist beruhigend und beängstigend zugleich. Ich weiß natürlich, dass jede Minute unserer restlichen Reise schwierig wird, und trotzdem will ich nicht, dass sie zu Ende geht.

Ich trete von einem Fuß auf den anderen, die Kälte ist fies. Gerade als ich wieder ins Zimmer gehen will, kommt ein starker Windstoß, und ich höre ein unverkennbares *Klick*.

Ich drehe mich um.

Verdammt.

Ich drücke den Türknauf. Nichts. Die Tür ist zu. Und selbst billige Motels haben gute Schlösser. Ich kann nicht mal den Trick mit der Kreditkarte ausprobieren, weil ich nur eine kurze

Sporthose, ein T-Shirt und eine Winterjacke mit enttäuschend leeren Taschen anhabe.

Ich spähe durchs Fenster durch den Spalt, den der Vorhang nicht verdeckt. Ammy schläft noch. Ich hebe die Hand und überlege kurz, ob ich ans Fenster klopfe, aber ich möchte sie nicht wecken.

Also lasse ich die Hand wieder sinken. Nach allem, was wir hinter uns haben, kann ich sie wenigstens schlafen lassen.

Ich trete durch die Schiebetür in die Lobby. Nach dem Weg über den Außengang, die Treppe und den Parkplatz sind meine Füße eiskalt.

Der Duft von Waffeln und gebratenem Bacon schlägt mir entgegen. Mein Magen knurrt.

Ich gehe an die Rezeption und setze für die Frau hinter dem Tresen mein überzeugendstes Lächeln auf. Mir kommt in den Sinn, was einer meiner Profs letztes Semester gesagt hat: Kleidet euch immer so, wie ihr wahrgenommen werden wollt. Tja, an meinem Aufzug kann ich gerade leider nichts ändern.

Ich versuche trotzdem mein Glück.

»Guten Morgen«, sage ich.

»Haben Sie nicht was vergessen?«, fragt sie und deutet mit dem Kinn auf meine Füße. »Eigentlich darf ich niemanden ohne Schuhe hier reinlassen.«

Mir liegt ein Scherz auf der Zunge, dass ich von einem noblen Super 8 Motel auch nichts anderes erwartet hätte, aber ich verkneife ihn mir.

»Bitte entschuldigen Sie …« – ich schiele auf das Plastikschild auf ihrem Polohemd – »… Angela. Ich habe mich versehentlich ausgesperrt. Gibt es eventuell einen Ersatzschlüssel?«

Sie sieht mich skeptisch an, anscheinend fragt sie sich, was ich überhaupt ohne Schuhe draußen in der Kälte zu suchen habe, aber dann tippt sie etwas in ihren Computer.

»Zimmernummer?«

»201«, antworte ich.

Sie tippt weiter. »Sie haben bereits zwei Chipkarten bekommen«, sagt sie. »Jede weitere Karte kostet fünf Dollar.«

»Na schön«, sage ich und greife automatisch in die Jackentasche.

Verdammt.

»Ich habe mein Portemonnaie nicht dabei«, sage ich. »Es ist im Zimmer. Können Sie es auf die Rechnung setzen?«

Sie nickt. »Dafür brauche ich allerdings Ihren Ausweis.«

Ich stöhne. »Aber ich habe keinen Ausweis dabei! Der ist in meinem Portemonnaie. Das ist alles in meinem Zimmer. Verstehen Sie das denn nicht?« Ich merke, dass meine Stimme laut wird, und versuche, mich zu beruhigen.

»Tut mir leid«, erwidert sie. »Aber das ist kein Grund, unhöflich zu werden.«

Ich räuspere mich. »Könnten Sie vielleicht eine Ausnahme machen? Ich komme sofort mit den fünf Dollar wieder. Versprochen. Sie wollen gar nicht wissen, was ich in den letzten 24 Stunden erlebt habe. Ich bin verzweifelt«, sage ich und spüre tatsächlich Tränen in den Augen. Total peinlich, aber das ist mir gerade egal.

Die Frau sieht mich unbeeindruckt an.

»Bitte?«

AMMY
7:18

Als ich aufwache, sehe ich, dass ich eine neue Nachricht auf dem Handy habe.

Es lädt. Noah muss es angeschlossen haben.

Ich schaue zu Noahs Bett hinüber. Es ist leer. Die Badezimmertür steht auf. Da ist er schon mal nicht.

Wahrscheinlich ist er runtergegangen, um sich einen Kaffee zu holen oder so.

Ich nehme mein Handy. Es ist Viertel nach sieben. Ich habe zwei Nachrichten von Kat. Ich öffne sie und fühle mich dabei nackt und verletzlich, als wäre dieses Handy ein doppelter Spiegel, der ihr, wenn ich auf ihren Namen tippe, zeigt, was passiert ist, was wir getan haben.

Aber ich tippe trotzdem darauf. Beide sind von gestern Abend, gegen Mitternacht.

Hunter, haha! Hüte dich vor den Hunter-Jungs. Da studiert auch mein Ex, das Weichei.

Und dann, fünf Minuten später.

Aber wenn da was läuft, musst du es mir erzählen … Ich will alle Einzelheiten!

Mein Herz wird schwer. Ich fühle mich so schuldig, als hätte ich einen Mord begangen oder so. Was um alles in der Welt soll ich ihr sagen? Ich kann nur lügen. Dabei kann ich Lügen nicht ausstehen, ich finde es widerlich, wie mein Dad meine Mom – und mich – belogen hat.

Ich stelle mir vor, wie das Gespräch laufen würde. Sie kommt an die Tür und umarmt mich, eine knochige Kat-Umarmung, zieht mich in ihr Zimmer, macht die Tür zu und fragt mich nach den Details. Sie wird alles über meine Nacht mit dem Fremden wissen wollen.

Und ich werde lügen müssen. »Ach was, da lief nichts. Wir haben uns einfach nur ein Zimmer geteilt, das ist alles. Und jetzt erzähl – wie war die Hochzeit? Was habe ich verpasst?«

Ich werde so falsch klingen wie die falsche Hochzeit von Sophie und meinem Dad. Aber sie wird mir glauben, weil sie eben Kat ist. Sie ist loyal, zumindest solange man ihre Gunst nicht verspielt. Obwohl wir uns erst so kurze Zeit kennen, weiß ich genau, dass sie mir vertraut.

Ich sollte ihr wohl schreiben, wann ich etwa ankomme, aber das kann ich erst, wenn ich Noah gefunden habe. Ich gehe ins Bad und putze mir die Zähne. Dann ziehe ich mir meine Schuhe an, ohne sie zuzubinden – zum ersten Mal in den letzten 24 Stunden sind sie trocken. Ich mache mir nicht die Mühe, die Kleidung zu wechseln. Ich will einfach nur Noah finden, damit ich weiß, wann wir hier wegkommen und wann das alles vorbei ist.

Ich nehme meine Chipkarte von Nachttisch und gehe zur Tür. Als ich sie öffne, steht Noah davor – ohne Schuhe, kaum bekleidet, nur in Shorts, T-Shirt und seiner blöden Jacke.

Sein Kinn zittert vor Kälte, und er beißt sich auf die Lippe. Seine Augen sind geschwollen, als hätte er geweint.

»Mein Gott, was ist denn mit dir passiert?«

NOAH
7:22

Mein Abenteuer in der letzten Viertelstunde war völlig umsonst.

Ich mache einen Schritt nach vorn, und Ammy tritt zur Seite und lässt mich ins Zimmer. Sobald meine Füße auf dem abgewetzten Teppich stehen, fühle ich mich besser. Er ist zwar nicht gerade weich und kuschelig, aber wenigstens kein eiskalter Beton. Ich setze mich im Schneidersitz aufs Bett und ziehe mir die Decke über die Beine.

»Ist alles okay?«, fragt sie. »Du siehst furchtbar aus.«

Ich lache schwach. Ich zeige ihr die kleine weiße Plastikkarte, die mir so viel Ärger eingehandelt hat. »Ich habe meinen Schlüssel vergessen.«

Ammy schüttelt den Kopf und setzt sich mir gegenüber. »Warum bist du ohne Schuhe rausgegangen?«

Ich zucke die Schultern und blicke auf meine Füße. Ich kann ihr nicht in die Augen sehen, so peinlich ist mir das alles.

»Ich wollte nur kurz raus und schauen, wie die Straße aussieht. Der Wind hat die Tür zugeschlagen, deshalb bin ich runtergegangen, aber weil das hier ein Super 8 Motel ist, berechnen die fünf Dollar für eine Extrakarte, und weil ich kein Geld dabeihatte und die Frau an der Rezeption unbedingt meinen Ausweis sehen wollte und ich ohne Schuhe wie ein Verrückter aussah, musste ich im Frühstücksraum rumfragen, ob mir jemand helfen kann. Ein älterer Herr hat mir dann die fünf

Dollar gegeben.« Ich seufze. »Jetzt haben wir also drei. Falls du noch einen brauchst.«

Ich blicke auf. Ihre Lippen bilden eine schmale Linie. Nach dieser bescheuerten Aktion findet sie mich garantiert noch nerviger.

Sie fängt an zu lachen.

»Ich weiß«, sage ich. »Total albern. Tut mir leid.«

»Nein.« Sie hört auf zu lachen, doch es scheint sie einige Mühe zu kosten. »Aber warum hast du nicht einfach ans Fenster geklopft? Ich hätte dich schon reingelassen. Ich bin ja kein Unmensch.«

Ich zucke die Schultern. »Ich wollte dich nicht wecken. Der Tag gestern war anstrengend genug.«

Sie lacht wieder, doch dann verstummt sie und sieht mich an. Ihre Augen sind ruhig, nachdenklich. »Das ist nett«, sagt sie.

Ganz kurz denke ich, dass wir alles wieder einrenken können, doch dann schaut sie zu Boden.

Ich auch. Ich reibe mir die Füße unter der Decke. Langsam fühlen sie sich ein bisschen besser an. Wenigstens etwas Gutes.

»Noah«, sagt sie, und ich blicke sofort auf und hoffe wider alle Erwartungen, dass sie denkt, was ich denke. Dass wir einen Weg finden können.

»Gehen wir frühstücken?«, fragt sie. »Cheetos und Zimtschnecken sind irgendwie nicht das sättigendste Abendessen.«

Es ist nicht das, was ich hören wollte, aber gut.

»Ja«, sage ich. »Gehen wir frühstücken.«

AMMY
7:28

Waffelduft schlägt uns entgegen. Die ältere Frau hinterm Tresen mustert Noah von oben bis unten. »Jetzt also doch mit Schuhen«, sagt sie mit mildem Spott.

Noah grinst verlegen. »Ist doch angenehmer so«, sagt er.

»Komm«, sage ich und folge dem Duft nach Butter und Zucker in den Frühstücksbereich. »Ignorier sie einfach.«

Das Buffet ist überschaubar. Ein Korb mit nicht mehr ganz so frischem Obst. Kaffeesahne in Plastiktöpfchen neben großen Thermoskannen. Ein Waffeleisen und eine Schüssel mit Teig. Nicht gerade das Sheraton, aber für ein billiges Motel gar nicht so schlecht. Ich nehme mir einen Teller.

Noah dagegen durchquert den Raum, zieht einen Geldschein aus der Hosentasche und reicht ihn einem älteren Herrn, der vor einem Teller mit geröstetem Bacon sitzt. Ich kann sein verlegenes »Danke noch mal und Entschuldigung« bis hierher hören.

Armer Kerl, denke ich erst, aber eigentlich stimmt das gar nicht. Er ist einfach leichtfertig. In seinen Beziehungen, mit Kat, bei dieser ganzen Zugaktion, mit mir. Es überrascht mich gar nicht, dass er ohne Schuhe nach draußen in die Kälte gegangen ist.

Aber er meint es gut, widerspricht eine Stimme, das Teufelchen auf meiner Schulter. Er hat vorgeschlagen, aus dem Zug zu steigen, weil er gesehen hat, wie aufgelöst ich war. Er hat mit Kat Schluss gemacht, weil er wusste, dass in ihrer Beziehung etwas nicht stimmte. Er hat mich geküsst, weil er das Gleiche gefühlt hat wie ich – dass da etwas Besonderes, etwas Einzigartiges zwischen uns war.

Ich muss an letztes Jahr denken; als wir in Englisch Platons *Symposion* durchgenommen haben, erklärte uns die Lehrerin, dass der Begriff *platonisch* irreführend ist und dass eine platonische Liebe eigentlich eine ist, in der man seine andere Hälfte findet. Dass laut Plato jeder nur Teil eines Ganzen ist und sein Leben lang nach seiner anderen Hälfte sucht.

Ich fand faszinierend, dass alle den Begriff völlig falsch verwenden. Auch gebildete Leute. Und dass ein so heller Kopf wie Platon tatsächlich glaubte, dass eine solche Liebe existiert. Dass er eine so kitschige, so offensichtlich falsche Idee vertreten hat. Zwei Hälften, die auf der Suche nacheinander durch die Welt irren? Also bitte. Solche pathetischen, hochtrabenden Vorstellungen sind höchstwahrscheinlich für den Großteil aller Katastrophen auf der Erde verantwortlich – zum Beispiel dafür, dass mein Dad meine Mom verlassen hat oder dass Sophie meinte, es sei in Ordnung, eine Ehe zu zerstören, nur weil sie beim Wandern einen Mann kennengelernt hatte, der ihr gefiel.

Wie alle Idioten, die behaupten, »Liebe kennt keine Grenzen«, »Liebe sprengt alle Ketten«, »Liebe ist die Antwort«, und es nicht ironisch meinen. Denn ziemlich oft ist Liebe nicht die Antwort.

Und doch …

Als Noah sich an mich gepresst hat, als wir uns stundenlang geküsst haben, konnte ich nicht anders. Ich habe genau daran gedacht: platonische Liebe und dass Platon vielleicht doch nicht so falschlag.

NOAH
7:37

Ammy backt uns eine Waffel, während ich Eier, Bacon, Orangenscheiben und ein Schälchen Cheerios auf einen Teller lade.

Ich setze mich so weit wie möglich von dem Herrn entfernt, der mir das Geld geliehen hat, und schaufele die Cheerios in mich rein.

Ein paar Minuten später kommt Ammy an den Tisch.

Vorsichtig schiebt sie eine halbe dampfende Waffel auf meinen Teller. Da kein Fleck mehr frei ist, bettet sie sie auf das Rührei.

Sie will in ihre Waffel beißen, legt sie jedoch gleich wieder ab. »Heiß«, sagt sie.

»Möchtest du Rührei?«, frage ich.

»Nein, danke«, erwidert sie. Sie trinkt einen Schluck Kaffee.

Plötzlich sieht sie nachdenklich aus, intellektuell.

»Ich habe eine Frage für dich.«

Ich nehme einen Löffel Cheerios. Nichts fühlt sich mehr richtig an zwischen uns, alles, was vorher leicht war, ist jetzt schwer. »Und zwar?«, erkundige ich mich vorsichtig.

Sie starrt mich an, als wäre sie nicht sicher, was sie fragen will. Sie nimmt ihre Waffel in die Hand, beißt aber nicht hinein. Schließlich macht sie den Mund auf und fragt: »Was hältst du von platonischer Liebe?«

Ich lege meinen Löffel ab.

Entweder will sie damit andeuten, dass zwischen uns *nie*

wieder etwas laufen wird, wenn sie *platonisch* so versteht, wie die meisten Leute es verstehen.

Aber sie liest Murakami. Sie weiß, dass ich Vergleichende Literaturwissenschaft studiere. Sie muss wissen, was Platon wirklich gemeint hat.

Ich trinke einen Schluck Kaffee, um Zeit zu gewinnen, und frage mich, was zur Hölle sie von mir hören will. Noch vor einer halben Stunde habe ich nur gehofft, wir könnten die restliche gemeinsame Zeit ohne einen weiteren Streit überstehen.

Aber jetzt?

Wie sie mich angeschaut hat, als ich zurück ins Zimmer kam, und wie sie mich jetzt anschaut und mir diese seltsame, vielsagende Frage stellt ... Ich weiß nicht.

Ich stelle meine Tasse ab. »Ich glaube daran. Wenn man den richtigen Menschen trifft, mit dem es einfach Klick macht und man es einfach weiß ...« Meine Stimme verliert sich.

Sie sieht mich an, und beim Blick in ihre Augen bin ich mir sicher: Sie weiß ganz genau, was Platon gemeint hat.

Sie zögert, es ist, als stände sie diesmal an einer Klippe und träfe eine Entscheidung.

Nach einer Sekunde – oder auch Minute, ich kann es nicht sagen – senkt sie den Blick. Schneidet ihre Waffel in kleine Stücke, als wollte sie sie zerstören.

»Frühstückst du immer so viel?«, fragt sie, ohne mich anzusehen.

Mich überrascht der abrupte Themenwechsel, aber ich lächele und lege den Kopf schief. »Ich esse aus Nervosität«, erwidere ich.

»Und warum bist du nervös?«, fragt sie und hebt den Blick.

Sie wartet meine Antwort nicht ab. »Wir haben doch nur noch – wie viel? – zwei Stunden zusammen, höchstens. Danach sehen wir uns nie wieder. Keiner von uns wird Kat etwas sagen. Kein Grund also, nervös zu sein.«

Ich verziehe das Gesicht und schaufele mir einen Löffel Cheerios in den Mund. Und dann noch einen. Und noch einen.

Als ich fertig bin, schaut Ammy mich wieder an.

»Hast du gedacht, nur weil es mir leidgetan hat, dass du draußen in der Kälte stehen musstest, würde ich es plötzlich okay finden, Kat zu betrügen?«

Ich schüttele den Kopf.

Natürlich habe ich das nicht gedacht.

Oder doch?

»Ich ...«

Ammy legt ihre Gabel auf den Tisch. »Hast du gedacht, wenn du was Nettes für mich tust, wenn du die richtigen Worte findest oder so – dann würde ich vergessen, dass das mit uns eine total schlechte Idee ist?«

»Nein, wirklich, ich ...«

Ammy schiebt ihren Stuhl zurück. »Weißt du, was? Ich habe keinen Hunger mehr.«

Sie steht schnell auf.

Ich will ihr hinterherlaufen, aber sie dreht sich zu mir um und starrt mich finster an. »Lass mich in Ruhe, okay? Wir sind nicht in einem Film. Hinterherlaufen ist nicht süß.«

Damit stürmt sie aus dem Raum. Und ich bleibe mit meinem randvollen Teller zurück und versuche, die mitleidigen Blicke der anderen Gäste zu ignorieren.

Ich esse noch einen Löffel Cheerios, aber sie schmecken matschig.

AMMY
7:52

Ich drehe mich erst um, als ich vor der Tür unseres Zimmers stehe, aber Noah ist mir nicht gefolgt. Nach dem Blick, den ich ihm zugeworfen habe, hätte sich das wohl auch keiner getraut.

Ich nehme mal an, dass er diesmal seinen Schlüssel dabeihat. Immerhin hat er seine Schuhe an.

Ich stecke die Karte so fest in den Schlitz, dass gar nichts passiert. Ich versuche es noch mal. Und noch mal. Ich stampfe mit dem Fuß auf und stoße einen lauten Seufzer aus. Zum Glück ist niemand in der Nähe, der Zeuge meines kindischen Wutanfalls werden kann.

Ich schiebe die Karte noch einmal in den Schlitz, diesmal langsam. Das ist ja, als wäre das ein Hochsicherheitstrakt der CIA.

Meine Augen beginnen zu tränen. Nach einer Weile, die mir endlos vorkommt, wird das kleine Lämpchen grün. Ich drehe den Knauf und drücke die Tür auf.

Im Zimmer herrscht ein Riesenchaos, und kaum bin ich drinnen, kommt die Erinnerung an gestern Abend zurück. Noah auf mir. Das Gewicht seines Körpers. Seine Lippen.

Ich schüttele den Kopf und schiebe die Erinnerung weg. Stattdessen konzentriere ich mich auf den Schock, die Verwirrung, den Wahnsinn, als ich die Fotos von ihm und Kat gefunden habe.

Ich lege meinen Koffer aufs Bett und sortiere das Durcheinander darin. Bücher, Klamotten, die nassen Socken, die ich im Museum ausgezogen habe, mein Zugticket, ein verirrter Fetzen von der Skittlesverpackung und ein paar der Spielkarten, die Noah gestern Abend vom Bett gefegt hat.

Ich beginne mit den Karten. Irgendwie stört es mich, dass seine Sachen unter meine geraten sind. Das erinnert mich wieder daran, dass unsere Leben schon auf sonderbare Weise verflochten waren, bevor er sich im Zug neben mich gesetzt hat, und dass der dümmste Zufall der Welt mir das Einzige nimmt, was mich seit langer Zeit glücklich gemacht hat.

Ich sammele die Karten ein und gebe mir Mühe, mich zu beruhigen. Meine Gedanken. Alles. Ich hätte Noah nicht diese blöde Frage stellen sollen. Kaum hatte er gesagt, dass man nur den richtigen Menschen finden muss, wurde ich stinksauer.

Ich wurde sauer, weil er genau das Richtige gesagt hatte.

Das, wovon ich nur träumen kann, dass es jemand über mich sagt.

Ich wurde sauer, weil ich Angst hatte, sonst etwas Dummes zu tun.

Ich kann nicht einfach alles wegwerfen, so wie mein Dad – Familie, Verpflichtungen, alles –, nur wegen ein paar kitschiger Gefühle.

Ich klappe meinen Koffer zu, schließe den Reißverschluss und gehe ins Bad, um meine Zahnbürste und Zahnpasta zu holen.

Ich starre mich im Spiegel an. Die letzten Make-up-Reste sind weg, und nach der kurzen Nacht sind meine Augen rot und geschwollen. Meine Haare sind zerzaust. Ich habe sie nicht gewaschen, und langsam locken sie sich, kräuseln sich, finden zu ihrer natürlichen Form zurück. Normalerweise würde ich in diesem Zustand nie einem süßen Typen vor die Augen treten.

Ich höre das Piepen des Türschlosses. Das muss er sein.

Hör auf damit, Ammy, denke ich. Du musst aufhören.

Ich stopfe Zahnbürste und Zahnpasta in meine Kulturtasche, streiche mir die Haare hinter die Ohren und wische mit der Fingerspitze einen winzigen Mascararest unterm Augenlid weg.

Dann gehe ich aus dem Bad.

Er steht gleich hinter der Tür und sieht etwas hilflos aus, als würden wir dieses alberne Spiel spielen, das wir als Kinder immer gespielt haben: dass der Boden aus Lava ist, und wer ihn berührt, stirbt.

Ich bleibe vor der Badezimmertür stehen, als hätte auch ich Angst, der glühenden Lava zu nahe zu kommen.

»Ist es in Ordnung, dass ich hochgekommen bin?«, fragt er. »Ich war mit dem Frühstück fertig …«

»Gut«, erwidere ich und schaue zu seinem Rucksack in der Ecke. »Können wir jetzt fahren?«

Er nickt. »Gib mir fünf Minuten.«

»Okay«, sage ich so ruhig, kühl und emotionslos, wie ich kann. »Ich checke schon mal aus. Komm einfach runter, wenn du fertig bist.«

Ich gehe durchs Zimmer, stopfe meine Kulturtasche in den Koffer, mache ihn wieder zu und nehme meine Chipkarte vom Nachttisch. Und das Kartenspiel.

»Das sind deine«, sage ich und werfe sie auf sein Bett.

»Danke. Soll ich dir mit dem Gepäck helfen?«

»Nein«, erwidere ich kalt, ohne seinem Blick zu begegnen.

»Okay«, sagt er. Er verlagert nervös das Gewicht vom einen auf das andere Bein, während ich meinen Koffer nehme, mir den Mantel überwerfe und an ihm vorbeigehe.

Eine Sekunde später bin ich draußen.

Ich bleibe stehen und höre zu, wie die Tür hinter mir ins Schloss fällt. Ich atme die kalte Winterluft ein. Für einen Augenblick ist es, als wäre alles Schlechte in dem Raum hinter mir eingeschlossen. Als könnten wir es dort zurücklassen.

Langsam schlendere ich den Außengang entlang. Die Sonne steht jetzt höher am Himmel, ihre Strahlen tun gut nach dem düsteren Motelzimmer. Ohne den beißenden Wind fühlt sich die Luft richtig angenehm an – frisch, aber nicht zu kalt. Und es ist gut, dass es nicht mehr schneit.

Ich erreiche die Treppe, ziehe meinen Koffer bis an die Kante und bleibe stehen.

Ganz kurz stelle ich mir vor, dass ich mich umdrehe, den Koffer stehen lasse, die Plastikkarte in den Schlitz stecke, die Tür öffne, sein Gesicht sehe, seine Augen, seinen Körper, sein ganzes Wesen, zu ihm laufe, die Arme um seinen Hals schlinge und ihn küsse, bis wir beide aufs Bett fallen.

Bei der Vorstellung schießt mir trotz der Kälte hier draußen die Hitze durch den Körper.

Ich drehe mich um und blicke zu unserer Tür zurück.

Doch dann nehme ich meinen Koffer und gehe nach unten.

NOAH

8:06

Wir verlassen schweigend den Parkplatz. Wir haben noch 55 Meilen vor uns, eine gute Stunde. Gegen Viertel nach neun wird sie bei Rina sein.

Schon komisch, dass mein Plan, selbst wenn ich dieses Mädchen nicht getroffen hätte, von an Anfang an zum Scheitern verurteilt war. Aus irgendeinem Grund wollte ich Rina ausgerechnet am Tag der Hochzeit ihrer Mom meine Liebe gestehen.

Die Straßen sind matschig, die weiße Decke von gestern ist schmutzig und grau. Sie erinnert mich daran, wie vergänglich alles Schöne ist.

Die Frauenstimme aus dem Navi erteilt ihre Anweisungen. Sie ist die Einzige, die spricht.

Nach einigen Minuten halte ich es nicht mehr aus.

»Musik?«, frage ich.

Ich muss lächeln, als ich daran denke, wie wir gestern im Auto Musik gehört haben. Da war ich so glücklich. Alles war so verheißungsvoll.

Ich wollte mit Ammy zusammen sein, kein Zweifel. Ich hatte mir zwar eingeredet, dass ich immer noch zu Rina wollte, aber insgeheim wusste ich, dass es anders kommen würde.

Und sie wusste es auch.

Ich wusste es, als wir uns in der Autovermietung umarmten, als wir ins Auto stiegen, als wir das Motelzimmer betraten, als wir immerhin noch eine Weile so taten, als würden wir Karten spielen.

»Was willst du hören?«, fragt sie. Ihre Stimme klingt so monoton wie die des Navis. Nicht wütend oder aufgebracht. Einfach … leer.

Ich zucke die Schultern. »Vielleicht was von dir? Was du willst.«

»Okay«, sagt sie. Sie nimmt ihr Handy aus der Tasche und scrollt durch ihre Musik.

Es ist seltsam still im Auto ohne Musik. Dann höre ich ein Knurren.

Sie scrollt weiter. Es knurrt wieder.

»Ist das dein Magen?«, frage ich. Beinahe muss ich lachen, aber ich weiß, dass es mir nicht zusteht, mit ihr zu lachen. Nicht mehr.

Sie zuckt die Schultern und wählt einen Song aus. Einen langsamen, traurigen. *Nicht gerade subtil, Ammy*, würde ich gern sagen. Ich stelle mir eine Welt vor, ein Paralleluniversum, in dem alles in Ordnung ist und dies nur der Anfang. Lichtjahre von heute, wenn wir darüber Witze machen, wie wir uns kennengelernt haben, einander ins Wort fallend erzählen, wie ich in den Zug gestiegen bin, wie alles den Bach runterging und wie wir uns beinahe verloren hätten. Und wenn wir zu dieser Autofahrt kommen, würde ich sie necken, dass sie diesen Song ausgesucht hat. Weil er so offensichtlich ist.

Es würde eine gute Stelle in der Geschichte sein, die Stelle, an der wir darüber lachen, dass beinahe nichts aus uns geworden wäre. Dass, wenn einer von uns nur eine Spur stolzer oder dickköpfiger oder unentschlossener gewesen wäre, das alles nie passiert wäre.

Und wir sind froh, so froh, in diesem Paralleluniversum. Weil sehr wohl etwas aus uns geworden ist. Und immer noch wird.

In dem Moment würde ich ihre Hand nehmen, sie fragen, ob sie noch ein Glas Wein möchte, und sie im Gespräch mit den anderen Profs und deren Partnern kurz allein lassen, um unsere Gläser an der edlen Eichenholzbar in dem einfachen, aber geschmackvollen Restaurant aufzufüllen, in dem die jährliche Weihnachtsparty der Fakultät stattfindet.

Ihr Magen knurrt wieder und reißt mich aus meiner Träumerei. Meiner albernen, sinnlosen Träumerei.

»Sollen wir irgendwo anhalten?«, frage ich.

Sie zuckt die Schultern. »Wozu?«

Ich umfasse das Lenkrad fester, als wir durch eine Schlammpfütze fahren, die noch nicht von der Sonne ausgetrocknet wurde. »Wir haben noch eine Stunde vor uns. Wenn die Verkehrslage gut ist. Es ist Ferienende, man kann nie wissen. Außerdem sind gestern Abend vermutlich viele Leute irgendwo stecken geblieben. Vielleicht gibt es noch einen Stau. Wenn du was essen willst, dann lieber jetzt.«

Sie seufzt. »Ich hätte einfach im Motel frühstücken sollen. Ich war echt bescheuert. Habe Essen und Geld verschwendet, nur um was zu beweisen.«

Die Straße führt in ein offenes Tal, das im Sonnenschein wunderschön aussieht. Ich sollte diesen Moment genießen und in Erinnerung behalten, an das Mädchen zurückdenken, das mich völlig aus der Bahn geworfen hat. Um das ich mich gesorgt habe, als wäre es ein Teil von mir. Ich weiß, dass sie die Richtige ist, wie meine Mom es damals bei meinem Dad wusste.

Aber natürlich ändert das nichts, weil alles schon viel zu verkorkst ist.

»Na ja, es war ein überzeugender Auftritt«, sage ich.

Sie schnaubt. »Ja«, sagt sie. »Na klar.«

Ich drehe den Kopf zu ihr, aber sie schaut stur geradeaus. Weicht meinem Blick aus. »War es wirklich. Und vielleicht war ich tatsächlich ein bisschen vorschnell. Ich hatte gehofft, vielleicht würdest du über alles hinwegsehen, nur weil ich etwas getan habe, was eigentlich nicht mal besonders nett oder erwähnenswert ist – dich einfach nicht zu wecken.«

Sie verschränkt die Arme. »Das war nett«, sagt sie. »Aber darum geht es gar nicht.«

»Worum dann?«, frage ich.

Sie seufzt. »Es geht darum, dass es, obwohl du was Nettes gemacht hast – obwohl du nett *bist* –, immer noch nicht in Ordnung ist, weil sie wie eine Schwester für mich ist.«

Ich hole tief Luft. »Ich weiß.«

Vor uns sehe ich ein großes Schild mit den zwei unverkennbaren goldenen Bogen. »Ich halte da an«, erkläre ich. »Wir besorgen dir was zu essen.«

Sie zuckt nur die Schultern. »Okay«, sagt sie. »Wie du meinst. Es ist sowieso egal.«

Ich weiß nicht, ob sie das Essen meint oder uns oder beides, aber ich nehme trotzdem die Ausfahrt, denn wenn die Chance besteht, dass wir einen Weg finden, oder auch nur der Hauch einer Chance, verdammt, dann muss ich es versuchen.

AMMY
8:12

Wir halten vor dem Drive-in-Schalter. Eine gedämpfte, aber irgendwie trotzdem laute Stimme ruft durch die Sprechanlage: »Willkommen bei McDonald's, was möchten Sie bestellen?«

Ich sehe ihn an. »Einen Egg McMuffin und Röstkartoffeln.«

Noah gibt meine Bestellung auf und bestellt selbst noch einen Toast mit Schinken dazu.

»Du kannst *schon wieder* essen?«, frage ich.

Er zuckt nur die Schultern.

»Ach ja«, sage ich. »Aus Nervosität.«

Er nickt. »Es stimmt wirklich.«

Ich schaue aus dem Fenster. »Tut mir leid, dass ich vorhin im Motel so zickig war.«

»Du warst nicht zickig«, erwidert er, während wir hinter einem ramponierten alten Toyota herfahren und vor dem Ausgabefenster halten.

»Doch, war ich«, sage ich. »Du kannst es ruhig zugeben.«

Ein Mädchen in unserem Alter reicht uns unsere Tüten, und Noah fährt weiter und biegt auf einen freien Parkplatz.

Ich wickele meinen Muffin aus. Dann starre ich ihn an. Vor wenigen Minuten hat mein Magen geknurrt, aber jetzt, neben ihm in diesem Auto, kriege ich keinen Bissen hinunter.

Noah beißt in seinen Toast. Ich verstehe wirklich nicht, wie er jetzt essen kann.

»Doch keinen Hunger?«, fragt er.

Ich spieße eine Röstkartoffel mit der kleinen Plastikgabel auf und stecke sie in den Mund. Sie ist fettig und salzig. Ich hebe den Muffin und lasse ihn wieder sinken. Ich drehe mich zu Noah. Irgendwie hat er es binnen Sekunden geschafft, seinen Toast zu verputzen. »Ich weiß, dass ich was essen sollte, aber ich kann nicht.«

»Soll ich dir helfen?«, fragt er grinsend.

Ich bringe ein kleines Lächeln zustande.

»Kannst du ehrlich zu mir sein?«, frage ich.

Er schaut nicht weg, zögert nicht, sondern blickt mir in die Augen.

»Ja.«

»Hast du es gewusst, als du mich im Zug gesehen hast?«, frage ich.

Er schüttelt den Kopf. »Nein.«

Ich glaube ihm.

»Und als ich gesagt habe, dass meine Stiefmutter Yogalehrerin ist?«

Sein Blick springt ganz kurz zur Seite, dann kommt er zurück. »Ich habe gedacht, ist ja witzig, Rinas Mom ist auch Yogalehrerin. Aber es gibt wirklich eine Menge Yogalehrer in Hudson. Und in Woodstock, das ist nur etwa vierzig Minuten entfernt. Deshalb fand ich es nicht so besonders komisch.«

»Du hättest fragen können«, sage ich. »Du hättest mich nach ihrem Nachnamen fragen können.«

Er sieht mich an. »Du hättest mich auch nach Rinas Nach namen fragen könne. Oder nach einem Foto. Ich hätte dich fragen können, wie das Haus aussieht oder wie die genaue Adresse lautet. Ich hätte auf dein Handy schauen und sehen können, dass du einem Mädchen namens Kat schreibst. Aber wieso hätte ich das tun sollen? Ich hatte ja keinen Grund anzunehmen, dass so was Seltsames passieren würde. Ich hatte keinen Grund, diese Fragen zu stellen, weil du und Rina in meinem Kopf unterschiedlichen Welten angehört.«

Ich betrachte wieder meinen Muffin, dann ihn.

»Okay, also, du hast versprochen, ehrlich zu sein.«

Er nickt.

»Egal, was ich frage.«

Er nickt wieder.

Ich hole tief Luft. Jetzt kommts. »Was hast du gedacht, als ich gesagt habe, dass sie Kat heißt?«

Er schließt kurz die Augen. Öffnet sie wieder. Ich kann sehen, dass es ihm schwerfällt. Ich sehe einen Anflug von schlechtem Gewissen, als er spricht. »Ich habe gehofft, dass es eine zufällige Übereinstimmung ist.«

»Aber du dachtest …«

»Es war mir egal, weil ich dich einfach nur küssen wollte.«

Ich wende verlegen den Blick ab. Und verletzt. Und aufgeregt, alles zugleich. Weil ich ihm wichtiger war – trotz der Schuldgefühle, trotz der geringen Aussicht, dass etwas aus uns wird, trotz allem –, er wollte mich so sehr, dass es ihm egal war.

Ich fühle mich plötzlich ganz kribbelig. Lebendig.

Aber auch schrecklich.

Ich drehe mich zu ihm, und er sieht mich an, die Lippen leicht geöffnet, als wollte er etwas sagen.

»Was denkst du?«, frage ich. Ich hoffe und bete, dass er das eine sagt, und gleichzeitig hoffe und bete ich, dass er das Gegenteil sagt.

»Ich denke, dass es mir immer noch egal ist, weil ich dich einfach nur küssen will.«

Da beiße ich endlich in meinen Muffin.

Denn ich habe absolut keine Ahnung, was in aller Welt ich darauf antworten soll.

NOAH
8:29

Wir verlassen den Parkplatz, während sie den Rest ihres Muffins isst.

Vielleicht hätte ich ihr nicht sagen sollen, dass ich sie küssen will? Der gute Noah hätte vermutlich seinen Mund gehalten.

Der gute Noah hätte sie vermutlich gar nicht erst geküsst, wenn auch nur der geringste Verdacht bestanden hätte, dass sie irgendetwas mit Rina zu tun hat.

Der gute Noah wäre auch nicht von einem Moment zum anderen explodiert, ohne Rina je vorher zu sagen, wie sehr es ihn verletzt habe, dass sie ihn ständig verändern wollte.

Er hätte auch nicht drei Tage später was mit einem Mädchen angefangen und ihr damit gleich doppelt wehgetan.

Oder einen der tausend anderen Schritte gemacht, die mich hierhergeführt haben.

Ich fahre wieder auf den Highway und sehe den Himmel, die Bäume und Berge in der Ferne. Der Schneematsch ist weiter geschmolzen, und obwohl Erde und Bäume noch weiß sind, kann man sich kaum vorstellen, dass gestern ein Schneesturm getobt hat. Noch vor wenigen Stunden sind wir über die Straße geschlittert, haben uns aneinandergeklammert, *buchstäblich* um unser Leben gebangt. Es ist schwer zu glauben, dass ich die Person, mit der ich diesen verrückten Moment erlebt habe, nie wiedersehen soll.

Wir haben noch 50 Meilen vor uns.

Ich kann nichts dafür, dass die Luft im Auto unter Spannung steht und ich sie wieder küssen will. Ich sehe Ammy von der Seite an. Sie knüllt das Papier ihres Muffins zusammen und steckt es in das Seitenfach ihrer Tür.

Selbst jetzt, ohne Make-up, mit einem winzigen Rest Ketchup im Mundwinkel, ist sie schöner als jedes Mädchen, das ich kenne.

Ich finde sogar bezaubernd, wie sie die McDonald's-Verpackung zusammenknüllt.

»Tut mir leid«, sage ich. »Was ich gerade gesagt habe.«

Sie schaut mich an. Ihr Blick ist nicht mehr wütend. Glaube ich zumindest. Sie sieht nur … müde aus. »Du musst dich nicht ständig entschuldigen«, sagt sie. »Es ändert nichts. Es macht es nicht besser. Und ich will nicht, dass du dich schuldig fühlst. Das hat keinen Sinn.«

»Kann ich dich was fragen?«

Sie nickt.

»Und du versprichst, dass du ehrlich bist?«

Sie schürzt die Lippen, als müsse sie mit sich selbst besprechen, ob sie wirklich ehrlich zu mir sein will. »Na schön«, brummt sie dann. »Schieß los.«

Ich trete aufs Gas, spüre das kraftvolle Schnurren des Motors und staune ganz kurz darüber, dass ich mit einem schönen Mädchen in einem roten Mustang durch den malerischsten Landstrich meiner Heimat fahre. Ich wünschte, ich könnte irgendwo anhalten, ihre Hand nehmen und sie bitten, auszusteigen und mit mir einen Schneeengel zu machen. Unsere Sachen würden nass werden, wir würden ein hübsches kleines Café in einem der vielen hübschen kleinen Städtchen in der Gegend finden und heiße Schokolade trinken und darüber lachen, dass wir uns gerade wie Kinder aufgeführt haben. Und dann würden wir zum Haus meiner Eltern fahren, niemand wäre da, und wir würden uns küssen, bis uns die Lippen wehtun. Dann würden wir bei der besten Pizzeria der Stadt Pizza bestellen und *Der Pate – Teil II* schauen, meinen Lieblingsfilm, den sie bestimmt auch mag, weil sie cool ist – und es wäre uns egal, wenn es wieder anfängt zu schneien, weil wir zusammen wären und alles andere keine Rolle spielt …

Ammy räuspert sich. »Ähm, du wolltest was fragen?«

Ich zögere ganz kurz, aber scheiß drauf, ich will es wissen. »Also, wenn ich nicht Rinas – sorry, Kats – Exfreund wäre, würdest du mich dann wiedersehen wollen?«

Sie winkt ab. »Was soll diese Frage?«

Ich seufze. »Ich weiß nicht«, sage ich. »Wenn die Antwort Nein lautet, würde ich mich vermutlich besser fühlen.«

Sie schaut wieder nach vorn und zuckt die Schultern. »Ich weiß nicht, was ich sagen soll«, murmelt sie.

»Du hast versprochen, ehrlich zu sein.«

Sie wendet mir ihre Rehaugen zu, ihren kleinen Mund und all ihre perfekten, wunderschönen Gesichtszüge.

»Die ehrliche Antwort wird dir aber nicht dabei helfen, dich besser zu fühlen.«

AMMY
9:18

Kat schreibt mir, und jede neue Nachricht tut weh.

Seid ihr schon unterwegs? Wann kommst du an?
Ich hab dich gestern echt vermisst. Freu mich so auf dich!
Ich will alles über deine Nacht mit dem Fremden hören!

Ich drehe mich zu Noah. »Was glaubst du, wann wir ankommen?«

Er schaut auf die Uhr auf dem Armaturenbrett. »Gegen Viertel vor zehn. Es sind nur noch 25 Meilen. Ist das in Ordnung?«

Ich nicke. »Ich muss Kat Bescheid geben.«

Ihr Name hängt zwischen uns, traurig und anklagend.

Noah schüttelt den Kopf. »Ich würde ihr niemals absichtlich wehtun. Das weißt du.«

Ich beiße mir auf die Lippe. »Ich weiß. Ich auch nicht.«

Doch das ändert nichts daran, dass unsere bloße Anwesenheit in diesem Auto ihr wehtun würde, wenn sie davon wüsste.

Es ändert nichts daran, dass mir nichts anderes übrig bleibt, als meine Stiefschwester anzulügen. Meine Freundin.

Ich schreibe Kat, wann wir ankommen und dass nichts mit dem Fremden gelaufen ist – jetzt lüge ich schon, bevor ich sie überhaupt sehe, aber ich versuche nur, das Richtige zu tun.

Aber es ist auf einmal so schwer zu entscheiden, was richtig ist.

Ich sehe nach, ob meine Mom noch etwas geschrieben hat, was sie aber zum Glück nicht hat. Dann lege ich das Handy weg und schaue aus dem Fenster. Es ist schön draußen. Die Sonne glitzert auf den schneebedeckten Bäumen. Weit und breit keine Reklametafel in Sicht, anders als auf den Highways in Virginia – keine Werbung für Fast-Food-Ketten oder billigen Diesel. Nur wir und die Bäume.

Ich gestatte mir für einen Moment, so zu tun, als wäre Noah nie mit Kat zusammen gewesen, als wäre er einfach ein Typ, den ich kennengelernt habe, vielleicht in meinem ersten Jahr auf dem College, beim Jobben während der Sommerferien oder über Freunde. Ich tue so, als wäre es unsere erste gemeinsame Reise. Wir wären etwas nervös, unsere Beziehung auf das nächste Level zu heben. Das Level, auf dem man sich nicht mehr nur ab und zu verabredet und rumknutscht, während man vorgibt, Computer zu spielen, sondern auf dem man tatsächlich zusammen verreist. Zu zweit irgendwo hinfährt.

»Es ist ein wunderschöner Tag«, würde ich sagen und seine Hand nehmen.

Noah würde vermutlich irgendetwas Kitschiges erwidern, und ich würde die Augen verdrehen. Aber dann würde er meine Hand drücken, und damit wäre alles gesagt. Dass er froh ist, mit mir hier zu sein, und dass er sich darauf freut, was die Zukunft bringt.

Ich schüttele den Kopf. Deshalb sind wir nicht hier.

»Ich weiß, dass du ihr nicht absichtlich wehgetan hast«, sage ich und fasse endlich den Mut, auszusprechen, was mir im Kopf herumgeht, seit ich die Wahrheit erfahren habe.

»Danke«, sagt er mit einem schwachen Lachen. »Du klingst aber nicht sehr überzeugt.«

Ich hole tief Luft.

Er dreht sich zu mir. »Was?«

»Ich versuche, die richtigen Worte zu finden. Moment noch.«

Er lächelt. »Das mag ich so an dir. Dass du Wert darauf legst, die richtigen Worte zu finden.«

Wieder steigt das wunderbare Gefühl in mir auf, wertgeschätzt zu werden. Noch dazu von einem Menschen, den ich so sehr mag.

»Also, es ist so ... selbst wenn man niemandem wehtun will, tut man es manchmal.«

Ich denke an meinen Dad und spüre überraschenderweise einen Anflug von Mitgefühl. Wahrscheinlich wollte er meiner Mom und mir gar nicht wehtun.

»Ich weiß«, sagt Noah. »Genau das macht es ja so schwer.«

»Wie meinst du das?«, frage ich.

Er atmet tief ein, setzt den Blinker und wechselt auf die rechte Spur hinter einen Minivan, der mit 50 Meilen pro Stunde über den Highway schleicht, beinahe so, als müsste er für dieses Gespräch langsam fahren.

»Menschen wehtun. Das mache ich gar nicht gern.«

Ich drehe mich zu ihm. »Das macht niemand gern.«

Er schüttelt den Kopf. »Ich weiß. Schon klar. Ich wollte damit nicht sagen, dass du es gern tust, obwohl du ein bisschen kaltschnäuziger bist als ich.« Er sieht mich von der Seite an und lächelt schief. »Aber ich mache es wirklich *überhaupt nicht* gern. Ich streite nicht gern. Ich gehe nicht gerne auf Konfrontation. Ich fühle mich dann total schlecht. Ich glaube, dass ich Rina deshalb nie gesagt habe, wie sehr sie mich mit ihrer ständigen Kritik verletzt hat. Ich hatte Angst, sie würde denken, dass ich sie für eine schlechte Freundin halte, und das war sie nicht. Wirklich nicht.«

Er holt tief Luft und spricht weiter. »Vielleicht wollte ich deshalb zu ihr. Ich dachte, ich wollte sie zurückhaben, das habe ich wirklich geglaubt, aber jetzt denke ich, dass ich mich vielleicht einfach bei ihr entschuldigen wollte. Es ging alles so schnell, dass ich nie die Gelegenheit dazu hatte.«

Er seufzt. »Vielleicht hätte sie mir wirklich verziehen, und wir wären wieder zusammengekommen. Die Vorstellung finde ich jetzt total unheimlich. Gestern hätte ich sie verpasst, weil sie auf der Hochzeit gewesen wäre, aber dafür hätte ich sie heute gesehen. Und vielleicht hätte sie wirklich Ja gesagt. Das wäre schrecklich gewesen. Früher oder später hätte ich sie noch mehr verletzt. Ich glaube, wir passen nicht mehr zusammen. Vielleicht haben wir nie zusammengepasst, wer weiß? Ich wollte alles wieder einrenken, aber vielleicht sind wir einfach nicht füreinander gemacht. Sie wollte mich verbiegen. Sie hat jemanden verdient, der genau so ist, wie sie ihn sich vorstellt. In der Hinsicht ist es also gut, dass ich dich getroffen habe. Damit Rina und ich nicht noch mal da durchmüssen.«

»Ich wünschte, du hättest es mit einer anderen rausgefunden«, sage ich. »Einem Mädchen vom College oder so. Und nicht mit mir.«

Er schüttelt den Kopf. »Das wünschst du dir nicht.«

»Tue ich doch«, beharre ich, aber eigentlich hat er recht.

Ich denke an meinen Dad. Hat er vielleicht doch das Richtige getan? Macht Sophie ihn glücklicher, als meine Mom es je könnte? Hätten meine Mom und er sich getrennt, selbst wenn Sophie nicht in seinem Leben aufgetaucht wäre?

Natürlich wäre es besser gewesen, wenn er es selbst herausgefunden hätte. Wenn er unsere Familie nicht auf diese Weise auseinandergerissen hätte.

Aber was, wenn genau das passieren musste?

Wenn es nicht passiert wäre, hätte ich ihn nie so glücklich erlebt, wie er jetzt ist.

Ich wäre nie hierhergekommen.

Ich hätte Noah nie getroffen.

Aber ich muss auch an meine Mom denken, an ihren Schmerz und die vielen unerträglichen Nachrichten, und plötzlich spielt alles andere keine Rolle mehr.

Denn manchmal kommt es nicht darauf an, ob man am Ende glücklich ist. Es kommt nicht darauf an, was das Richtige für einen selbst ist.

Taten können Menschen verletzen. Sie haben meine Mom verletzt.

Wenn Noah und ich etwas miteinander anfangen würden, würden wir damit Kat verletzen.

Und das will ich nicht. Auf keinen Fall.

NOAH
9:46

Ich weiß nicht, wie oft ich die Cortland Road in meinem Leben schon hinuntergefahren bin.

Hunderte, wenn nicht Tausende Male, als ich noch mit Rina zusammen war. Wir haben in meinem Auto geknutscht, vor ihrem Haus geparkt, in ihrem Garten gestritten. Sind diese Straße niedergeschlagen und aufgekratzt entlanggefahren.

Es ist seltsam und verstörend, hier mit Ammy langzufahren.

Wir fahren an dem Haus vorbei, das Bryson, Rina und ich einmal mit Eiern beworfen haben, woraufhin wir so ein schlechtes Gewissen bekamen, dass wir die Sauerei sofort wieder wegputzten. An der Straße, in der Rinas Freundin Jessica wohnte, bevor sie nach Florida zog.

An dem Haus, in dessen Garten Bryson immer mit uns einbrechen wollte, weil es angeblich den schönsten Pool hat und Leuten aus der Stadt gehört, die nur am Wochenende da sind. Wir haben es nie getan, weil wir uns nicht getraut haben.

Es gibt so viele Erinnerungen in dieser Straße. Manche von ihnen sollten längst vergessen sein. Ich sollte darüber hinweg sein.

Und doch bin ich wieder hier und fahre die Cortland Road entlang.

Welche Erinnerungen hält diese Straße schon jetzt für Ammy bereit? Die Nervosität vor dem ersten Treffen mit ihrer neuen

Familie. Den hochnäsigen Tonfall von Rinas Mom. Die Heimfahrt nach einem Badetag an der Claverack Creek in nassen Sachen und mit Sonnenbrand.

»Das Ziel befindet sich auf der linken Seite.«

Die Zeit rennt uns davon. Ammy hat seit ihrer Behauptung, dass sie es bedauert, mich getroffen zu haben, kein Wort mehr gesagt. Ihr Schweigen ist der Beweis, dass sie es ernst meint.

Wir hatten unseren Moment – eine Nacht, an die ich mich noch lange erinnern werde –, aber er ist vorbei. Ich werde Ammy nie wiedersehen. Und ich werde nie wieder mit Rina sprechen, nicht mal rein freundschaftlich, aus Angst, sie anzulügen oder sie noch mehr zu verletzen.

Ich werde nach diesem Tag nie wieder die Cortland Road entlangfahren.

»Vielleicht ist es besser, wenn du mich ein paar Blocks vor ihrem Haus absetzt«, sagt Ammy. »Ich will nicht, dass Kat dich sieht.«

»Das hatte ich auch vor«, sage ich. Ich fahre noch einen Block weiter und halte vor einem monströsen roten Haus, das Rinas Mom immer verabscheute. Ich ziehe die Bremse an, lasse den Motor aber laufen.

Ich wünschte, es gäbe noch etwas zu sagen.

Ich wünschte, es gäbe überhaupt etwas zu sagen.

Ammy löst den Gurt und starrt geradeaus.

»Ich würde dir ja mit deinem Koffer helfen«, sage ich. »Aber das wäre wohl keine so gute Idee.«

Sie lacht. Gezwungen. »Du kannst mich nicht gehen lassen, ohne wenigstens noch einmal zu versuchen, mir den Koffer zu tragen, was?«

Ich lache schwach.

Sie legt die Hand auf den Türgriff.

Ich will sie aufhalten, unbedingt. Ich will die Hand ausstrecken und sie küssen, aber ich weiß, dass es falsch ist.

Ich will einen Weg finden, damit aus uns etwas werden kann.

Das Problem ist nur – ich habe keine Ahnung, wie.

AMMY
9:48

Meine Hand zittert, als ich die Tür öffnen will.

Mein Herz schlägt schnell.

Und mein Gesicht ist heiß.

»Kannst du den Kofferraum aufmachen?«, frage ich.

»Natürlich«, sagt Noah und betätigt den Mechanismus.

Ich ziehe meinen Mantel über und kann mich endlich dazu durchringen, die Tür zu öffnen.

Noah steigt auch aus.

Der winzige Kofferraum ist offen, und Noah nimmt meinen Koffer heraus und stellt ihn vor mich hin. Ich strecke die Hand nach dem Griff aus und muss bei dem Gedanken fast lachen, wie verrückt es war, den Koffer durch verschneite Wälder und Felder zu ziehen.

Ich wünschte, Noah bekäme noch einmal die Gelegenheit, meinen Koffer zu tragen.

Ich blicke zu ihm auf. »Also, vielen Dank«, sage ich. »Dass du mich hierhergebracht hast.«

Er nickt, schließt die Augen und öffnet sie wieder.

»Vergiss nicht, deinen Enkeln von unserem kleinen Abenteuer zu erzählen«, füge ich hinzu.

Sein Mund verzieht sich zu einem winzigen Lächeln. »Du auch nicht.«

»Okay, das wars dann wohl«, sage ich. Der Wind weht durch die Zweige über uns, und Schnee fällt auf uns herab.

Noah macht einen Schritt vor, vielleicht will er mich umarmen, aber ich habe Angst davor, was dann passiert, und weiche einen Schritt zurück.

»Alles Gute fürs College weiterhin«, sage ich. »Und gib Bescheid, was ich dir für das Auto und das Motel und so weiter schulde. Meld dich über Facebook oder so. Aber, äh, füg mich nicht zu deinen Kontakten hinzu, weil, du weißt schon …«

Er schüttelt den Kopf. »Schon klar. Werde ich nicht.«

Und dann drehe ich mich um, ziehe meinen Koffer auf den Bürgersteig und gehe davon, so schnell ich kann.

Ich schaue nicht zurück. Denn wenn ich es täte, wäre jedes Fünkchen Selbstbeherrschung dahin.

Ich weiß, wenn ich es täte, würde ich einen Fehler machen.

NOAH

9:50

Sie schaut nicht zurück.

Kein einziges Mal.

Sie zieht ihren Koffer den Bürgersteig entlang, setzt einen Fuß vor den anderen, und ich bete darum, dass sie sich umdreht und zu mir zurückrennt, wie im Film.

Ich könnte sie aufhalten.

Ihr nachlaufen, die Hand nach ihr ausstrecken und hoffen, dass sie dasselbe fühlt wie ich.

Und dann?

Würden wir direkt vor Rinas Haus rumknutschen?

Ein Auto braust auf der anderen Straßenseite vorbei, ein Mann streut Salz auf seiner Einfahrt, und ich fühle mich klein. Andere Menschen gehen wie gewohnt ihren Plänen nach, erholen sich vom Sturm, trinken ihren Kaffee, lesen die *New York Times*.

Ammy und ich sind nur ein winziges Signal auf dem Radar.

Oder nicht einmal das, weil aus Ammy und mir nie irgendetwas werden wird.

Sie ist schon fast außer Sichtweite und dreht sich noch immer nicht um.

Ein weiterer Mann kommt mit einer Schaufel nach draußen. Eine Frau mit einem Eimer Streusalz.

Ein Auto fährt vorbei.

Ammy biegt ab und verschwindet hinter ein paar Bäumen.

Es ist vorbei.

Ich schließe den Kofferraum, gehe ums Auto herum und steige ein. Ich fühle mich wie ferngesteuert, als hätte sich eine Tür für immer geschlossen.

Ich weiß, dass es besser so ist. Für Rina. Ich weiß, dass sie es nicht verdient hat, noch weiter verletzt zu werden. Das ist das letzte Mal, dass ich in dieser Straße bin.

Ich öffne Facebook und suche nach Ammy. Ihr Vorname ist so ungewöhnlich, dass sie nicht schwer zu finden ist. Ihr Profilbild ist eine Nahaufnahme ihres Gesichts. Sie trägt knallroten Lippenstift und sieht wunderschön aus. Ich bin kurz davor, auf das Feld »Freundschaftsanfrage senden« zu tippen, obwohl ich ihr versprochen habe, es nicht zu tun.

Es fühlt sich falsch an, denke ich, während ich ihr Profilbild anstarre.

Ich habe einen liegen gebliebenen Zug, einen verpassten Bus, eine Wanderung durch den Schnee und so viele andere kleine Abenteuer gebraucht, um es zu begreifen, aber endlich weiß ich, wie es ist, mit dem Menschen zusammen zu sein, der das Beste aus mir herausholt.

Und jetzt soll ich das einfach vergessen? Das kann nicht richtig sein.

Es fühlt sich nicht richtig an.

AMMY
9:53

Ich ziehe meinen Koffer über den Rasen vor dem alten Bauernhaus.

Die Kiesauffahrt ist nicht dafür geeignet, einen Koffer darüber zu ziehen, und außerdem will ich keinen Lärm machen. Ich kann den Gedanken nicht ertragen, dass Kat jetzt rauskommt, mich umarmt und alles über gestern Abend wissen will – *alles*.

Ich würde am liebsten unbemerkt reingehen, meinen Koffer abstellen, tief durchatmen und in Gedanken noch einmal durchgehen, was passiert ist. Ich betrachte das schöne alte Haus, die Veranda mit den verwitterten Stufen und der roten Tür. Das Holzschild mit der Aufschrift »Namaste«, das Sophie in Woodstock gekauft hat.

Vor der Treppe bleibe ich stehen.

Ich stelle mir vor, wie mein Dad drinnen am Frühstückstisch sitzt und über die Feier spricht.

Er ist glücklich. Das habe ich schon gespürt, als ich letzten Sommer hier war.

Und ich habe ihn dafür gehasst. Es war so ungerecht, nachdem er uns so wehgetan hat.

Aber ich habe auch meine Mom dafür gehasst, dass sie so unglücklich war. Dass sie sich so von ihm kaputtmachen ließ. Ich hasste sie dafür, dass sie von mir erwartete, alles in Ordnung zu bringen, indem ich ihre andauernden Klagen anhörte.

Ich wollte einfach nur, dass sie sich wie eine Mutter verhielt. Ich wollte, dass sie sich um *mich* kümmerte.

Vielleicht bin ich deshalb hier. Vielleicht geht es gar nicht um die Feier. Vielleicht weiß ich einfach, dass mein Dad momentan besser in der Lage ist als sie, die Elternrolle zu übernehmen.

Vielleicht brauche ich das jetzt einfach.

Ich will gerade die Tür öffnen, als mein Handy klingelt.

Ich schaue aufs Display. Es ist meine Mom. Mein Herz beginnt zu rasen.

Ich will sie ignorieren, wie ich es die letzten 24 Stunden getan habe, ihr schreiben, dass es mir gut geht, dass ich im Augenblick aber nicht mit ihr reden will.

Aber ich tue es nicht.

Sie ist vielleicht nicht perfekt, und sie mag mich verletzt haben, genau wie er, aber sie ist immer noch meine Mom, auch wenn sie sich in den letzten Monaten nicht so verhalten hat.

»Hallo«, sage ich.

Ich wappne mich für das Geschrei, die Ängste, die Vorwürfe. Alles.

»Ammy«, sagt sie. »Da bist du ja. Bist du bei Dad?«

Diesmal muss ich nicht lügen. »Ja.«

Ich kann hören, dass sie nach Worten ringt. Mit der Vorstellung kämpft, dass ich hier bin und Familie spiele, obwohl sie nicht dazugehört.

»Ich will nichts über die Feier hören«, sagt sie. »Es tut mir leid, dass ich dich gestern danach gefragt habe. Ich weiß, dass es mich nur aufregt.« Sie holt tief Luft. »Ich wollte mich entschuldigen, dass ich dich so angeschrien habe. Ich werde wieder zur Therapie gehen. Ich weiß, dass ich nicht alles bei dir abladen darf. Es ist dein Recht, am Leben deines Vaters teilzuhaben. Es tut mir leid, mein Schatz. Es tut mir wirklich leid.«

Ich spüre Tränen auf den Wangen, schmecke Salz auf den

Lippen. Meine Stimme ist noch erstickter als ihre. »Ist schon gut, Mom.«

Irgendwie ist es unglaublich ergreifend, wenn Eltern sich entschuldigen. Es trifft mich bis ins Herz. Weil *ich* doch eigentlich diejenige sein sollte, die etwas falsch gemacht hat, und nicht sie.

Aber so ist es eben nicht immer. Nicht mit meinen Eltern. Nicht mit Noahs. Nicht mit Kats.

Eltern sind auch nur Menschen. Auch Eltern machen Fehler.

»Ich verstehe, dass du tust, was du tun musst. Ich will, dass du das weißt. Und dass ich dich lieb habe. Ich will nicht, dass die Sache mit deinem Vater zwischen uns kommt. Okay?«

Ich nicke und wische mir die Tränen ab. »Okay. Tut mir leid, dass ich dich im Stich gelassen habe. Und dass Dad dich im Stich gelassen hat.«

Sie seufzt. »Du hast nichts falsch gemacht. Und dein Dad ist vielleicht nicht perfekt, aber ich bin es auch nicht. Ich versuche, ihm zu verzeihen. Ich versuche es wirklich. Ich versuche, so stark zu sein wie du.«

Das gibt mir den Rest. Ich stehe draußen auf der Veranda, und die Tränen laufen mir über die Wangen.

»Ich hab dich so lieb, Mom«, schluchze ich.

»Ich dich auch, mein Schatz. Pass auf dich auf. Und ruf mich morgen an, okay?«

»Okay.«

Sie sagt noch einmal *Bis morgen* und *Ich hab dich lieb*, dann legt sie auf.

Ich stehe da und starre auf mein Handy.

Dann blicke ich in die Richtung zurück, aus der ich gekommen bin.

Wahrscheinlich ist er längst weg. Wahrscheinlich ist er schon fast zu Hause.

Wenn meine Mom meinem Dad verzeihen kann, wenn sie es zumindest versucht, dann … ich weiß nicht, vielleicht ist dann alles möglich.

Wenn man das Glück hat, jemanden kennenzulernen, der einem dieses Gefühl gibt – na ja, vielleicht hat das etwas zu bedeuten. Vielleicht darf man es nicht einfach so aufgeben. Vielleicht muss man darum kämpfen, bis man nicht mehr kann.

Auch wenn ich eben im Auto klipp und klar gesagt habe, dass wir uns nie wiedersehen sollten.

Es ist das Richtige.

Das einzig Richtige.

Ich drehe mich um und nehme die erste Stufe.

NOAH
9:56

Ich schließe meinen Facebook-Account und scrolle durch meine Musik. Ich entscheide mich für Taylor Swift, das poppigste Album, das ich habe. Ich kann etwas Aufmunterung gebrauchen. Jetzt bloß keine traurige Indie-Musik.

Ich schließe gerade das Handy über Bluetooth an, als ich ein Klopfen höre.

Ich drehe mich um, und mir bleibt die Luft weg.

Es ist Ammy. Sie steht da und klopft an die Scheibe, wie ich es mir vorgestellt habe.

Nur dass es keine Vorstellung ist. Sondern echt.

Ich öffne das Fenster.

»Hast du etwas vergessen?«, frage ich nervös.

Sie schüttelt den Kopf. »Darf ich einsteigen?«

Ich nicke.

Sie öffnet die Beifahrertür und steigt ein. Ihre Augen sind gerötet, trotzdem sieht sie glücklich aus. Irgendwie erleichtert.

»Interessante Musikwahl«, sagt sie.

Ich lächele. »Ich muss meinen Kummer in Pop ertränken.«

Sie lacht.

Ich stelle die Musik leiser.

»Ich möchte meine Antwort ändern«, sagt sie.

Ich schaue sie verwirrt an. »Welche Antwort?«

»Die Antwort auf die Frage, was ich am meisten bereue«, erwidert sie. Auf ihren Lippen liegt ein Lächeln.

»Okay …«

Sie holt tief Luft. »Am meisten bereue ich, dass ich dich vorhin habe stehen lassen.«

Mein Herz schlägt schneller. Ich kann nicht mal mehr normal atmen.

Sie lächelt mich an. »Aber eigentlich bereue ich es gar nicht, weil ich es ja gerade schon wieder in Ordnung gebracht habe. Aber ich *hätte* es bereut«, sagt sie. »Und das will ich nicht.«

Ich weiß nicht, was ich sagen soll. Sie lacht. »In meinem Kopf klang das alles irgendwie viel eleganter und kitschiger.«

Ich lache auch, während mein Herz so fest hämmert, dass es den Mustang zum Wackeln bringen könnte. »Ich auch nicht.«

Sie streckt die Hand aus und gibt mir einen Zettel.

»Was ist das?«, frage ich.

»Meine Nummer«, antwortet sie. »Ich würde sie ja in dein Handy einspeichern, aber wie gesagt, Papier ist zuverlässiger als Elektronik. Ruf mich an.«

Sie beugt sich vor und küsst mich ganz leicht auf den Mund.

Dann macht sie die Tür auf und geht.

EPILOG

AMMY
11:02

Zugfahren ist immer noch nicht romantisch, aber vielleicht liegt das daran, dass ich es mittlerweile schon mehrmals getan habe.

Die Fahrt von Bard ist nicht lang – nur zehn Minuten bis zur Rhinecliff Station und dann knapp zwei Stunden mit dem Amtrak. Nichts im Vergleich zu dem Abenteuertrip letztes Jahr. Wenn ich jetzt die Fahrt mache, fühlt sie sich jedes Mal ganz leicht an.

Mein neuer Koffer liegt auf der Ablage über mir. Er ist kleiner, hat aber trotzdem Räder. Mein Dad hat ihn mir zum Highschool-Abschluss geschenkt, weil mein alter ziemlich ramponiert war, als ich letzten Januar vor seiner Tür ankam. Mein Ticket steckt in der Sitztasche vor mir.

Ich schaue aus dem Fenster. Die Sonne scheint hell, und die Bäume werden von Tag zu Tag grüner. Der Frühling ist so schön hier. Das habe ich letztes Jahr zum ersten Mal erlebt, als ich die Osterferien hier verbracht habe – und dann noch zwei Wochen im Mai nach meinem Abschluss. Diesmal hatte meine Mom keine Einwände. Ich glaube, sie hat die Zeit allein beinahe genossen. Es ist seltsam – seit letztem Januar ist alles irgendwie anders. Als hätte sie, weil sie nicht mehr so wütend auf meinen Dad war – oder weil es sie zumindest nicht mehr die ganze Zeit beschäftigte –, endlich die Kraft gefunden, etwas zu verändern.

Was nicht heißt, dass sich alles wie von Zauberhand gebessert hätte. Es gibt alle paar Monate immer noch Tage, an denen sie eine Panikattacke hat. Es gibt immer noch Tage, an denen sie Beruhigungsmittel nehmen muss. Aber das ist in Ordnung. Wir schaffen das.

Sie hat sogar meine Entscheidung akzeptiert, in Bard zu studieren, um mehr Zeit mit Dad und Sophie und Bea und Kat verbringen zu können.

Anfangs hat es ihr nicht gefallen, aber sie hat sich damit abgefunden.

Mein Handy ist seit heute Morgen tot. Ich grabe in meiner Tasche nach dem Ladegerät und stöpsele es ein, weil jetzt immer alle Panik bekommen, wenn ich auf Zugfahrten nicht erreichbar bin. Nach einer Minute wird das Display hell. Ich habe zwei neue Nachrichten.

Moms öffne ich zuerst.

Sei vorsichtig im Big Apple! Nimm dein Pfefferspray mit! Und melde dich, wenn du bei Kat angekommen bist!

Ich muss lachen. Mom nennt New York City immer den »Big Apple«. Ich bringe es nicht über mich, ihr zu sagen, wie albern das klingt.

Die zweite Nachricht ist von Kat.

Joey muss heute Abend arbeiten, wir sind also ganz allein, Süße!

Ich lächele, weil ich genau weiß, wie ein Mädchenabend in New York mit Kat aussieht. Ein oder zwei Flaschen Wein und alte *Friends*-Folgen bei ihr im Wohnheim. Sie wird mir alles über Joey erzählen, obwohl ich ihn mittlerweile schon dreimal getroffen und alles über ihn gehört habe, seit sie sich in der

Einführungswoche kennengelernt haben. Sie wird mir von ihren Plänen erzählen. Sie haben eine Menge Pläne.

Sie ist glücklich, und das macht mich glücklich.

Ich antworte meiner Mom:

Ich passe schon auf mich auf, mach dir keine Sorgen!

Dann versichere ich Kat, dass ich mich auf unseren gemeinsamen Abend freue.

Ich denke an meinen letzten Besuch kurz nach Weihnachten zurück. Joey musste arbeiten, und wir waren zu zweit in einer Bar am Washington Square, wo sie es mit der Ausweiskontrolle nicht allzu genau nehmen. Wir haben Bier getrunken, und sie redete über Joey und darüber, wie sehr sie ihn liebt, und da konnte ich einfach nicht mehr. Ich konnte es nicht mehr vor ihr geheim halten.

Ich habe es ihr erzählt.

Alles. Dass ich Noah im Zug getroffen habe. Dass es nie meine Absicht war, ihr wehzutun. Dass wir uns an jenem Abend geküsst und in einem Bett geschlafen haben, aber dass sonst nichts passiert ist. Und dass wir uns immer noch von Zeit zu Zeit schreiben, uns aber nicht wiedergesehen haben. Weil sie uns beiden wichtig ist. Weil wir ihr nicht wehtun wollen.

Sie fragte, was wir uns so schreiben, und ich sagte die Wahrheit. Dass er mir von seinem Studium erzählt, von Partys, auf denen er war, vom neuen Job seines Dads an einer anderen Uni. Dass ich ihm von meinen Überlegungen schrieb, Journalismus zu studieren, obwohl der Abschluss in etwa so nützlich ist wie ein Abschluss in Vergleichender Literaturwissenschaft.

Am nächsten Morgen musste ich einen früheren Zug zurück nach Bard nehmen, als ich geplant hatte. Kat hat zwei Wochen lang nicht mit mir geredet.

Aber als sie dann doch bereit war, wieder mit mir zu sprechen, hat sie mir ein großes Geschenk gemacht. Sie hat mir verziehen, und Noah. Weil ich ihr so wichtig bin wie sie mir.

Gerade als ich mein Handy weglegen und ein Buch aus der Tasche nehmen will, kommt noch eine Nachricht.

Ich muss lachen, weil der Name einfach bescheuert ist, so hochtrabend.

Aber ihm gefällt er, also kann ich nichts dagegen sagen.

Ich freu mich so auf dich, Ammy, süß und klar.

DANKSAGUNG

Ich bedanke mich ganz herzlich bei allen Menschen, die dieses Buch möglich gemacht haben.

Bei meiner Agentin Danielle Chiotti – danke, dass du von Anfang an an meine Idee geglaubt und die vielen Fassungen von Ammys und Noahs Geschichte gelesen hast. Bei meinen Lektorinnen Kelsey Horton und Alex Arnold sowie dem gesamten Team von Katherine Tegen Books – vielen Dank für eure scharfsinnigen Beobachtungen und tadellosen Anmerkungen. Ihr habt aus meiner Geschichte das Beste herausgeholt!

Unglaublich dankbar bin ich meinen Freunden und meiner Familie, die mich im Laufe meiner Karriere immer wieder ermutigt haben. Ein Riesendankeschön geht an meine Eltern und meine Schwester für ihre ausdauernde Unterstützung. Und ein Sonderdankeschön an Andi Bartz, der mich auf meiner Recherchefahrt im Amtrak begleitet hat – und sich mit mir amüsierte, als der Zug tatsächlich Verspätung hatte.

Zu guter Letzt danke ich Thomas und unserem Hund Farley – danke für jedes Wochenende, jede Wanderung, jeden gemeinsamen Moment im wunderschönen Norden von New York. Ohne diese Erfahrungen hätte ich dieses Buch nie schreiben können.

Die Originalausgabe erschien 2018 unter dem Titel
Love and other train wrecks bei Katherine Tegen Books,
ein Imprint von HarperCollins Publishers

Deutsche Erstausgabe
1. Auflage

Übersetzung: Maren Illinger
Umschlagillustration: Helen Crawford-White, Studio H
Satz: Pinkuin Satz und Datentechnik, Berlin
Druck und Bindung: GGP Media GmbH, Pößneck
Printed in Germany 2018
ISBN 978-3-03880-018-7

www.arctis-verlag.de
www.facebook.com/ArctisVerlag